KB113808

너의 옷이
보여

너의 옷이 보여 7

킹묵 현대 판타지 소설

초판 1쇄 찍은 날 § 2020년 3월 11일
초판 1쇄 펴낸 날 § 2020년 3월 18일

지은이 § 킹묵
펴낸이 § 서경석

총괄팀장 § 노종아
편집책임 § 박현성

펴낸곳 § 도서출판 청어람
등록번호 § 제387-1999-000006호
등록일자 § 1999. 5. 31
어람번호 § 제1-3097호

주소 § 경기도 부천시 부일로 483번길 40 서경B/D 3F (우) 14640
전화 § 032-656-4452 팩스 § 032-656-4453
http://www.chungeoram.com
E-mail § chungeorambook@daum.net

ISBN 979-11-04-92168-1 04810
ISBN 979-11-04-91989-3 (세트)

킹묵 현대 판타지 소설

너의 옷이 보여

7

청어람

FUSION FANTASTIC STORY

Contents

제1장

홍보 작전II

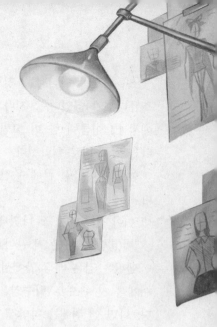

　델핀의 일은 생각보다 쉽게 흘러갔다. 아버지인 오마르가 적극 추천한 데다 첫 협찬을 받아서 고마운 마음에, 델핀은 모델 제의를 바로 승낙했다.

　다만 시간이 문제였다. 한국에 있을 여유가 며칠뿐이었기에 하루빨리 작업해야 했는데, 모델료 문제가 해결되지 않아 고생했다.

　모델료를 받고 할 거면 안 하겠다는 델핀과, 무슨 일이 있어도 일한 만큼 지급하겠다는 우진의 의견이 쉽게 좁혀지지 않았다. 결국 시간이 얼마 남지 않아, 촬영부터 하고 사진을 본 후 결정하자는 합의점을 냈다.

스튜디오를 알아보는 것도 문제였다. 스케줄이 비어 있는 스튜디오가 없었다. 혹시나 하는 마음에 연락해 본 스튜디오에서 I.J 이름에 한 번 고민하더니, 요금의 두 배를 지급하겠다는 말에 바로 허락했다.

이런 우여곡절 끝에 우진은 델핀의 사진을 받아볼 수 있었다.

"이야, 엄청나게 잘 나왔네. 이렇게 보니까 진짜 모델 같아."

"멋있게 잘 나온 거 같아요."

델핀은 검은 배경 앞에서, 아제슬에서 출시할 옷을 입은 채 시계를 찬 손으로 턱수염을 쓰다듬는 제스처를 취하고 있었다. 화면 맨 위에는 하얀색 글씨로 'Infinity of Jin's'라는 글자가 박혀 있었다.

빛이 보였던 옷이라 그런지 사진도 상당히 잘 나왔다. 함께 사진을 보고 있는 세운뿐 아니라 I.J의 모든 식구가 감탄할 정도였다.

"우진이 넌 진짜 대단한 거 같아. 정말 영화로 인기를 못 끌어도 상관없겠어. 아니, 오히려 이걸로 인기를 더 얻겠는데?"

"시계가 유명해져야죠."

세운의 감탄에도 우진은 약간 아쉬움이 남았다. 다른 종류의 시계도 많이 찍고 싶었는데, 그럴 수가 없었다.

보고 있던 사진을 넘기자 다음 사진에서는 파란 재킷을 입은 델핀이 보였다.

포즈 자체는 괜찮았다. 다만 이 옷은 시계를 안 찬 쪽이 더 좋은 느낌이었다. 그 외에도 여러 가지 옷을 입고 사진을 찍었지만, 우진의 마음엔 들지 않았다.

"마 실… 삼촌이 보기에도 이 사진 말곤 좀 이상하죠?"

"난 다 괜찮은 거 같은데? 처음 사진이 너무 잘 나와서 다른 게 이상해 보이는 거 아니야?"

세운의 말대로 그런가 싶어서 다시 사진을 살폈지만, 역시 마음에 들지 않았다. 우진은 한참 고민을 하다가 결국 처음에 봤던 사진 딱 한 장만 사용하기로 했다. 어설픈 것보다 확실한 것 하나가 낫다고 판단했다.

이제 남은 문제를 해결해야 했다. 우진은 사진을 가만히 들여다보며 세운에게 물었다.

"모델료를 얼마를 줘야지 델핀 씨가 부담감을 안 느끼고 받을까요?"

"부담감? 한 100억 줘봐. 부담감? 그게 뭐야, 할걸? 하하, 난 1억, 아니, 천만 원만 줘도 감사합니다, 하고 받을 텐데. 나 모델로 쓸래?"

"하하, 하실래요?"

"우리 망할까 봐 못 하겠다. 매튜 오면 물어봐. 델핀을 만나고 온다고 했으니까. 어, 양반은 못 되겠네."

세운이 엘리베이터에서 내리는 매튜를 가리키며 웃었다. 우진도 피식 웃으며 입을 열었다.

"잘 가셨어요?"

"네, 게이트 들어가는 것까지 보고 나왔습니다."

"수고하셨어요. 혹시, 모델료 얘기는 꺼내보셨어요?"

"이유는 모르겠는데 계속 거절만 하셨습니다. 아직 무명에다 단발 계약이니 천만 원에서 이천만 원 사이가 적당할 것 같습니다. 좀 더 얘기를 해보겠습니다. 스트리머들하고는 얘기가 됐습니다. 조건에 맞는 사람이 2명 있더군요. 한 명은 미국 사람이고, 한 명은 스위스 사람입니다."

"2명밖에 없어요?"

"최소 5천만 원짜리 시계이니 두 명도 많은 거 같습니다. 델핀 씨가 착용했던 디그로를 보낼 예정입니다."

매튜는 할 일이 많은지 우진에게 보고하자마자 자리에 앉더니 키보드를 두드렸다.

우진은 조그맣게 한숨을 뱉었다. 아버지가 하신 말씀을 나름대로 지키려고 노력하고 있지만, 생각보다 어려웠다. 인간관계와 신뢰, 약속.

우진이 생각에 빠져 있을 때, 휴대폰이 울렸다.

"네, 바이에르 씨."

―하하, 잘 지내셨어요?

"그럼요. 근데 웬일로 저한테 전화하셨어요? 아, 혹시 매튜 씨가 연락이 안 돼서 저한테 한 거예요? 지금 걸어보시면 될 거예요."

—아니요! 오마르 할아버지가 선생님께 하실 말씀이 있다고
해서요.

"저한테요?"

—네! 아저씨가 영어를 못 하셔서 저한테 전해 드리래요. 정
말 감사하다고, 가족 모두에게 은인이라고 그러시네요.

"무슨 그런 말씀을……"

—아! 그리고 모델료는 주지 말라고 하시던데요. 오마르 할
아버지가 벌써 다 줬대요.

우진은 무슨 소리인가 싶어 고개를 갸웃거렸다. 그때, 전화
너머로 마구 웃는 소리가 들리더니 바이에르의 목소리가 들
렸다.

—마흔 넘게 뒷바라지했으니까 그걸로 퉁쳤대요. 하하, 지
금은 써준 거로도 고맙대요. 나중에 델핀 아저씨가 정말 유명
해지면 그때 비싸게 써달래요, 하하하. 아, 이건 말하지 말라
고요? 하하.

오마르가 옆에 있는지 시끌벅적했다. 우진은 인간관계를 제
대로 맺고 있는 것 같은 느낌에 뿌듯한 얼굴로 웃었다.

*   *   *

Y튜브 유명 스트리머 벤자민은 명품을 알아보는 콘텐츠로
유명했다. 아직 백만이 겨우 넘는 수준이었지만, 비슷한 콘텐

츠를 하는 스트리머 중에서는 단연 최고라고 자신했다. 그러다 보니 각종 브랜드에서 먼저 협찬 제의가 오기도 했다.

"저기! 마이클 씨, 또 뵙네요!"

"하하, 불러주셔서 감사하죠."

"그런데… 분해해도 다시 합체 가능하겠죠……?"

"합체는 모르겠고 조립은 됩니다. 하하, 걱정하지 마세요. 아마 가능할 겁니다."

"네! 다른 건 몰라도 'Ciel' 거만 조립 좀 잘해주세요!"

"하하, 물론이죠. 오늘은 어떤 제품인가요?"

"일단 방송을 시작하면 보여 드릴게요! 리얼리티! 오늘은 시계가 두 개라는 것만 알려 드릴게요. 저번에 'Rusa'를 분해했던 거 기억하시죠? 그거처럼 비교해서 올리려고 하거든요."

"하하, 그러죠."

오늘의 촬영은 유명 브랜드의 시계에 대해 알아보는 내용이었다. 총 2개의 시계가 있었는데 하나는 해당 브랜드에서 직접 부탁해 온 것이고, 다른 하나는 이미 잡혀 있던 기획이었다.

그때, 카메라를 담당하던 친구의 말이 들렸다.

"벤자민, 준비 끝났어. 시작해도 돼."

벤자민은 알았다는 사인을 보냈다. 오늘 촬영을 도와주러 온 사람을 내내 기다리게 할 수 없었기에 곧바로 촬영을 시작했다.

"안녕하세요! 벤자민 TV의 벤자민입니다. 오늘은 예고해 드린 대로 시계에 대해 알아보겠습니다. 지난번 R사의 데이트 시리즈에 이어서! 시계에 관한 리뷰 5탄! 그전에 일단 옆에 계신 분 소개부터! R사! 여러분이 아시는 그 R사에서 다년간 근무하신 마이클 씨입니다."

"하하, 안녕하세요. 또 뵙게 됐네요. 불러주셔서 감사합니다."

"저희가 감사하죠! 제대로 된 검증을 해주실 분인데."

언제나처럼 리뷰에 앞서 잡담을 늘어놓았다. 이윽고 오프닝 영상을 뽑았다고 생각한 벤자민은 테이블에 박스 2개를 올려놓았다.

"이게 오늘 소개해 드릴 시계입니다. 하나는 케이스만 봐도 딱 아시겠죠? 바로 요즘 시계 마니아 사이에서 굉장히 핫한 C사의 'Angel 시리즈' 중 가장 최근에 출시된 'Angel—White'입니다. 일단 박스부터 볼까요?"

벤자민은 박스를 마이클에게 넘겼다.

"가격은 3만 프랑 선이죠. C사가 젊은 층을 겨냥해서 만든 시계이니만큼 박스부터 굉장히 스포티지한 디자인입니다. 박스는 빨간색과 검은색 두 가지인데, 이 앞에 있는 건 빨간색이네요. 일단 열어보겠습니다."

"하하, 살살! 살살 부탁드려요! 제가 직접 구매했다고요!"

"하하, 알겠습니다. 일단 제품명답게 전체적으로 흰색이네요. 여러분이 아시는 헤슬과 연관된 브랜드답게 가죽 품질도 상당하고요. 전체적인 디자인은 약간, P사하고 비슷한 느낌이네요."

"P사요? 11 밀리언 달러에 팔린 시계요?"

"하하, 그건 회중시계고요. 차이점이 보이지만 P사에서 나왔던 손목시계랑 비슷한 느낌은 있네요."

"전체적으로 뜯어봐야 알겠지만, C사 특유의 무브먼트가 들어 있다면 3만 프랑이란 가격은 적당한 것 같습니다."

마이클은 Ciel을 한쪽으로 치우고 검은 박스를 앞으로 가져왔다. 벤자민이 곧바로 설명했다.

"지금 제가 들고 있는 시계는 저도 처음 봐요. 브랜드는 여러분들도 익숙하실 겁니다! 아제슬! 하하, 그중 I.J에서 이번에 시계를 출시했는데요. 저도 어떨지 상당히 기대됩니다. 아! 우연히 아제슬 특집이 되어버렸네요. 하하."

"일단 박스는 기존의 다른 시계 박스들하고 조금 다릅니다. 좀 긴 편이네요. 위에 I.J 로고도 보이고요. 일단 열어보겠습니다. 어……? 케이스 뚜껑이 움직이네요. 아! 케이스 뚜껑이 돌아가서 밑받침이 되네요. 오… 케이스부터 상당히 공들인 느낌입니다."

먼저 받아본 벤자민조차 모르고 있었는지, 매우 신기한 얼굴로 박스를 봤다.

"후, 내용물도 놀라게 해줬으면 좋겠네요. 이건 가격이 얼마라고요?"

"3천 프랑이라고 들었어요. 관계자를 통해서 먼저 받은 거라, 아직 출시한 제품은 아니에요."

"3천 프랑이면 고급 브랜드치고는 상당히 저렴하네요."

가격을 들은 마이클은 피식 웃으며 안에 든 시계를 꺼냈다. 그러자 옆에서 벤자민이 설명을 거들었다.

"총 열한 종류라고 하는데, 이번 저희가 소개해 드릴 제품은 디그로 사인이라는 제품입니다. 사실 나머진 저도 잘 몰라요. 하하."

"오, 디자인은 굉장히 심플하면서 깔끔하네요. 요즘은 메탈 시계라고 하면 섭 다이얼이, 아니, 그러니까 시간이나 분, 초를 따로 볼 수 있게 디스플레이하는 형식이 대부분인데 일단 그런 건 없고요. 대신 다이얼 디자인에 신경을 많이 썼네요."

"전 여기 칼 모양 침이 마음에 들더라고요. 좀 신경 안 쓴 듯하면서 신경 쓴 것 같은 느낌?"

"하하, 그럴 수 있네요. 일단 저도 같은 생각입니다. 무난한 메탈에 반짝거리는 파란색 느낌의 다이얼이라 상당히 조합이 좋네요. 여기 다이얼에 제품명이 새겨져 있어요. 디그로. 일단 전체적인 메탈은 시중에서 많이 사용하는 스테인리스 스틸이네요. 이런 경우는 수제 무브먼트가 아니라고 해도 3천 프랑이면 적당한 가격입니다."

벤자민이 급하게 끼어들었다.

"어? 수제인데요."

"네? 하하, 잘못 아셨을 겁니다. 수제로는 이 정도 가격이 나올 수가 없어요."

"잠시만요. 제가 받은 게 있는데 보여 드릴게요."

벤자민은 LJ에서 품질에 대해 설명해 놓은 자료를 모니터에 띄웠다.

"여기 보시면, 수제로 제작한 무브먼트를 COSC에서 테스트 받았다고 적혀 있어요."

COSC는 스위스 크로노미터 공식 인증기관이었다. 크로노미터 테스트를 통과하려면 일일 오차 범위가 -4초 혹은 +6초가 되어야 하는데, 이 기준을 통과하는 시계는 100개 중 3개밖에 되지 않는다.

하지만 이곳은 원래 일반 오토매틱 검증도 하는 기관이었기에, 마이클은 큰 기대 없이 자료를 봤다.

"-4.25, +6.25? 미친… 이게 3천 프랑이라고? 아무리 보석을 안 박아도 이 가격이……."

마이클은 마우스를 가로채더니 자료를 넘기기 시작했다. 한참을 보던 마이클은 눈만 껌뻑거리며 밑에 있는 시계를 봤다.

"케이스는 전부 수제, 무브먼트 중 일부만 반수제."

"왜 그러세요?"

"여기 케이스 보이시죠? 보통 손으로 만들고 이 정도로 티가 안 나게 연마한 시계라면 3천 프랑으로는 어림도 없죠. 케이스만으로도! 그런데 0.25초 오차면 그냥 정교한 크로노미터라고 보셔도 돼요! 무브먼트까지 수제가 맞다면 이건 3천이 아니라 3만은 받아야 하는 시계입니다. 일단 한번 부숴보죠!"

"네? 분해가 아니고요……?"

"아! 분해!"

마이클은 곧바로 시계 뒷면을 돌려 뜯어내기 시작했다. 하나씩 분해할 때마다 마이클은 기쁜 목소리로 설명을 이었다.

"오… 스위스 전통 수제 방식이네요. 이 방식으로는 오차를 줄이는 데 한계가 있어서 잘 사용하지 않고, 여기서 더 발전한 방식을 사용해요. 지금은 잘 볼 수 없는 방식이에요. 이 방법으로 오차를 이렇게 줄이기가 쉬운 게 아닌데……."

부품을 하나하나 분해할수록 마이클은 말이 없어졌다. 그 모습을 지켜보던 벤자민 역시 당황했다.

"메인 플레이트도… 어? 이거. 요크 스프링이 몇 개야. 보통은 한 개만 들어가는데 3개네. 아… 이걸로 잡아주는 건가? 이게 3천 프랑이라고……? 말도 안 돼!"

마이클은 시계에만 빠져 점차 말도 없어졌고, 벤자민은 씨익 웃었다. 말이 없어도 자막을 넣으면 그만이었다. R사 출신 엔지니어가 다른 브랜드의 시계를 보며 놀라는 모습만으로 충분했다.

[R사 엔지니어도 놀라게 한 I사의 시계]

제목까지 벌써 생각해 뒀다. 시계를 좋아하는 사람들이라면 누구든지 관심을 가질 만한 제목으로.

시간이 한참 지나서야 마이클이 입을 열었다.

"아… 이런 실수를… 궁금한 마음에 마구 분해했더니 그만… 설계도는 없으시겠죠……?"

*　　　　*　　　　*

우진은 미국으로 돌아간 델핀에게서 연락을 받았다. 델핀은 오늘부터 뉴욕을 시작으로 무대인사를 한다고 알렸다. 한국도 'Judge4'가 오늘부터 개봉이었고, 무대인사는 다음 주로 잡혀 있었다.

우진도 영화가 궁금했다. 하지만 오픈이 얼마 남지 않았고, 그 전에 해결해야 할 문제들이 산더미 같아 영화를 볼 시간이 없었다. 그래도 사람들의 반응은 궁금했기에 리뷰 정도만 찾아보았다.

잠시 휴식을 위해 작업실에서 나와 사무실로 온 세운도 우진과 함께 기사를 보며 신기해했다.

"델핀 씨가 연기를 잘하시나 봐요."

"그러게. 세상 나쁜 놈이라네. 그런데 이거 나쁜 얘기들만 있는데… 이래서 인기를 얻을 수 있을까?"

델핀에 대한 얘기는 주인공 조엘보다 분명히 적었다. 악역이라고 짤막하게 언급만 하고 넘어가는 경우가 많았다. 하지만 우진의 눈에는 델핀이 언급된 부분만 보였다.

"지금까지 나왔던 악당들 중에서 가장 미친놈이래요."

"그러지 말고, 우리 보러 갈까?"

"아니에요. 일해야죠."

"궁금하잖아. 마지막이 어떻길래 그 순해 보이는 아저씨가 세상 미친놈이라고 그러지?"

"누가 스포 올려놨던데. 알려 드려요?"

"아니야! 아니야! 말하지 마!"

그때, 한쪽에서 작업 중이던 팻사라곤이 대화에 끼어들었다.

"오늘 퇴근하고 보러 가려고 했는데 포기했습니다?"

"어? 왜?"

"잔인하다고 합니다? 델핀, 그 사람만 나오면 19금도 부족하다고 했습니다?"

"팻! 그냥 영어로 말해. 우리끼리 있잖아."

"아, 그러네요. 듣기로는 엄청 잔인하대요. 델핀 씨 겉으로 보기에는 착해 보였는데… 심의를 어떻게 통과했는지 신기할 정도로 잔인하대요. 리뷰에 컷맨이라고 해서 뭔가 봤더니, 델핀 씨가 나오기만 하면 무조건 신체 한 군데는 자르고 시작한대요. 원래는 댕이랑 보러 가려고 했는데, 안 가려고요."

"그래?"

팟사라곤의 이야기를 들은 우진도 놀란 표정을 지었다. 하지만 영화에서 인상이 강하면 강할수록 도움이 될 것 같았다. 스크린 속의 악당이 스크린 밖에서는 순해 보이는 모습이라니.

반전 매력에 사람들이 끌리는 법이었다.

*   *   *

다음 날.

아침 일찍부터 숍에 나온 우진은 뉴욕 무대인사에 대한 기사를 찾아봤다. 아직 한국 기사로 나오진 않아서, 뉴욕 타임스부터 데일리 뉴욕까지 뉴욕 지역 신문을 하나씩 검색했다.

기대작이었던지라 이제 개봉 첫날임에도 불구하고 많은 관심을 불러 모았다. 당연히 배우들에게도 관심이 쏠렸다. 하지만 대부분의 사진이 주인공인 조엘 위주로 올라와 있었다.

델핀도 간혹 보이긴 했지만, 여러 사람들과 함께 찍은 단체 사진이 전부였다.

'재킷을 입었구나. 포켓스퀘어도 잘 넣었고, 머리도 잘했고. 그래도 잘 입었네.'

기사에 잘 나오지 않아 만족스럽진 않았지만, 사진만 봐도 델핀이 얼마나 신경을 썼는지가 여실히 느껴졌다. 우진이 다른 기사도 찾아볼 때, 전화가 울렸다.

"네, 선생님."

─하하하하, 너 뭐야!

우진은 제프가 왜 전화했는지 단번에 알아차렸다.

─야, 너 때문에 우리 기획 팀 애들이 엄청 바쁜데? 제이슨도 이러지도 저러지도 못하고 있어, 하하.

얼마 전, 우진과 함께 회의에 참석한 매튜는 I.J도 홍보 마케팅의 일환으로 영화배우에게 협찬하겠다고 알렸다. 하지만 어떤 영화인지는 밝히지 않았다.

다들 설마 조엘과 같은 영화에 출연한 배우에게 협찬할 줄은 몰랐던 모양이었다.

─뭐라고 하려는 거 아니야. 잘했다고. 난 제이슨 하는 꼬라지가 마음에 안 들었거든. 하하, 속이 다 시원하네. 하려면 같이해야지!

제프는 마케팅에 관여하지 않았을 거란 생각이 맞자 우진은 살며시 웃었다.

─지금 기획 팀이 우리 거 홍보하는 데 I.J가 갑자기 끼어들었다고 그래서, 처음에는 뭔 소리인가 했어.

"미리 말씀드리지 못해서 죄송해요."

─됐어, 뭘 네 회사 얘기까지 해. 우리는 그냥 옷 얘기만 해

도 충분하지. 아무튼 그래서, 우리 회사 애들이 그 살인마 만나느라 엄청 바쁘다. 같이 홍보해야 하나, 아니면 우리 옷만 홍보해야 하나 고민하더라고. 같이 협력하는 사이인데, 잘못하면 사이 안 좋다고 소문날 수도 있잖아. 그렇다고 같이 홍보해 버리면 서로 비교될 수도 있고. 그래서 제이슨은 주가가 내려갈까 봐 벌벌 떨더라. 하하하.

"그래서 어떻게 하기로 했어요?"

─아제슬 아니고 너네 옷이라서, 이번에는 우리 거만 홍보한대. 아제슬에서 출시하는 옷은 같이한다고 했어. 내일 호주로 무대인사를 간다고 했으니까 그때는 같이하겠네. 참, 그리고 옷 좋더라. 크크, 그래서 제이슨이 더 고민이지. 제프란은 팔아야겠지, 홍보해 주기는 싫지. 하하하.

우진도 거기까지는 미처 생각하지 못했는데, 뜻밖의 홍보를 할 수 있게 된 상황이었다. 그럼에도 우진은 제프의 말에 씁쓸한 미소를 지었다.

'아직까진 경쟁 상대로 보지 않는구나.'

어느 정도 어깨를 나란히 한다고 생각했는데, 제프는 자신을 아예 신경도 쓰지 않는 느낌이었다.

*　　　　*　　　　*

이틀 뒤, 제프가 말한 대로 호주에서 무대인사를 하는 델핀의 사진이 기사로 떴다.

영화는 이미 예상한 대로 성공적인 홍행을 기록 중이었다. 그러자 자연스레 배우들에게도 관심이 쏠렸다. 그러다 보니 델핀도 인터뷰가 많아졌다.

인터뷰 질문 중엔 영화에 대한 내용도 있었지만, 제프 우드의 홍보 덕분인지 옷에 대한 내용도 은근히 많았다. 델핀의 사진과 함께, 아제슬 중 I.J의 옷을 입었다는 내용이 꼬리로 붙었다. 자세한 소개는 없지만, 대신 굉장히 만족한다는 짤막한 인터뷰가 나와 있었다.

그 외에도, 우진이 원하던 대로 델핀과 조엘이 나란히 찍힌 사진 덕분에 옷을 비교하는 사람도 생겼다. 물론 해외에서는 제프 우드가 워낙 유명하다 보니, 제프 우드의 압승이나 다름없었다. 비록 I.J가 떠오르고는 있다 해도, 제프 우드는 이미 오래전부터 명품이었기에 당연한 일이었다. 영화의 주인공이 입었으니 스포트라이트를 받는 건 당연했다.

하지만 한국의 상황은 전혀 달랐다. 한국은 세계 영화 시장에서도 5, 6위를 오르락내리락하는 큰 시장이었다. 그렇다 보니 영화가 홍행할수록 주인공인 조엘보다 조연인 델핀의 기사가 쉴 새 없이 쏟아져 나왔다. 반응을 보던 I.J 식구들도 전혀 생각하지 못한 일이었다.

"와, 이게 이렇게 풀리나?"

"그러게요."

I.J가 한국 브랜드인 점도 있고, 영화 자체가 재밌기도 했다. 하지만 그것보다 다른 이유가 더 컸다. 한국 영화 팬들이 델핀이라는 사람 자체에 관심을 보이기 시작한 것이다.

영화가 흥행 가도를 달리자, 관심은 저절로 배우에게 쏠렸다. 배우에 대해 좀 더 알고 싶어진 사람들은 자연스럽게 델핀의 SNS로 모여들었다. 그렇게 델핀의 SNS에 접속한 사람들은 익숙한 배경의 사진을 볼 수 있었다.

서울 곳곳의 풍경 사진. 그것도 한 장이 아니라 수십 장이었다. 서울 풍경을 배경 삼아 사진을 찍은 델핀의 모습이 잔뜩 있었다.

[안녕하세요? 한국 좋아요!]

게다가 간단한 한글까지 적어서 올려놨다. 그러다 보니 델핀은 자연스럽게 한국을 좋아하는 외국인이 되어버렸다.

그중에서도 I.J 방문기가 가장 인기가 많았다. 매장 밖에서 매장을 배경으로 찍은 사진과 함께 두근거린다는 글을 올리고, 가봉 중인 사진에는 '변신 중'이라는 장난스러운 말까지 덧붙였다.

"한국에 있는 동안 그렇게 돌아다니더니, 우리한테는 완전 행운이네."

"조금 미안해지네요. 관광시켜 준 적도 없는데."

"어이구, 다 퍼 주겠어! 900만 원짜리 옷 3벌에 맞춤옷도 한 벌 줬는데 그거면 됐지. 그나저나 이젠 놀랍지도 않다. 진짜 넌 보는 눈 하나는 대단해. 이럴 줄 예상했어?"

델핀에게서 빛을 봤기에 멋있을 거라는 점은 예상했지만, 이런 반응은 전혀 예상하지 못했다. 자신의 능력이 아니었기에 우진은 멋쩍게 웃어넘기고는, 마저 반응을 살폈다.

델핀이 악역임에도 한국 사람들의 반응은 긍정적이었다. 한국을 좋아하고 한국 브랜드를 좋아하는데 사람들이 싫어할 리가 없었다.

델핀의 얘기가 퍼져 나갈수록 대중들의 인식도 변하기 시작했다. 무명 배우, 악역 배우에서 한국을 사랑하는 배우, 친근한 배우가 되어버렸다.

델핀의 SNS를 캡처해 장난스럽게 꾸민 글이 지금 이 순간에도 인터넷에 계속 퍼지는 중이었다.

—대한 스위스 놈ㅋㅋㅋㅋㅋㅋ 델핀 루이즈ㅋㅋ 미친다. 이제부터 대필이라고 부르자ㅋㅋㅋ

—우대필ㅋㅋㅋ 삼중인격자임. 영화랑 실제랑 I.J 다녀왔을 때랑 완전 다름zzzz

—연기가 개쩔어서 그러는 듯. 그런데 얼마나 마음에 들어야 맨날 저 옷만 입음ㅋㅋ

—ㅇㅈㅋㅋㅋ 사진이 전부 다 저 옷임. 그런데 영화랑은 완전

달라 보임.

　—영화에서 경찰 팔 잘라서 그 팔로 싸다구 때릴 땐 진심 무서웠는데. 줄무늬 셔츠 사진만 보면 세상 누구보다 부드러워 보여.

　—스포 금지 X발

　—그거보다 뉴욕에서 찍은 사진 봤음? 진짜 개작살남. ㄹㅇ개깜놀.

　—진짜 개멋있다던데. 그 옷 I.J 옷이라던데 장난 아님.

　입소문을 타기 시작하자 홍보할 필요도 없어졌다. 열렬한 팬들은 인터넷 초강국이라는 불리는 나라답게, 전 세계 인터넷에 델핀을 지지하는 글을 쏟아내기 시작했다. 그러자 각국의 사람들도 점점 델핀에게 관심을 두기 시작했다.

　—내일모레 우대필 한국 온다ㅋㅋㅋ 진심 기대된다.

*　　　*　　　*

　늦은 밤까지 영상 편집을 마치고 Y튜브에 업로드까지 한 벤자민은 아침부터 울리는 휴대폰 알람에 눈도 뜨지 않은 채 베개 밑을 뒤적거렸다. 뒤적거려 찾은 휴대폰의 알람을 끄려던 차에, 휴대폰 잠김 화면에 떠 있는 알림에 눈을 비비며 휴대폰을 살폈다.

댓글 +999

"뭐야? 뭐… 잘못했나……?"

벤자민은 침대에 누운 채 휴대폰으로 Y튜브 채널에 들어갔다. 그리고 영상을 확인하려던 중 뭔가 이상함을 느꼈다.

분명 구독자 수는 얼마 전에 겨우 백만을 넘어섰다. 그런데 앞에 보이는 숫자가 이상했다. 앞자리는 아직 1이 맞는데, 뒷자리가 자신이 알던 숫자가 아니었다. 분명 어젯밤까지만 해도 겨우 백만을 유지하고 있었다.

"백구십만……? 뭐야……?"

믿을 수 없어 연신 눈을 껌뻑이며 확인했지만, 숫자는 변하지 않았다. 백만 구독자를 모은 기간이 3년이었다. 그런데 하룻밤 사이에 3년치 구독자가 늘어났다.

짜악!

꿈인지 확인하기 위해 스스로 뺨을 때리는 일은 영화에서만 볼 줄 알았는데, 지금 자신이 그 짓을 하고 있었다. 얼마나 세게 때렸는지 볼이 빨개졌지만 아픈 것도 느껴지지 않았다.

두근거리는 심장 소리가 들릴 정도였기에 벤자민은 가슴을 한 번 두드리고는 채널 정보를 확인했다. 그리고 바탕화면에 있던 댓글 +999의 영상이 바로 어젯밤 올린 I.J 시계 영상이라는 걸 알아차렸다.

"뭐야… 반나절 만에 조회수가 150만이야……?"

분명 어젯밤에 올린 영상이었기에 쉽게 믿어지지가 않았다. 자신이 며칠간 기절한 게 아닌지 현재 날짜까지 확인한 뒤, 벤자민은 댓글로 눈을 돌렸다.

스페인어로 된 댓글도 있었지만, 생전 처음 보는 언어가 훨씬 많았다.

"내가 해외에서 먹히나……?"

벤자민은 댓글들을 복사해 검색 사이트에서 번역까지 돌렸지만, 제대로 알아볼 수가 없었다. 그러다 일부 구독자가 스페인어로 올려놓은 글을 확인하고서야 어디 언어인지 알 수 있었다.

"한국어구나. 도대체 한국에서 왜? 그리고 대필? 대필은 또 누구야? 대필이 시계? 한국에서 유명한 사람인가 보네."

벤자민은 대필이 누군지도 몰랐지만, 어쨌든 대필이라는 사람 덕분에 자신의 구독자 수가 올라갔다고 생각했다. 몇 번을 보고, 또 보고 나서야 차차 실감이 났다. 그러자 한번 올라간 입꼬리가 내려가지 않았다.

"사랑해, 대필! 나도 이제 대필 팬!"

벤자민은 기쁜 마음에, 천장에 머리가 닿도록 방방 뛰며 방을 돌아다녔다. 그러다 갑자기 행동을 멈추더니, 휴대폰을 가만히 들여다봤다.

"아… 이참에 제목도 바꿔야겠다. 확실히 늘 거야!"

생각을 마친 그는 곧바로 제목부터 수정했다.

[Reloj del DaeFeel! 대필의 시계! 그 모든 것을 알아본다!]

*   *   *

비행기를 타고 있던 델핀은 한국 인천공항에 도착한다는 안내 방송을 듣고선 기지개를 켰다. 강행군으로 이어진 무대 인사 때문에 몸은 상당히 피곤했지만, 정신만은 또렷했다.

며칠 전부터 갑자기 SNS에 팬이 늘어나기 시작했고, 어째서 인지 모르지만 한국 사람들이 몰려들었다. 한국어를 몰라 댓 글을 전부 알아볼 순 없었지만, 글 뒤에 붙인 하트 모양만 봐 도 대충 유추할 수 있었다. 욕을 써놓고 하트를 그려놓진 않 을 테니 말이다.

그동안은 왜 자신을 무대인사에 포함시켰는지 이해할 수가 없었다. 물론, 신인이나 다름없는 자신을 무대인사에 넣어준 건 고마웠다. 하지만 첫 무대인사 장소였던 뉴욕에서는 입을 열 기회가 없었다. 밤새 예상 질문을 뽑고 답변까지 외웠건만.

물론 말을 하긴 했다. 영화에 대한 소개. 그거 말고는 딱히 다른 질문이 없었다.

그런데 갑자기 호주에서부터 상황이 조금씩 변하기 시작했 다. 영화를 본 사람들이 자신을 알아보기도 했다. 그것만큼 기쁜 것도 없었다. 당연히 주연배우들과는 차이가 있었지만, 생전 처음 느껴본 기분이었다. 그동안 연기를 포기하지 않고 계속하길 잘했다는 생각과, 배우가 인기를 먹고 산다는 말이 어떤 뜻인지 조금이나마 느낄 수 있었다.

그리고 그런 팬들이 상당히 많은 한국에 도착했으니, 당연히 기대할 수밖에 없었다.

"델핀, 한국에서는 나보다 인기 많은 거 아니야? 한국 가면 놀랄 수도 있겠어."

"하하, 농담도."

"아냐, 진짜야. 내가 한 3년 전인가 한국에 갔을 때, 공항에서 기다리던 사람들이 엄청났어. 아마 오늘도 그럴걸?"

"그래? 저번에 갔을 때는 아무도 없었는데, 하하."

"그때하고는 또 다르지. SNS에 한국 팬들 많다며. 한국에서 흥행 순위 1위라고 하더라. 한국 시장은 세계에서 3위고."

"와, 엄청나네."

"괜히 나가서 이상한 표정 짓지 말고 마음 단단히 먹고 나가, 하하."

촬영하면서 친해진 조엘에게 SNS를 살짝 자랑하긴 했지만, 농담이라 생각한 델핀은 피식 웃어넘겼다. 아무리 SNS에 팬들이 몰려든다고 해도 그 정도까진 아니었다.

그러는 사이 한국에 도착했다. 입국 수속까지 끝낸 델핀은 서둘러 우진이 만들어준 옷으로 갈아입었다. 도와줄 사람이 없으니 혼자 입어야 했지만, 많이 입어본 덕분에 별 어려움은 없었다.

델핀은 머리까지 정리한 뒤 거울을 봤다. 스스로 보기에도 많이 변한 모습에 만족스러운 미소를 지은 델핀은 기다리던 일행에게 향했다. 그러자 먼저 나와 있던 조엘이 입을 열었다.

"그 옷 진짜 잘 어울린다."

"그래? 하하, 나도 정말 마음에 들어."

조엘은 델핀이 이 옷을 입을 때마다 부러워했다. 예전엔 말도 걸 수 없었던 사람이 이제는 자신을 부러워한다는 게 뿌듯했다. 델핀은 씨익 웃으며 다시 옷매무새를 점검했다.

"나도 오늘은 다른 디자인으로 해달라고 해야지. 꼭 단벌 신사 같잖아. 오늘 날도 춥다는데 코트를 벗으라고만 해봐. 아주 그냥."

톱스타답게 팀까지 대동한 조엘은 스타일리스트를 구박하고는 걸음을 옮겼다. 게이트에 다 왔을 때쯤 스태프들이 배우들을 앞으로 세웠다. 주연인 조엘과 여배우가 먼저 나가고, 그다음에 델핀이 뒤따라오는 식이었다. 언제나 그랬기에 델핀은 익숙했다.

어느덧 게이트에 도착했고, 자동문이 열렸다.

촤촤촤촤촤—

수많은 사람들이 몰려 있었다. 동시에 카메라 셔터가 정신없이 터지자 배우들이 전부 놀랐다. 다른 나라들에 비해 취재진도 훨씬 많을뿐더러, 일반인으로 보이는 사람도 상당히 많았다. 환영한다는 말이 적힌 피켓은 셀 수도 없었다.

이런 경우를 많이 겪어본 조엘 역시 당황했다. 하지만 경험이 있어서인지 당황한 기색을 금세 지운 그는 취재진을 향해 손을 흔들었다.

"어! 조엘이다! 옆에 마리사!"

뒤따라가던 델핀도 수많은 인파에 상당히 놀랐다. 비행기에서 조엘의 조언이 있었지만, 그런 건 소용없었다. 뉴욕과 호주에서도 사람들이 많다고 생각했는데, 이 정도까지는 아니었다.

결국 그는 저번에 봤던 풍경과 180도 다른 모습에 너무 놀란 나머지 걸음을 멈춰 버렸다. 그때 앞에 보이는 수많은 카메라가 자신을 향한 것이 보였다.

델핀은 아차 싶었다. 일행과 떨어져 있어 촬영이 지체된다고 생각한 그는 급하게 걸음을 옮겼다. 그런데 조금 이상했다.

다른 때 같았으면 카메라들이 전부 조엘에게로 향했을 텐데, 지금은 자신을 향해 있는 것 같았다. 자신을 찍는 건지, 아니면 조엘을 찍으려는데 동선에 걸려 있어서 찍히는 건지 모르겠지만 수많은 카메라가 따라붙었다.

델핀은 혹시 자신이 방해하고 있을 수도 있다는 생각에 다시 걸음을 멈췄다. 그제야 확실히 알 수 있었다. 카메라들이 전부 자신을 향해 있다는 걸.

"대필! 대필! 우대필! 룩 앤 미!"

"대필 씨! 여기도 한 번만 봐주세요! 여기! 여기!"

"여기도! 여기도! 손 한 번만 흔들어주세요! 손!"

앞에 가던 배우들은 물론이고, 스태프들까지 놀란 나머지 걸음을 멈추고 그 광경을 지켜봤다. 그리고 오늘의 주인공인 델핀은 침을 꼴깍 삼키고는 손가락으로 자신을 가리켰다.

"나요……?"

촤촤촤촤촤―

"원 모어! 스마일! 스마일!"

"플리즈, 씨 히어!"

델핀은 한참을 멍하니 카메라 앞에 서 있었다.

＊　　　　　＊　　　　　＊

사무실에서 델핀의 기사를 접한 I.J 식구들의 고개가 전부 우진을 향했다.

"와… 우진이 너 이것도 예상한 거야……?"

"아니에요. 저도 놀랐는데……."

"대단하네. 그런데 표정은 왜 저래? 바보같이 멍해선."

"놀랐고만. 우리 임 선생 덕분에 새로운 인생을 사는 기분이겠어."

"아! 저 때문 아니에요."

우진도 한국에서 유독 델핀이 인기가 있다는 건 알았지만, 이 정도로 뜨거우리라고는 예상하지 못했다. 델핀의 인기에 힘입어 한국에서만 'Judge4'의 포스터가 새롭게 나오기까지 했다. 포스터만 보면 델핀이 조엘과 더불어 주연이었다.

인터넷은 온통 델핀에 대한 얘기였다. 그러다 보니 기자들은 사람들의 욕구를 충족시켜 주기 위해 델핀을 좀 더 자세히 조사했다. 단역으로 출연한 영화들은 기본이었다.

⟨델핀? No. 대필! 엑스트라에서 조연까지 그 모든 것⟩
⟨한국을 사랑하는 백인. 한국과의 인연은 언제부터?⟩

우진도 처음 듣는 얘기들이 기사로 나왔다. 새로고침을 할 때마다 새로운 기사들이 쏟아져 나왔다. 게다가 델핀의 시계까지 새로 조명하기 시작했다.

⟨대필의 시계? 공항에선 볼 수 없던 시계!⟩
⟨해외 인기 스트리머가 언급한 대필의 시계! I사는 어디?⟩

I.J가 의뢰한 스트리머인 벤자민의 영상까지 캡처한 기사가 올라갔다. 인천공항에서는 델핀이 시계를 착용하고 있지 않아

서, 호주 무대인사 사진을 올려놓았다. 세운은 기사에 올라온 I.J 시계를 보며 혀를 내둘렀다.

"와… 네가 말한 두 가지가… 이렇게 되네… 후, 무대인사를 하고 있다고 그랬지?"

"네, 지금쯤이면 하고 있을 건데."

"그 사진도 나오면 우리 옷이랑 시계가 또다시 엄청 언급되겠다. 이거 막, 뉴욕 아제슬처럼 우리 매장 앞에도 전날부터 줄 서 있는 거 아니야?"

무대인사를 찍은 인터뷰 영상은 저녁에 방영하는 연예 소식 프로그램을 통해 소개됐다. 델핀은 무대인사에서는 공항에서와 다르게 아제슬 이름으로 출시할 줄무늬 셔츠를 입고 나타났다.

협찬을 처음 받아본 델핀은 사명감이 있는지 인터뷰 중에도 옷매무새를 쉴 새 없이 정리했다. 이어진 델핀의 말이 더욱더 사람들을 열광하게 만들었다.

―굉장히 멋지세요! 평소에도 이렇게 패션에 관심이 많으세요?

―아! 그런 건 아니고요. 사실 이 옷이 협찬이거든요. 아무것도 아닌 저한테 협찬해 주셨으니까 최대한 잘 보여줄 수 있도록 해야죠.

―하하하, 광고주 여러분! 보이십니까? 여기 움직이는 광고

판인 델핀 씨가 기다리고 계십니다.

 이렇게 대놓고 얘기할 줄은 몰랐던 우진과 사무실 식구들의 얼굴에 미소가 지어졌다. 그 외에도 알아서 홍보해 주는 영상 및 사진이 많이 있었다.

 툭 하면 시간을 확인하고 손목을 흔드는 통에, 자연스럽게 시계가 노출됐다. 게다가 그것으로도 부족한지, 사진을 찍을 땐 시계가 보이도록 꼭 왼손으로 손가락 하트를 했다.

 "이 정도로 유명해질 줄은 몰랐는데. 시간을 내서라도 영화를 볼걸 그랬어요."

 "바빠서 어쩔 수 없었어. 매튜도 예약해 놨다가 취소했잖아."

 델핀 덕분에 홍보 하나는 끝내주게 됐다. 업무를 볼 수 없는 상태까지 전화가 울려서, 수화기는 내려놓은 지 오래였다. 메일도 엄청나게 쏟아졌다.

 한국의 배우들은 물론이고 해외 배우들, 엔터테인먼트, 에이전시, 개인까지 골고루 문의 메일을 보내왔다. 자신들의 프로필부터 향후 계획까지 첨부해서. 게다가 개인 스트리머들까지 시계 리뷰를 하고 싶다고 알려왔다. 하지만 미안하게도 전부 다 읽을 순 없었다.

 모든 요청을 전부 받아들일 생각은 없었다. 더 많이 홍보를 하면 좋겠지만, 시간이 부족했다. 이제는 다음 단계로 넘어가야 했다.

시계와 옷을 함께 홍보하는 일. 이는 I.J에 대한 기사를 좋게 써준 Moon 매거진을 통해서 하기로 정해졌다.

광고 지면 입찰이 끝난 상태인지라 잡지에 광고 페이지를 넣을 순 없었다. 대신 인터뷰를 4페이지나 할당받았다. 오히려 그편이 I.J로서는 훨씬 좋은 조건이었다.

인터뷰 생각을 마친 우진이 퇴근하려고 자리에서 일어날 때였다.

따르르르—

"어! 델핀 씨!"

—오! 선생님! 사랑해! 고마워!

"하하, 한국말 배우셨어요?"

—사랑해! 몇 개만 배웠어요.

"바쁘실 텐데, 어떻게 연락을 주셨어요?"

—바빠도 해야죠! 다 선생님 덕분인데! 정말 감사해요! 찾아뵙고 인사드리려고 하는데, 내일 오전에야 시간이 날 거 같거든요!

"언제든지 오세요. 아… 내일 오전이면……."

우진도 델핀이 반갑기는 했지만, 내일 오전엔 이미 장 기자와의 선약이 잡혀 있었다.

—약속이 있으신가 보네요! 꼭 만나 뵙고 인사를 드리고 싶었는데.

"아, 내일은 인터뷰가 잡혀 있어서요."

―인터뷰요? 아… 아쉽네요. 그러면 어쩔… 아! 저도 그 인터뷰, 같이할까요?

"네?"

―그게 제 입으로 말하긴 그런데… 하하, 제가 인기가 많더라고요. 저한테 주신 옷 때문에 인터뷰하시는 거 아니세요?

"그게 맞긴 맞는데."

―그럼! 제가 협찬도 받았는데 당연히 함께해야죠! 내일 오전에 찾아뵐게요!

그때 전화 너머로 델핀을 부르는 소리가 들렸다. 우진이 거절할 사이도 없이, 델핀은 내일 온다는 말과 함께 통화를 마쳤다.

함께 집에 가려던 세운은 내용이 궁금한 모양인지 우진에게 물었다.

"뭐래?"

"내일 온다고 그러네요."

"역시 대한 스위스 놈답게 예의를 알아. 그런데 고맙다고 온다는 거 같은데, 표정이 왜 그래?"

"내일 장 기자님하고 약속이 있잖아요. 그거 도와준다고 해서요."

"오! 잘됐네! 장 기자가 엄청나게 좋아하겠는데?"

"휴, 일단 전화부터 해봐야겠어요."

        *   *   *

잡지 발매 시간이 다가와 잡지사에 남아서 기사 퇴고를 하던 장 기자는 늦은 밤 걸려온 전화에 흠칫 놀랐다. 이 시간에 걸려온 전화치고 좋은 소식을 받아본 기억이 없었다.

"네… 선생님, 무슨 일 있으세요?"

─아, 그런 건 아니고 내일 인터뷰 때문에 연락드렸어요.

장 기자는 인상을 찡그렸다. 이미 페이지까지 할당받아 놓은 상태인데, 내일 인터뷰를 하지 못하면 빈 페이지를 무슨 수를 쓰더라도 채워야 했다. 그렇다면 며칠 동안 야근은 확실했다.

"아… 바쁘시구나. 그럼 내일 오후나… 아! 전 지금도 괜찮은데 너무 늦었죠……?"

─인터뷰 시간은 문제없어요. 그 문제가 아니라, 한 분이 더 자리해도 괜찮을까 싶어서요.

"아! 다행이다! 정말 감사합니다! 하하, 사실 엄청나게 놀랐어요! 그런데 어떤 분인지……."

─델핀 씨 아시죠? …여보세요? 장 기자님?

장 기자는 자신이 들은 이름이 맞는지 귀를 후볐다.

"혹시, 대필… 그 사람 맞나요?"

─네, 맞아요. 그분도 오실 거 같아요.

"제가 더 감사하죠! 감사합니다! 감사합니다!"

통화를 마친 장 기자는 벌떡 일어나더니 보이지도 않는 우진에게 고개 숙여 인사했다.

—

제2장

아제슬 오픈

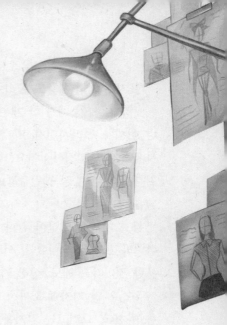

며칠 뒤. 준식이 택배를 들고 사무실로 올라왔다.

"선생님, 퀵으로 이게 왔는데요."

"뭔데요?"

"보낸 사람은 Moon 매거진이네요."

우진은 받아 든 소포의 포장지를 뜯었다. 그러자 Moon 매거진의 이번 달 잡지가 있었고, 표지에 사용한 사진이 눈에 들어왔다. 우진은 씨익 웃으며 사무실 식구들에게 보여주고는 곧바로 휴대폰을 꺼냈다.

"장 기자님, 잡지 잘 받았어요. 감사해요."

—아! 하하. 감사는요! 제가 한 건 아무것도 없는걸요, 하하.

"표지에 저희 제품도 올려주셨잖아요."

―하하! 그건 제가 한 게 아닙니다. 국장님이 사진을 보시더니 어찌나 놀라시던지, 막 말까지 더듬으면서 곧바로 표지로 사용하자고 결정하셨어요, 하하. 사람들이 가장 궁금해하는 걸 올려놔야지 잘 팔린다고. 선생님 덕분에 저만 아주 영웅이 됐습니다! 하하.

광고 지면에 입찰이 끝나 인터뷰를 잡았는데, 광고 지면이 아니라 표지를 장식했다. 서로 이해관계가 맞아떨어졌기에 사용한 것이라고 해도, 신경 써준 마음이 고마웠다.

우진은 장 기자에게 다시 한번 감사 인사를 한 뒤에야 통화를 마쳤다. 그러고는 잡지를 보던 사무실 식구들에게로 향했다.

"어! 통화 다 했어? 이거 봐. 기사 잘 썼다, 하하."

"그래요?"

"어! 델핀의 은인! 이거 나가면 또 협찬해 달라고 전화 좀 받겠다. 이거 언제부터 발매라고?"

"오늘부터라고 했으니까 지금쯤 팔리고 있지 않을까요?"

"그래? 하긴 잡지 보는 사람이 많이 없으니까. 그래도 표지는 보이니까. 하하."

잡지에는 델핀의 이야기도 있었지만, I.J의 옷 소개도 착실히 담겨 있었다. 이번에 출시할 옷 소개와 원단 소개 및 우진이 신경 쓴 가격 부분까지.

마지막으로 스위스에서 판매하는 I.J의 시계는 아제슬 옷을 구매하는 고객만 구매할 수 있다고도 알렸다. 20% 할인까지 가능하다는 안내와 함께, 시계에 대한 정보까지 올려놨다.

6개월 동안 1,000명에 한해서 진행하고, 하루 최대 수용 고객은 200명이라고도 밝혔다.

여러 가지 안내들까지, 정말 있는 그대로 사실만 적어놨다. 이래서 장 기자를 고른 것이었다.

우진이 만족한 얼굴로 기사를 볼 때, 옆에서 함께 보던 세운이 고개를 절레절레 저으며 말했다.

"진짜 대박이야. 장 기자도 포상금 좀 받겠는데?"

"그럼 좋죠. 도와주신 건데."

"우리가 도와준 거지. 델핀 씨, 일본에 무대인사 간 거 봤어?"

"나왔어요?"

"사진만 나왔는데, 크크, 장난 아니야. 일본 애들 진짜 이상해. 우리나라야 대필이가 우리나라 좋다고 그러니까 이해를 하는데, 걔네는 왜 좋아하지? 신기하단 말이야."

우진은 피식 웃고는 일본 반응을 확인하기 위해 자리에 앉았다. 그때, 매튜가 우진을 보며 입을 열었다.

"그리고 Malone 스튜디오에서 연락이 왔습니다."

"Malone이요?"

"작년 신혼부부 작업으로 계약하셨던 스튜디오입니다. 곧 촬영을 진행한다고 알려왔습니다. 그래서 이종도 씨한테도 전화가 왔었습니다."

우진은 패션쇼에서 이종도를 만났을 때 들었던 말이 떠올랐다. 하지만 I.J에서 신경 쓸 부분이 아니었기에 우진은 그저 고개만 끄덕였다. 매튜의 보고는 이어졌다.

"그리고 Y튜브 벤자민 씨가 다른 시계도 협찬해 줄 수 있냐고 요청을 했는데, 거절했습니다."

"잘하셨어요. 그 정도면 충분한 거 같아요."

벤자민이 올린 영상의 조회수는 며칠 만에 오백만 뷰가 넘어섰다. 이대로라면 곧 천만 뷰도 넘을 기세였다. 그 때문인지 벤자민은 수시로 다른 종류의 제품도 요청했다.

하지만 우진은 매튜가 말한 대로, 딱 그 정도면 충분하다고 생각했다. 오픈이 며칠 남지 않았기에 지금은 주문에 대한 준비를 해야 할 때였다.

우진은 다시 모니터를 보며 델핀을 검색했다. 그러자 일본 무대인사의 사진이 수두룩하게 나왔다. 세운 말대로 대단했다. 손으로 입을 막고 오열하는 사람부터, 코스프레 왕국답게 극 중 델핀의 모습으로 변장하고 팔 모형을 들고 있는 사람까지 보였다.

델핀은 그런 팬들에게 일일이 인사해 주고 있었다. 일본은 그렇게 멀지 않은 나라이니 한국까지 와서 옷을 맞추는 고객도 생길 것 같았다. 세금은 어쩔 수 없겠지만.

우진이 사진을 하나하나 찾아볼 때, 휴대폰이 울렸다.

"교수님, 안녕하셨어요."

—아! 선생님! 하하, 잘 지내셨죠!

오랜만에 듣는 김 교수의 목소리였다.

—이제 오픈이라 바쁘실 거 같아서 I.J로 전화했는데 연결이 안 되더군요. 그래서 답답한 마음에 실례인 걸 알면서도 선생님께 전화를 드렸습니다.

우진은 사무실 전화를 힐끗 쳐다봤다. 업무를 볼 수 없을 정도로 울려서 전부 내려놓은 상태였다.

"무슨 일 있으세요?"

—하하, 좀 궁금해서요. 저도 이번에 아제슬 옷을 구매하고 싶은데 아무래도 학기 초라 시간이 안 되더라고요. 혹시 예약은 안 되겠죠? 하하, 안 되는 거 알면서도 아쉬운 마음에 물어보게 되네요.

"죄송해요. 운영 팀에서 정해놓은 사항이라서요. 6개월간 진행하니까⋯⋯"

—하하! 6개월은커녕 6일 전에 끝날 거 같은데요! 그래서 선생님도 하루에 200명 한정으로 정하신 거 아닙니까? 하하, 아이고⋯ 농담입니다. 그런데 혹시⋯ 시계만이라도 따로 구매가 안 될까요? 하하! I.J에서 시계까지 판매하는 줄 알았으면 미리 구매할 걸 그랬습니다! 그런데 하루에 200명씩이나 가능하세요?

"아! 숍에 새로운 직원분들이 오셨거든요."

Moon 매거진의 효과 때문인지 슬슬 시계에 대한 반응도 오기 시작했다. 우진은 김 교수에게 시계는 스위스에서 구매할 수 있다고 알려주고는 통화를 마쳤다. 그리고 테일러들에게 내려가려 했지만, I.J를 이용했던 고객들에게서 전화가 계속 왔다.

지상파나 케이블 TV 같은 곳에는 광고하지 못했지만, 우진은 Moon 매거진의 파급력에 충분히 만족할 수 있었다.

*　　　*　　　*

D-3일.

이제 정말 오픈이 얼마 남지 않아, 우진은 밥 먹을 시간도 없을 정도로 바빴다. 매튜 역시 눈코 뜰 새 없이 바빠서, 우진은 바이에르와 직접 통화를 해야 했다.

─수량은 맞출 수 있을 거 같아요! 저번에 말씀드린 대로 하루에 두 번. 오전, 오후로 나눠서 배송 보낼 예정이고요.

"진짜 많을 수도 있는데, 하나도 없을 수도 있어요. 아시죠?"

─괜찮아요! I.J에서 따로 주문이 없어도 수량은 전부 팔 수 있을 거 같아요. 오늘도 오픈 준비하는데 사람들이 계속 들어와서 시계 살 수 있냐고 물어봤거든요, 하하.

며칠 전 갑자기 사람들이 찾아온다는 바이에르의 연락을 받아, 우진도 스위스 매장 상황을 알고 있었다.

델핀이 유명해지자 벤자민의 영상이 인기를 얻었고, 더불어 Moon 매거진과 한 인터뷰도 시계 홍보에 한몫 거들었다. Moon 매거진의 인터뷰가 영어 및 스페인어로 번역되어 세계에 퍼진 일은 Moon 매거진이 한 것도, 그렇다고 I.J에서 한 것도 아니었다. 세계 각국에 있는 델핀의 팬들이 자체 번역을 한 것이었다.

우진도 인터뷰 여파로 상당히 시달리고 있었다. 인터뷰에서 원단을 공개한 것이 가장 크게 작용했다. 타래당 100만 원이 넘는 실을 최소 세 타래 사용한다고 밝힌 것이다. 쉴 새 없이 오는 문의에 힘들긴 했지만 얻는 것이 훨씬 많았다. 900만 원이라는 옷 가격에 학을 떼던 사람들도 원가를 보고 나서야 조금이나마 이해하는 분위기였다.

그 외에도, 자재비가 상당히 높은 것을 보자 사람들이 자재 자체에 관심을 보였다. 제프 우드에서는 기회를 놓치지 않고, 원단을 홍보하고 나섰다. 그걸로 부족했는지 Moon 매거진의 기사까지 사들여 자신들의 옷 홍보에 힘썼다. 그로 인해 I.J는 대중들에게 양심적인 명품으로 각인되었다.

─900만 원? 우습지. 등록금 두 번만 삥땅 치면 됨ㅋㅋ

─능력도 없으면서 괜히 옷 사려는 사람들 줄 서게 만들지 말

고 짜져 있으셈.

　—진짜 기대돼요. 15일에 벌써 월차 쓸 계획까지 잡아놓은
상태!

　—지금 일본 애들 I.J 원정대 모집 중ㅋㅋ 링크 걸어줌.

　오픈 당일을 기대한다는 글들이 엄청났다. Moon 매거진과
제프 우드의 감사 인사는 덤으로 얻었다.

　사람들의 반응이 좋다 보니 I.J 식구들도 덩달아 들떠 있었
다. 지금 바쁜 것은 문제가 되지 않았다.

　"선생님! 구청에서 허가 났어요!"

　"정말요? 아… 다행이다."

　"그런데 인도 전체는 아니에요. 길이는 매장에서 200m까지
고요, 폭은 1m 안으로요!"

　"그 정도면 충분하죠. 펜스는요?"

　"오늘 도착 예정이라고 했어요. 참, 그리고 통역사는 총 열
한 분 구했어요. 저희 일하는 시간이 길어서 두 팀으로 나눴
고요. 영어 통역만 한 분으로 구했어요."

　"잘하셨어요."

　그때 엘리베이터 문이 열렸다. 사람은 없고 박스들만 실려
있었다. 잠시 뒤 급하게 계단을 올라오는 준식과 그 뒤를 따
라오며 고개를 젓는 세운이 보였다.

　"우진아! 내버려 둬! 네가 그거 내리면 윤 매니저한테 혼난다!"

"네?"

"내가 2층 애들한테 도와달랬더니, 윤 매니저가 아주 죽일 듯이 쳐다보더라. 손이 생명인 사람들이라고. 그러더니 나도 건들지 말래. 나도 손이 생명이라고."

"아… 그럼 이것들 전부 혼자서 옮기셨어요?"

준식은 멋쩍게 웃고는 엘리베이터에서 박스를 내렸다. 그 뒤로도 준식은 몇 번이나 오르락내리락했다. 서둘러 다시 내려가려던 준식을 우진이 잡았다.

"좀 쉬세요!"

"휴, 알겠습니다. 쉬면서 확인해야겠네요."

우진은 못 말리겠다며 고개를 저었다.

사무실을 가득 채운 박스들은 여러 종류였다. 사람들이 길게 줄을 설까 혹시 몰라 준비한 펜스와, 3월이지만 아직 쌀쌀한 날씨를 이겨낼 수 있도록 준비한 핫 팩이었다.

줄만 세우는 거면 구청에 허가 요청을 할 필요가 없었지만, 안전을 위해 펜스를 설치하려면 허가를 받아야 했다. 혹시나 해외에서 올 고객도 있을까 싶어 통역까지 준비했다.

"휴… 괜히 설레발치는 건 아닌지 모르겠어요."

"아닙니다! 부족할 수도 있을 거 같은데요."

준식은 우진의 말에 대답해 가며 수량을 확인했다. 도와주고 싶었지만, 준식이 말리는 통에 우진은 그저 목록이 적힌 종이를 들고 입으로만 돕고 있었다.

그때 묵묵히 일하던 매튜가 서류를 들고 다가왔다.

"매니저님도 계실 때 얘기하는 게 낫겠습니다."

"아, 그래요. 제가 얘기할게요. 주세요."

테일러들을 제외한 모든 식구가 사무실에 있어서 따로 부를 필요가 없었다. 우진은 서류를 받아 들고는 차례차례 호명했다.

"오픈하면 굉장히 바쁠 거예요. 역할 분담이라고 보시면 돼요. 먼저 매튜랑 할아버지."

"그래."

"두 분은 고객이 오면 계약서를 쓰라고 말씀하시고, 제품 설명을 해주세요."

"네! 알겠습니다."

"그리고, 유 실장님은 저 좀 도와주세요. 테일러분들은 2인 1조인데 저만 치수를 옆에서 기입해 줄 사람이 없어요."

"네! 제가 할게요!"

"옷이 나오면 머리도 만져야 해서 힘드실 텐데, 이런 일까지 시켜서 미안해요."

"아니에요! 하고 싶었어요!"

"고마워요. 그리고 카우 씨는 혹시 사람들이 줄을 서고 있으면 신경 좀 써주세요. 그리고 아마, 퇴근을 늦게 해야 할 수도 있어요."

"음? 지금도 늦게 하고 있습니다?"

"괜찮아요?"

"댕 그 녀석! 요즘 VR 게임에 빠져서 저 와도 본체만체합니다? 그리고 집에 사골국을 사다 놔서 괜찮을 겁니다?"

가장 걱정하던 팻사라곤이 해결되었다. 우진은 안도의 한숨을 뱉은 뒤 말을 이었다.

"세운 삼촌하고 홍 대리님은 신발 주문하는 분들을 맡아주시고요."

"우린 뭐, 하던 대로네."

"그리고 윤 매니저님은 시계를 구매할 분들에게 어울리는 시계 좀 추천해 주세요."

"네! 알겠습니다."

역할 분배도 끝났다. 그러자 다들 오픈이 얼마 남지 않았다는 것을 실감하는 얼굴이었다. 우진은 상기된 사람들의 얼굴을 보며 피식 웃었다.

"줄 서겠죠? 안 서면 어떡하죠?"

"야! 야! 말이 씨가 돼! 그런 소리 하지 마! 빨리 퉤 3번 해라!"

"껄껄, 이렇게 준비했는데 줄을 안 서면 내가 잡아다 놓기라도 할 테니 걱정 말거라."

"맞아요! 다들 반응이 좋잖아요! 걱정하지 마세요!"

*　　　*　　　*

오픈 전날.

"컷! 다음 장소로 이동할게요!"

메가폰을 들고 있는 감독의 말에 스태프들이 서둘러 움직였다. 촬영하고 있던 배우 차승준 역시 서둘러 차로 돌아왔다.

"상태 형! 오늘 촬영은 여기까지였잖아. 왜 내 신이 갑자기 늘었어!"

"원래 오늘은 이상진이 야간 신이었는데, 걔가 갑자기 못 온대. 그래서 배 감독이 너 먼저 안 겹치는 신으로 찍자고 사정하는데, 어떻게 할 수가 없더라. 마침 장소도 여기서 가깝고. 아까 울면서 사정사정하더라고. 네가 한 번만 봐줘라."

"아! 진짜 그 자식은 왜 못 온대! 갑자기! 나 진짜 오늘 어디 가기로 했다니까!"

"어디? IJ?"

"뭐야, 어떻게 알았어……?"

"네가 계속 IJ 오픈 날짜만 보고 있는데 모르는 게 이상하지. 야, 애도 아니고 나이 마흔이나 돼서, 옷 하나 사려고 옷 가게 앞에서 기다리는 게 말이 되냐?"

"왜 안 돼! 아, 진짜! 시계도 사야 한다고!"

그러자 상태라는 사람이 피식 웃더니 말을 이었다.

"자식이, 배우가 가오가 있지. 네가 그럴까 봐 이미 준배를 보내봤다. 아까 줄 섰다고 하더라. 하하."

"휴… 참 나."

"왜, 인마! 자식이 좋으면서 한숨은. 내가 너 책임지는 대표
아니냐! 하하, 너하고 지낸 지가 벌써 10년이 넘었는데. 척하
면 척이지. 하하하, 그러니까 촬영이나 해."

"아… 진짜, 그거 누가 대신 가도 소용없어! 안내문에도 본
인이 직접 와야 치수 측정이 가능하다고 써놨는데! 그래서 꼭
가야 한다고!"

"어? 중훈이네는 매니저를 대신 보냈던데?"

"그 자식은 멍청하니까 그런 거고!"

배우들 사이에서도 옷 잘 입기로 유명한 차승준은 패션을
떠나 순수하게 궁금했다. 미치도록 입어보고 싶었는데, 아무
래도 잡힌 스케줄 때문에 포기해야 할 것 같았다. 차승준은
아쉬운 마음에 SNS에 올라온 현장 사진을 찾아봤다.

"줄이 얼마 없네… 아! 가고 싶다! 어? 어……? 아냐!"

"왜, 또! 다른 옷으로 사준다니까!"

"아……! 이 새끼! 으아! 열받아!"

"뭔데, 그래?"

"이거 봐! 이상진, 이 새끼. 여기서 줄 서고 있잖아!"

차승준이 내민 것은 환한 미소를 지으며 V자를 하고 있는
이상진의 사진이었다.

*   *   *

〈유명 배우 차승준! 또다시 폭행〉
〈차승준 폭행! 피해자도 배우?〉

[실시간검색어]
1. 차승준
2. 이상진
3. 차승준 이단 옆차기
4. I.J

늦은 밤, 인터넷뉴스를 보던 우진은 뉴스 내용이 기가 막혀 헛웃음을 뱉었다. 인터넷엔 아직 자세한 얘기가 나오고 있지 않았지만, 우진은 불과 몇 시간 전 이 사건을 직접 눈으로 봤다.

오픈 하루 전 아침까지만 해도 줄이 없었다. 그런데 한 무리가 매장으로 들어와 오픈이 맞는지 확인하더니 줄을 서기 시작했고, 그 사람들이 줄을 서자 어디서 나타났는지 연이어 다른 사람들도 줄을 서기 시작했다. 줄이 길지 않은 데다가 미리 준비도 철저히 해놔서, 그때까지만 해도 별다른 문제가 없었다.

그런데 오후가 지나고 퇴근 시간이 되자 30명가량 서 있던 줄이 급속도로 늘어났다. 200명을 넘지는 못했지만 첫날치고 상당히 만족할 만한 결과였다.

줄을 보고 돌아가는 사람도 있었고, 상관없다는 듯 기다리는 사람도 있었다. 우진은 너무 오랫동안 기다려야 하는 고객들이 걱정돼 수시로 밖을 살폈고, 미리 준비한 핫 팩들을 손수 나눠 줬다.

그렇게 줄이 길다는 아쉬운 소리부터 팬이라는 말까지 들으면서 핫 팩을 나눠 주는데, 뒤쪽에서 갑자기 큰 소리가 나기 시작했다.

소리에 놀란 우진이 그곳을 봤을 땐 이미 상황은 늦어 있었다. 멀리서 영화처럼 날아가는 한 사람이 보였다. 그와 동시에 찰칵대는 소리가 들렸다. I.J 앞에서 줄을 서고 있는 사람들을 취재하러 온 기자들의 카메라 소리였다.

그 뒤, 우진이 대처할 틈도 없이 경찰차와 앰뷸런스가 오더니 날아 차기를 한 사람과 맞은 사람을 싣고 가버렸다. 남아 있는 기자들도 있었지만, 상당수가 그들을 따라갔다.

우진은 방금 기사를 보고서야 그 사람이 연예인이라는 것을 알았다.

"저 미친놈은 왜 줄을 서고 있는 사람을 때리고 지랄이야. 내가 진짜 어이가 없어서."

"그러게요. 왜 때린 거지?"

"모르지! 또 폭행이라고 하는 거 보니까 원래 그런 놈인가 보지."

아직 아무런 조사 발표가 없어 이유는 알 수 없었다. 하필이면 왜 오늘 여기서 그런 건지, 도무지 이해할 수가 없었다.

그때, 같이 뉴스를 보고 있던 장 노인과 미자가 갑자기 우진을 불렀다.

"이것 좀 보거라!"

"선생님! TV에 매장 나와요!"

"우리 매장이요?"

"네! 네! 지금 계속 나와요! 사람들도!"

그때, 밖에서 줄을 서고 있는 사람들을 관리하던 준식이 올라왔다.

"선생님! 매튜 실장님이 밑으로 절대 내려오지 마시래요."

"네?"

"기자들이 그, 차승준 폭행 사건 때문에 인터뷰하고 싶다고 찾아왔거든요."

우진은 고개를 갸웃거리고선 장 노인에게 향했다. 장 노인이 보고 있는 모니터를 들여다보자 뉴스에 정말 I.J 매장이 나오는 중이었다.

"그 미친놈이 여기서 날아 차기를 한 덕분에 지상파에 광고도 하는고만? 가만있어 보자. 유 실장, 이거 다른 채널로 좀 돌려보게."

미자가 뉴스가 나오는 채널을 찾아 돌렸다. 그 뉴스에서도 차승준 사건이 보도되는 중이었고, 자연스레 I.J 매장도 같이 나오고 있었다. 줄을 서 있는 사람들까지.

　―이곳은 청담동에 위치한 유명 브랜드 앞입니다. 지금 이곳에선 신제품을 구매하기 위해 줄을 서 있는 시민분들을 볼 수 있는데요. 이렇게 많은 사람들이 서 있는 이곳, 바로 이곳에서 차승준 씨가 줄을 서 있던 배우 A 씨를 구타했다고 합니다. 사건을 목격한 시민 한 분과 인터뷰를 나눠보겠습니다.
　―저도 잘 몰라요. 한정판 ―삐삐삐― 옷을 사러 왔는데, 갑자기 마스크를 쓴 사람이 앞에 있던 사람한테 뭐라고 했어요.

　"와… 그 미친… 아니, 예쁜 놈 덕분에 뉴스에 광고한 셈이네."
　"인터넷에도 엄청 퍼졌어요."
　구석에 있던 팟사라곤도 말을 보탰다.
　"홈페이지에 갑자기 방문자 폭주합니다?"
　전혀 예상할 수 없었던 사건 덕분에 I.J는 갑자기 분주해졌다. 우진은 미자가 보여주는 댓글을 봤다.

　―하루에 200명 선착순이라서 포기한 건데, 생각보다 줄이

안 긴데?

　—저 줄이 안 김? 난 우리나라에 부자가 저렇게 많다는 것에
놀라는 중인데.

　—아제슬? 아제슬에서 옷 또 나옴?

　—차승준 새치기를 저런 식으로ㅋㅋㅋ

　—아제슬 판매 내일부터였음?

　—뉴욕에서 팔았다던 그 옷임?

　처음에는 Moon 매거진이나 Y튜브 스트리머를 통해서 패션
에 관심 있는 사람들에게 광고를 했다면, 이번 사건은 패션에
관심 없던 사람들에게까지 광고하는 효과를 가져왔다.

　"이거 이러다가 200명도 넘기겠고만?"

　200명이 넘으면 기분은 좋겠지만, 정말로 넘게 되면 그것도
문제였다. 한 명, 한 명 치수를 측정해야 하는데, 201명부터는
꼬박 하루를 더 기다려야 했다.

　번호표라도 주고 돌아가라고 하고 싶었지만, 번호표를 파는
장사꾼이나 노쇼 고객 등 여러 가지 문제가 생길 수 있었다.
결정적으로 하루 200명 한정은 희소성을 고려한 아제슬에서
정한 방침이었기에, I.J도 그 일원으로서 방침에 따라야 했다.

　그런데 자정이 막 넘어설 무렵, 200명이 넘어버렸다.

　　　　　*　　　　　*　　　　　*

오픈 당일 아침.

IJ 식구들은 밤새 200명 이후의 사람들을 돌려보내느라고 오픈 전부터 진이 빠진 상태였다. 각종 매체에서도 차승준 사건과 더불어 IJ 앞에 줄을 선 사람들을 취재하기 위해 몰려왔다.

밤새 기자들과 고객들을 관리하던 직원들은 지칠 수밖에 없었다.

쪽잠을 자다 깬 우진은 TV를 확인하다 밖에 서 있는 사람들을 살피기 위해 창가로 향했다. 그때 일어나 있던 매튜의 목소리가 들렸다.

"일어나셨습니까?"

"안 주무셨어요?"

"Watch 오픈 때문에 일이 많았습니다. 그래도 틈틈이 잤습니다."

시차만 다를 뿐 같은 날 오늘, 스위스에서도 'IJ Watch'가 오픈될 예정이었다. 시차 때문에 매튜는 밤새 스위스 매장과 연락을 주고받아야 했다. 매튜는 우진에게 인사만 건네고는 곧바로 다시 볼일을 봤다.

그를 도와주고 싶어도 알지 못하는 일이었기에, 우진은 조용히 커피를 타서 매튜의 책상 위에 올려놓았다. 그러고는 방해가 될세라 조용히 컴퓨터로 정규 방송을 보기 시작했다.

마침 아침마다 방영하는 생활 정보 뉴스에서 I.J 매장 밖 상황이 흘러나왔다. 차승준 사건을 우선으로, 줄을 선 I.J 고객과 인터뷰하는 장면이 나왔다.

　—이곳은 명품이라 불리는 브랜드들이 들어선 청담 패션거리입니다. 제 뒤로 줄이 보이십니까? 날씨가 아직 쌀쌀한데도 옷을 구매하기 위해 모인 사람들인데요. 시민 한 분과 인터뷰를 나눠보겠습니다. 안녕하세요. 언제부터 기다리신 거예요?
　—전 어제 11시인가? 그쯤에 왔어요.
　—오후 11시 말씀이신가요?
　—오전이요.
　—꽤 오랜 시간 동안 기다리셨네요. 거의 하루를 기다리고 계시는데, 이 옷을 구매해야 하는 이유가 있으십니까?
　—음… 멋있기도 하고, 궁금하더라고요. 옷은 입은 사람들이 항상 똑같은 말을 하잖아요. 입어보지 않으면 모른다고. 그리고 지금 줄을 서야지 옷을 빠르게 받을 수 있어요. 만드는 데 오래 걸려서, 나중에 올수록 완성이 늦어질 거라고 하더라고요. 무엇보다 한정판이잖아요.
　—그렇군요. 그럼 성공적인 구매를 기원합니다.

　생방송인지라, 아마 매장 밖에서 실시간으로 인터뷰 중인 것 같았다. 밤을 새워 초췌한 모습을 보여주기 싫은지, 카메라를 피하는 사람도 상당히 많았다.

우진은 밖의 상황을 살피려 다시 창가로 향했다. 밤부터 급격하게 늘어나기 시작한 줄은 결국 옆 블록까지 늘어섰다. 사람들이 지나다니는 길에는 방송에 나왔던 기자를 비롯해, 카메라를 들고 있는 사람들이 상당히 많았다.

우진은 일단 사무실에서 졸고 있는 사람들을 깨웠다. 다들 긴장하고 있어서 살짝만 건드려도 바로 일어났다.

일어난 사람들은 모두가 같은 반응을 보였다. 창문을 통해 밖을 한 번 보고는 TV와 인터넷부터 검색했다. 우진은 자신과 똑같이 행동하는 식구들의 모습에 피식 웃었다.

이윽고 사무실 직원은 유니폼으로, 테일러들은 자신들이 만든 정장으로 갈아입었다. 미자가 머리까지 만져주자 힘겨운 밤을 지낸 사람들답지 않게 깔끔해 보였다.

그때 엘리베이터가 열리면서 준식이 올라왔다.

"통역사분들이 도착하셨습니다. 오픈 준비도 끝났습니다."

"그럼 내려갈까요?"

"오픈 전에 한 말씀 하시고 내려가시죠."

우진이 고개를 돌려보니 다들 얼굴에서 긴장감이 보였다. 그 모습을 보자 우진은 자신이 대표라는 것을 새삼 느꼈다. 우진은 그걸 상기시켜 준 준식에게 고맙다는 인사를 보냈다. 그러고는 직원들을 불러 모았다. 아침 회의라고는 해본 적이 없었기에, 우진은 생각한 그대로를 내뱉었다.

"저도 이런 경험이 처음이라 많이 서툴 거예요. 그래도 그 동안 많이 준비했으니까 연습한 대로만 해요. 아마 며칠 동안 제대로 쉬지 못할 텐데, 혹시 몸에 이상이 있으면 바로 말씀하시고요. 그럼 내려가죠."

보통 스케줄을 읊거나 주의를 줄 자리인데, 그런 내용은 하나도 없이 짧게 뱉은 말에 테일러들은 서로를 보며 약간 당황했다. 우진은 할 말이 끝났는데 다들 아무런 반응을 보이지 않자 의아했지만, 곧 빠진 게 생각났다는 듯 고개를 끄덕였다.

"I.J 파이팅!"

모두 그제야 우진의 말이 끝났다는 것을 깨닫고 따라 외쳤다.

"파이팅!"

직원들은 긴장한 얼굴로 자신들의 자리로 돌아가 오픈 시간이 되기만을 기다렸다. 잠시 뒤, 맞춰놨던 알림이 울렸다.

10시 정각.

그와 동시에, 매튜가 매장 문을 활짝 열었다.

*　　　　*　　　　*

처음으로 치수 측정을 마치고 나온 고객들은 갑자기 들이대는 카메라를 보며 당황했다.

"선생님, KBC입니다. 잠시 인터뷰 좀 나눌 수 있을까요! 잠시면 됩니다!"

"아제슬 1호를 주문하신 분이 맞습니까? 이제 곧 옷을 입을 수 있으신데, 기분이 어떠십니까?"

"오래 기다리셨던 만큼 만족하시나요?"

"두 번째, 세 번째 분들은 왜 곧바로 나오신 거죠?"

남자는 몰려드는 카메라가 어색해 얼굴을 가리려 애썼다.

"원래 들어가면 30분이나 걸리는 겁니까?"

"거의 천만 원에 육박하는 금액인데 아깝진 않으십니까?"

남자는 마지막 질문을 한 기자를 힐끔 봤다. 기자 말대로, 남자는 사실 기다리면서도 계속 고민했다. 가격이 가격인지라 고민을 안 할 수가 없었다.

계약서에 사인하고 계약금을 낸 와중에도 고민을 계속했다. 옷을 입어봐야 알겠지만, 치수 측정이 끝날 때까지도 3달 치 월급이 넘는 돈을 쏟아붓는 게 잘하는 짓인가 싶었다. 하지만 지금 아니면 언제 입어보겠냐는 생각으로 끝까지 기다렸다.

치수를 재는 건 그렇게 오래 걸리지 않았다. 10분 남짓한 시간에 900만 원을 쓴 것 같아 허탈한 마음이 들었다. 그런데 I.J 유니폼을 입은 노인이 나오면서부터 조금씩 마음이 바뀌었다.

이미 충분히 알아보고 왔지만, 관계자를 통해서 직접 듣는 것과는 차이점이 있었다. 마치 자신이 I.J 직원이라도 된 것 같은 느낌을 받을 정도로, 원단 및 자재들에 대한 설명이 자세했다.

입고 가격까지 보여주며 설명을 하니, 마음속으로 '그럼 이 정도는 받아야 맞지'란 생각이 들 정도였다.

설명이 끝나자 매니저가 오더니 평소 옷 스타일을 물었다. 그러고는 자신이 찰 시계를 고르듯 한참을 설명하고 고민하면서 시계를 추천했다. 이미 인터넷으로 좋은 제품이라는 평가를 보고 온 터라 바로 구매할 생각이었는데, 그저 팔려고만 하려는 것이 아니라 진심으로 자신에게 맞는 시계를 고려해주는 것이 보여 대접받는 기분이 들었다. 과정을 눈으로 직접 확인하니 상당히 큰 금액에도 후회스럽지 않았다.

남자는 매장 안에서 대접받았던 일을 떠올리자 얼굴에 미소가 지어졌다. 그리고 그 얼굴로, 질문을 한 기자에게 대답했다.

"아깝지 않았어요."

"그 정도로 만족하시는 겁니까?"

웃으며 대답하는 남자의 모습에 기자들은 물론이고, 기다리던 사람들도 궁금해졌다.

그때 매장 문이 열리면서 두 번째 고객으로 보이는 사람이 나왔다.

인터뷰하고 있는 남자와 같은 미소를 지은 채로.

　　　　　*　　　　　　*　　　　　　*

　스위스 반호프 거리. 11명의 노인과 바이에르는 매장 밖에
나와 간판을 바라봤다.

　I.J Watch & Watch.

　모두 말없이 한참을 지켜보던 중 바이에르가 시간을 확인
하고 입을 열었다.

　"이제 우리도 오픈할까요?"

　노인들은 감격 어린 표정을 지은 채 동시에 고개를 끄덕였
다. I.J의 이름이 앞에 있지만, 자신들의 이름도 함께 걸리는
매장.

　시계 만드는 일을 계속할 수 있게 해준 우진이 고마웠다.

　"야, 네 아들 사진이 걸려서 좋겠다?"

　"하하하, 좋고말고! 정말 이렇게 될 줄은 꿈에도 몰랐지."

　다들 유리에 붙여놓은 광고 포스터도 흐뭇하게 바라봤다.
그때, 아벨이 노인들을 보며 입을 열었다.

　"주문도 밀린 거 같은데 이제 그만하고 다들 돌아가지."

　"그래야지. 주문은 얼마나 들어왔지?"

　"아까 듣기로는 60명 중에서 27명이 주문했다고 하더군."

　"휴, 그래도 그동안 제작을 많이 해놓아서 다행이네."

　"한동안은 정신없을 걸세. 우리도 오픈인데 주문에 대비해
서 미리미리 제작해 둬야지."

"하긴. 그런데 우리 매장도 꽤 유명해졌다고 하더니 영 조용하네."

"아침이라서 그러겠지."

서울 I.J와 다르게 스위스 매장 앞에는 줄이 없었다. 그래도 그동안 시계에 대해 문의하는 사람은 꽤 많았다. 다들 오후가 되면 사람들이 몰려들 거라 확신했기에 웃으며 농담을 주고받았다.

"바이에르, 매장 잘 살피고 주문 들어오면 바로 연락하거라."

"네! 쉬엄쉬엄하세요!"

노인들은 매장엔 들어가 보지도 않고 바로 몸을 돌렸다. 혼자 남은 바이에르는 노인들과 다르게 기대를 많이 해서 휑한 매장 밖이 아쉽기만 했다.

그때, 휴대폰에 메일이 도착했다는 메시지가 도착했다.

"이러고 있을 때가 아니지."

바이에르는 곧바로 매장으로 들어간 뒤 서울에서 보낸 주문을 노인들이 알아볼 수 있도록 정리하기 시작했다. 하루에 200명 중에서 반 정도를 예상했는데, 예상대로 주문이 상당히 많았다.

혼자 모든 일을 하다 보니 상당히 바빴다. 시간을 볼 여유 따윈 없을 정도로 주문이 밀려들어 왔다. 그때, 매장 문이 열리면서 누군가 들어왔다.

"어서 오세요!"

"오픈한 건가요?"

"네! 시계 찾으세요?"

바이에르는 들뜬 얼굴로 매장에 온 첫 고객을 맞이했다. 이미 시계에 대해 빠삭하게 외우고 있어서 설명은 자신 있었건만, 그럴 틈도 없이 고객이 바로 제품을 결정했다.

고객이 고른 시계를 보며 바이에르는 왜 이 시계를 골랐는지 짐작했다. Y튜브에서 소개한 시계일뿐더러 델핀이 착용한 것으로 알려진 시계였다.

"저희는 주문이 들어오면 고객 손목에 맞게 제작해 드리거든요. 괜찮으세요?"

"얼마나 걸리는데요?"

"오늘 바로 계약하시면 이틀 뒤에 받아보실 수 있어요."

"시계 줄을 고치는 게 그렇게 오래 걸려요?"

"고객님이 선택한 시계가 메탈이라서 시간이 필요해요. 시계 줄이 생각보다 착용감에 지대한 역할을 하거든요. 선물하실 게 아니면, 고객님의 손목에 맞게 제작하시는 걸 추천해 드려요."

바이에르는 매튜가 사전에 준비해 놓은 대로 설명했다. 고객은 구매하면 바로 받을 수 있을 줄 알았는지 잠시 고민했지만, 이내 계약서에 사인했다.

바이에르는 첫 고객을 받았다는 기쁨에 마음속으로 환호

를 질렀다. 그 기쁨을 느낄 새도 없이 곧바로 두 번째 손님이 들어왔다. 곧바로 세 번째, 네 번째를 이어 계속해서 매장으로 손님들이 들어오기 시작했다.

기뻤던 마음도 잠시, 갑자기 밀려드는 사람을 보자 바이에르는 덜컥 겁부터 났다.

*   *   *

혼자 신설동 작업실에 있던 성훈은 잠시 쉬며 I.J의 기사를 살폈다.

〈아제슬 D-1. 출시 앞서 진풍경 연출〉
〈아제슬 I.J 디자인 출시. 패션업계에 변화의 바람이 불다〉
〈아제슬 출시, 무슨 일이?〉
〈고가의 시계 브랜드들, 긴장감 증폭〉

"이야, 대단하네……."

반응이 생각보다 더 뜨거웠다. 그동안 예약한 사람 중 연예인을 포함해 유명한 사람들이 꽤 있었다.

그들 중 압권은 단연 차승준이었다. 오픈 전날 새벽, 매장 앞에서 배우끼리 폭행 사건이 일어났다. 자세한 내막은 아직 나오지 않았지만, 들리는 얘기로는 줄을 서다가 싸움이 났다고 했다. 자신이 몸담은 I.J가 그 정도로 인정받고 있는 것 같아 일원으로서 뿌듯한 마음마저 들었다.

하지만 한편으로는 자신만 혼자 떨어져 있다는 생각에 약간 아쉬운 마음도 들었다.

그때 휴대폰에 메시지가 도착했다.

[아빠! 오늘도 늦어? 나 내일 친구들하고 놀러 가기로 해서 용돈 필요한데!]

딸 장미의 문자였다. 보내는 문자라고는 죄다 용돈 달라거나 뭐 사달라는 것뿐이었지만, 성훈은 그것마저도 기분 좋았다. 불과 반년 전까지만 하더라도 딸에게 이런 문자를 받을 거라고는 상상하지 못했다. 게다가 딸이 친구들에게 얼마나 아빠 자랑을 해대고 다니는지, 동네에서 모르는 사람이 없을 정도였다.

[십만 원 보냈어. 아껴 써. 너무 늦지 말고.]
[알았어! 아빠, 사랑해! 알라뷰!]

성훈은 딸이 보낸 문자를 보며 피식 웃었다. 이렇게 생활할 수 있게 된 게 무척이나 만족스러웠다. 그러다 보니 자신에게 이런 기회를 준 우진이 정말 고마웠다.

하지만 고마운 마음과 별개로 나이를 먹어서 몸이 버거웠다. 거의 한 달 동안 혼자서 물량을 감당하다 보니 점차 지쳐갔다. 아제슬이야 이번으로 끝이지만, 시계는 계속해야 할 텐데 몸이 버텨줄지 걱정도 됐다.

그때 작업실 문을 두드리는 소리가 들렸다. 항상 부품 때문에 방문하는 매튜라고 생각한 그는 일어나며 기지개를 켰다. 말이 안 통해 많은 대화는 할 수 없었지만, 그래도 매튜의 방문이 기뻤다.

"웨이트, 웨이트! 어! 우진아!"

"아직도 계셨네요. 매튜 씨한테 물어보니까 매일 늦게 가신다고 하던데."

"아, 하하. 그렇지. 몇 시야? 1시네… 그런데 여기까지 왜 왔어?"

매튜가 아니라 우진이었다. 성훈은 오랜만에 보는 우진이 무척 반가웠다. 얼굴을 보니 자신을 잊지 않고 있었다는 느낌에 저절로 웃음이 나왔다.

그런데 우진의 표정이 그다지 좋지 않았다. 피곤한 우진의 모습을 본 적이 많았기에, 지금 우진의 얼굴이 피곤한 표정이 아니란 걸 바로 알 수 있었다.

"삼촌, 힘드시죠?"

"응? 하나도 안 힘들어! 네가 더 힘들지."

"스위스에서 연락이 왔는데 부품이 많이 필요할 거 같대요."

"어……? 천 개 가까이 보냈는데."

"사람이 엄청나게 몰려든다고 하더라고요."

"아……."

성훈은 매우 곤란했다. 지금도 몸을 혹사하듯이 일하고 있는데, 여기서 더 해내야 한다는 생각에 선뜻 입이 떨어지지 않았다. 성훈이 어떻게 해야 하나 고민할 때, 우진이 입을 열었다.

"그래서 그런데, 혹시 삼촌을 도와주실 분 계세요? 예전에 같이 시계 만들던 분들도 삼촌처럼 가능하실까 해서요."

"아……."

"한번 연락해 보시겠어요? 솔직히 이렇게 잘될 줄은 몰랐어요. 매장 분들처럼 며칠만 힘들면 될 줄 알았는데… 시계는 앞으로도 계속해야 할 거 같아서요. 그럼 삼촌이 IJ 부자재도 만들고, 시계 부품도 만들고… 혼자서 전부 다 하시기는 힘들 거 같아요."

"아직 연락은 하고 있는데……."

우진은 성훈의 대답에 미소 지었다.

스위스에서 갑자기 고객이 늘어나 부품이 부족할 것 같다는 연락을 듣고 나자 성훈이 혼자 감당하긴 힘들 것 같았다. 그러다 저번 스위스 출장 당시, 성훈과 함께 일했던 사람들 얘기가 떠올랐다.

그 사람들만 있어도 훨씬 수월해질 것 같았다. 물론 성훈

같은 실력을 갖춰야 했지만.

게다가 지금 쓰는 기계도 너무 오래된 것이었다. 스위스에 있던 기계도 고물 같았는데, 지금 보이는 기계는 그보다 더 오래된 것이었다.

"삼촌, 이 기계 오래됐죠?"

"그렇지……."

"새거 사려면 얼마나 해요?"

"새것은 됐고… 사람을 뽑으면 분업이 되거든. 그럼 시계 선반이랑, CNC나 한 대 더 있으면 좋긴 한데… 비쌀 거야."

"제가 기계는 잘 몰라서요. 그것도 한번 알아봐 주세요. 참! 그리고 삼촌이 관리할 수 있는 분으로 뽑아주셔야 해요."

성훈은 조금이나마 가지고 있던 서운함이 순식간이 사라졌다. 오히려 조금 서운해했던 자신이 한심해졌다. 이렇게 자신을 생각해 주고 있는데.

"전 내일도 바쁠 거 같아서 이만 가봐야겠어요. 준식 씨가 앞에서 기다리고 있거든요. 아! 매튜 씨가 이사 갈 곳도 알아본다고 하셨으니까, 그때까지만 참아주세요."

우진이 활짝 웃으며 작업실을 나섰고, 성훈은 우진의 차가 사라질 때까지 물끄러미 쳐다봤다. 그러고는 피식 웃었다.

"진짜 대표님 같아졌네."

*　　　　　*　　　　　*

며칠 뒤 아침.

사무실에서 눈을 붙인 우진은 씻고 나오자마자 컴퓨터부터 켰다. 아직 옷을 받지 못했음에도 계약한 사람들이 올린 후기가 상당히 많았다. 우진은 그 후기들을 보며 자신이 모르던 것들을 알기도 하고, 참고하기도 했다.

대부분의 후기는 만족스러웠다는 반응이었다. 당연히 모두가 만족할 수는 없었다. 대부분의 지적은 테일러들에게 향해 있었다. 친절도 불친절도 아닌 애매한 대접을 받았다는 글들이 상당히 많았다. 우진은 테일러들이 그러는 이유를 어렴풋이 알고 있었다.

아무리 연습을 많이 했다고 해도 원조인 자신과 차이가 있음은 당연했다. 그러다 보니 테일러들은 실수하지 않기 위해 집중했고, 그래서 생긴 일이었다. 그렇기에 우진은 테일러들에게 태도를 지적하지 않았다. 괜히 그런 부분에 신경 쓰는 것보다 오히려 옷을 제대로 만드는 게 나은 일이라 판단했다.

게다가 지금 오픈을 준비하는 모습을 보면 싫은 소리를 하고 싶지도 않았다. 며칠간의 강행군으로 몸 구석구석이 아픈지 마치 좀비처럼 어기적거리며 움직였다.

우진은 사람들을 보며 피식 웃고는 응원차 입을 열었다.

"마지막 날이니까 힘내세요."

그러자 그동안 가장 힘든 역할을 맡았던 테일러들의 눈빛이 아주 잠깐이나마 반짝였다.

"와! 마지막이다!"

"쯧쯧, 측정이 마지막이란 말이지. 옷들은 안 만들 겐가?"

"옷 만드는 게 훨씬 편하죠… 고객들하고 부딪히는 거 너무
힘들어요……."

"하긴 힘들 법도 하지. 그래도 어쩌겠나! 비싼 만큼 대우받
고 싶은 게 사람 마음인 걸. 어쨌든 오늘도 수고들 하게나. 그
리고 임 선생, 넌 이거나 한번 보거라."

장 노인이 건넨 서류는 성훈이 보낸 자료들이었다.

"중고 장비 리스를 전문으로 하는 곳이 있다고 하더군. 5년
으로 계약하면 대당 월 60만 원이고. 보증금은 600만 원이라
고 하더라. 15년 정도 된 제품인데 적당한 것을 고른 모양이더
구나."

"15년이면 고물 아니에요?"

"한 실장이 그게 필요하다는데 어쩌겠느냐. 그것만 가격이
좀 나가고, 나머지는 얼마 안 하더구나. 그 밑은 인적 정보인
데, 한 실장이 일단은 일용직으로 하겠다고 하더군. 채용하더
라도 네가 눈으로 직접 봤으면 하는 눈치더라. 네가 사람 뽑
는 눈이 좋지 않으냐."

우진은 고개를 끄덕였다. 아무래도 사람 뽑는 데는 조금 자
신이 있었다. 테일러들과 준식은 유니폼이 보이지 않는 사람
들이었는데, 그들도 잘 뽑았다고 내심 뿌듯해하고 있었다. 그

래서 새로운 사람을 뽑는 것도 크게 걱정되지 않았다.

"부정도 안 하는고만? 껄껄. 오늘 우리도 마무리해야 할 텐데, 가능하겠느냐?"

"140명이라 가능해… 아! 혹시 계약 취소 있어요?"

"오늘은 다행히 없더구나."

"휴! 다행이네요!"

치수 측정까지 하고 취소하는 사람도 간혹 있었다. 이유야 알 수 없지만, 취소를 안 해줄 수도 없었다. 그럼 일정에 차질이 생기다 보니 신경 쓰이는 부분이었다.

그런데 생각해 보니, 계약 취소도 없는데 마무리할 수 있겠냐는 장 노인의 질문이 의아했다.

그러자 장 노인이 입을 열었다.

"그리고 네가 알아봐 달라고 한 거 말이다."

"아, 알아보셨어요?"

"그래, 그런데 조금 무리이지 않을까 싶다. 거래처를 만든다면 모를까, 모자까지 취급하는 건 좀 더 생각해 보자꾸나."

수많은 고객을 만나면서 간혹 모자를 쓴 사람들이 보이자, 우진은 장 노인에게 모자 취급에 대해 알아봐 달라고 부탁했다. 우진도 유니폼이 보이는 사람을 구하는 것이 어렵다는 걸 알고 있었지만, 혹시 몰라 부탁한 것이었다.

"지금은 그럴 시간에 하루빨리 완성하는 게 우선이니라. 제프 우드는 이틀 만에 끝냈고, 헤슬도 어젯밤, 그러니까 런던 시각으로 어제 낮에 예약 끝내고 오늘부터 완성한 옷이 나온 다고 하니까 하는 말이다."

"아! 괜찮아요. 우리도 오늘이면 천 명 채우잖아요. 미리 얘 기도 했고."

"그래도 그쪽은 우리 두 배인데 괜찮겠느냐? 분명 비교하는 말이 나올 텐데. 우리나라 사람들은 경쟁을 참 좋아해."

"예약은 뭐. 저희도 시간만 많으면 다 받을 수 있잖아요. 지 금도 계속 줄을 서고 계시고. 그것보다 잘 만드는 게 중요해 요. 말 나온 김에 준비해야겠어요."

규모가 다르다 보니 속도 차이는 어쩔 수 없었다. 이쪽이 고작 4명이서 업무를 맡고 있을 때, 저쪽은 열 배가 넘는 테일 러들이 맡고 있으니 차이가 나는 건 당연했다. 그 부분은 인 정할 수밖에 없었다.

그보다 옷의 품질 차이에 신경 쓰는 것이 우선이었다. 특히 상의는 몰라도, 바지는 자신의 패턴에다 자신에게 배워 간 사 람들이 옷을 만들 것이기에 자신 있었다.

*　　　　*　　　　*

세계 1위의 패션잡지 '패션 바이블'의 기자 조쉬는 한국 I.J 매 장에서 대기 중이었다.

아제슬 중 I.J를 취재를 맡아 한국에 온 지 벌써 일주일이나

지났다.

다른 곳은 이미 완성한 옷을 주고 있는 단계인데, 이곳은 오늘에서야 완성한 옷을 배포하기 시작했다.

I.J 측에서는 매장 내가 혼잡하다는 이유로 첫 고객만 취재가 가능하다고 알려왔다. 다행히 다른 고객들과 겹치지 않게 조금 이른 시간에 잡아 시간 여유는 있었다. 다만 취재진들이 생각보다 많은 게 문제였다. 게다가 그 취재진들이 자신들도 찍어댔다.

"휴, 취재하러 와서 취재 대상이 되긴 처음이네. 이런 대접도 오랜만이고. 안 그래, 조쉬?"

"다들 자기 나라 브랜드를 취재하러 왔으니까 그렇겠지. 그래도 제프 우드보단 낫잖아? 거긴 인터뷰도 잘 안 해주는데, 하하."

"하긴. 그래서 거기 1호 산 사람이 인터뷰하고 받은 돈이 맞춘 옷값 정도라고 하던데."

"그래, 이 정도면 양호한 거야. 그나저나 톰, 너는 저기 2층 디자이너나 많이 찍어둬."

"이미 계속 찍었어. 근데 진짜 반응이 없네. 하긴 다른 곳하고 규모 차이가 상당한데 정신없겠지."

조쉬는 일행의 말에 피식 웃고는 주변을 둘러봤다. 매장을 꽉 채운 취재진이 2층을 찍어대고 있었지만, 정작 당사자인 디자이너는 전혀 신경 쓰지 않았다.

그들이 도착했을 때 잠시 후 인터뷰를 하자는 말을 끝으로, 2층으로 올라가 계속 옷만 만드는 중이었다. 한국 지상파도 왔다고 들었는데, 예외 없이 전부 대기 중이었다.

그때 매장 문이 열리면서 일반인으로 보이는 사람들이 들어왔다. 당연히 카메라가 그곳으로 향했고, 옷을 받으러 온 고객은 그대로 얼어붙었다.

"엄청나게 놀랐는데? 하하, 잘 찍어."

"찍고 있는데. 저 사람이 자꾸 막는다! 매니저? 비키라고 해봐! 아, 답답해! 통역사 붙여준다며! 도대체 언제 와?"

언제 나타났는지 준식이 고객을 보호하며 걸음을 옮겼다. 고객이 매장 안쪽으로 들어가자 잠시 뒤, 2층에서 I.J의 주인인 우진이 내려왔다.

그러자 옆에서 각국의 언어가 동시에 들려왔다. 하지만 우진은 취재진에게 인사만 하더니 다시 안쪽으로 들어갔다.

잠시 뒤, 우진이 고객과 함께 나왔다. 변한 모습을 기대했는데, 처음 본 그대로였기에 조쉬는 고개를 갸웃거렸다.

곧 우진이 고객을 엘리베이터에 태우고 올라갔다. 그때 취재진으로 보이는 한국 사람이 뭐라고 말하자, 다들 감탄사를 뱉으며 무언가를 적기 시작했다.

무슨 상황인지 궁금해진 조쉬는 주변에 영어가 가능한 사람들의 도움으로 겨우 그 취재진의 말을 알아들을 수 있었다.

"뭐래?"

"무슨 숍에서 머리까지 만져준대?"

"응?"

"저기 저 사람이 그러던데. 우리 예전에 I.J 자료 받을 때 연락했던 곳. 거기 기자래. Moon 매거진?"

"몰라. 아무튼 옷 가게에서 무슨 머리를 만져줘?"

취재진들이 저마다 대화를 나누며 기다릴 때, 다시 엘리베이터가 열리더니 우진과 고객이 내려왔다. 그런데 처음 봤을 때와 달리 상당히 깔끔하게 변해 있었다. 고객은 자신의 모습이 낯선지 어색한 표정으로 걸음을 옮겼다.

"머리 모양만 바꿨을 뿐인데… 꽤 괜찮은데?"

"나도 머리 좀 올릴까? 저렇게 하려면 미용실 가서 뭐라고 해야 해?"

"스타일은 리젠트인데 다른 데는 드라이로 모양만 만든 거 같고, 아래쪽 머리만 살짝 정리한 거 같은데? 잘 어울리네. 저것도 디자이너가 추천한 건가?"

이윽고 안으로 들어갔던 I.J 사람들 중에서 매니저라고 소개한 사람이 먼저 나왔다.

"이제 곧 나오실 겁니다."

다들 카메라를 들고 촬영할 준비를 할 때, 안쪽에서 누군가 걸어 나왔다.

조쉬는 저 사람이 아까 그 고객이라는 게 믿기지 않았다. 델핀과 똑같은 옷을 입고 있으니 분명 고객일 텐데, 들어갔던 모습과 완전히 달라져 있었다.

옷이 잘 어울리는 건 둘째 치고, 조금 전까지만 하더라도 카메라를 피해 고개를 숙이던 사람이 지금은 전혀 달라져 있었다. 남자는 미소가 가득한 얼굴로 카메라를 하나하나 응시했다.

그 때문에 오히려 당황한 쪽은 기자들이었다. 분명 같은 사람인데 행동이 달라져서 I.J 측에서 준비한 사람인가 하는 생각이 들 정도였다. 이제 인터뷰를 하려고 하는지 I.J에서 준비한 통역사가 해외 취재진들 옆에 붙었다.

그때, 한국인 기자가 자신과 같은 생각이었는지 대뜸 질문했다.

"정말 일반인 맞죠……? 혹시 I.J에서 준비한 모델인 건 아니죠?"

"어휴! 질문 꼬라지하고는! 너! 내 밑에 있을 때도 그러더니 거기 가서도 그러냐! 패션쇼만 봐도 알 수 있는 걸, 기본 조사도 안 하고 그냥 와서 질문하는 수준하고는."

대답은 앞이 아닌 뒤에서 들려왔다. 아까 자신에게 설명해 준 기자가 손가락질해 가며 화를 내고 있었다. 그러자 앞에 서 있던 디자이너가 상황을 정리하고선 입을 열었다.

"진정들 하세요. 저희 고객님 맞으세요. 첫 번째 고객님이시고요. 얼마 전 KBC하고 하신 인터뷰도 있으니까 믿어주세요."

질문했던 기자는 인상을 팍 쓰고 있었다. 하마터면 먼저 물어볼 뻔한 조쉬는 헛기침을 뱉었다.

인터뷰는 물 흐르듯 흘러갔다. 옷에 대한 소개가 끝나자, 기자들은 이제 옷을 입고 있는 사람 본인에게 질문을 시작했다.

"옷 어떠신가요! 느낌 좀 말씀해 주세요."

"정말 좋아요. 겉면은 살짝 빳빳한 느낌인데 안은 너무 부드럽거든요. 마치… 치킨처럼? 겉바속촉!"

"겉바속촉! 하하."

통역사에게 저 말뜻에 대한 설명을 들은 조쉬는, 한국에 온 뒤 치킨을 가장 많이 먹은 덕에 무슨 말인지 단번에 이해했다. 그 뒤로도 기자들은 계속해서 시계와 신발 등 여러 가지 질문을 했다. 조쉬는 그 질문에 대한 답을 듣지 않아도 충분히 알고 있었다.

저런 표정으로 싫다는 말이 나올 리가 없었다.

곧 조쉬의 차례가 되었고, 그는 기획 취재에 맞게 준비한 질문을 꺼냈다.

"아제슬에서 또다시 옷이 나오게 되더라도 구매할 생각이 있으십니까?"

"네, 당연하죠! 그때도 아마 첫 번째로 사지 않을까요?"

"하하, 그렇군요. 그럼 만약에 아제슬의 다른 곳, 그러니까 제프 우드와 헤슬이 지금 이 매장의 옆에 있다고 하면 어디를 선택하실 겁니까?"

그 질문에 옆에 있던 기자들도 궁금해졌는지 고객에게 집중했다.

고객은 잠시 생각해 보더니 이내 미소를 지었다.

"제프 우드나 헤슬도 여기 임우진 선생님처럼 직접 나와서 옷에 관해 설명해 주시나요?"

"아마 첫 번째 고객인데 그러지 않을까요?"

"임우진 선생님은 제가 첫 번째 구매 고객이라서 그러신 게 아니에요. 치수를 잴 때 보니까 제가 끝난 후에도 다른 분들한테 계속 설명해 주시고 그러던데… 제프 우드하고 헤슬에서 옷을 받은 사람들의 영상을 봤는데, 전부 옷만 받아서 나오더라고요. 그런데 IJ는 최종 피팅? 맞아요?"

고객이 고개를 돌려 묻자 옆에 있던 우진이 웃으며 말했다.

"맞습니다. 최종 피팅."

"네! 최종 피팅도 봐주시고 어떻게 옷을 입어야 하는지부터 뭘 걸쳐야 어울리는지도 설명해 주시고. 그리고 무엇보다 아끼는 걸 넘겨주는 느낌? 그런 느낌이 들더라고요. 그리고 지금 제 머리처럼 어울리는 머리 스타일도 알려주시고. 직접 입어보고, 느껴보니까 900만 원이나 하는 이유를 알 것 같아요."

남자는 마치 직원이라도 된 양 칭찬만 뱉어놓았다. 오히려 옆에 있는 우진이 민망해하는 듯했다.

사실 저 질문은 헤슬이나 제프 우드에서도 했던 질문이었다. 다른 두 곳의 고객은 다른 대답을 내놓았었다.

물론 헤슬과 제프 우드에서 취재할 때는 상당히 많은 사람들을 인터뷰했기에 모두가 같은 대답을 한 것은 아니었다. 하지만 첫 고객을 포함한 상당수가 '마음에 들지만, 다음번에는 다른 브랜드를 입어보고 싶다'는 대답이었다.

그러다 보니 저 정도로 충성고객을 만든 I.J가 대단해 보였다.

*   *   *

며칠 뒤.

우진은 아직 못 만든 옷이 남아 있어 늦은 밤까지 작업실에 남아 있었다. 잠도 줄여가며 작업했지만, 아직 많은 양이 남아 있었다.

우진이 잠시 기지개를 켜며 몸을 풀 때, 누군가 계단을 뛰어 내려오는 소리가 들렸다.

"우진아! 우진아! 하하, 패션 바이블에서 기사가 나왔어! 진짜 장난 아니야!"

"그래요?"

"어! 이거 봐봐. 아제슬 특집기사거든? 그런데 제프 우드하고 헤슬은 3페이지씩인데 우리는 무려 5페이지다! 하하하."

우진은 잠시 쉴 겸 세운이 가져온 태블릿 PC를 들여다봤다. 첫 페이지부터 우진의 눈길을 사로잡았다. 아제슬의 옷이 한꺼번에 나와 있었고, 한가운데에 I.J 옷이 있었다.

"하하, 이럴 줄 알았으면 여기 앞에서 죽치고 있을 때 쫓아내지 말걸 그랬어."

며칠 전, 다른 기자들이 다 돌아갔음에도 매장 앞에 남아 나오는 고객들을 인터뷰하던 패션 바이블 기자의 모습이 떠올랐다. 기자 정신은 이해하지만, 고객들 중에서 불편해하는 사람도 있어 쫓아내다시피 했다. 그럼에도 기사는 상당히 우호적이었다.

〈고객을 명품으로 만들어주는 명품 브랜드 I.J〉

명품이란 단어는 'Luxury goods'라는 뜻의 한국말.

즉, 사치품을 의미한다.

제프 우드, 헤슬, 로렐리아 등 가격이 비싼 여러 브랜드를 통칭해 부르는 단어다. 이번에 소개하는 I.J 역시, 명품이라 불리는 곳이다.

"이야! 시작 좋고! 우리 명품이다! 하하."

우진은 피식 웃으며 글을 마저 읽어 내려갔다. I.J의 소개를 다소 과하게 느껴질 정도로 적어놨다. 제이슨의 입김이 들어갔나 싶었지만, 그렇다면 제프 우드의 페이지가 더 많아야 했다. 게다가 외국 잡지여서 제프 우드와 헤슬과의 비교도 적나

라했다.

〈명품으로 살아남는 조건은 좋은 제품으로 대결해 충성고객들을 얼마나 많이 만드느냐가 관건이다. 패션 바이블에서 직접 조사한 결과에 따르면, I.J는 놀라운 결과를 내놓았다. 이번 아제슬 디자인을 받아본 고객들 중 90% 이상이 매우 만족한다고 알린 것이다.

이는 제프 우드나 헤슬의 50%보다 무려 40%가 넘는 수치였다. 그래서 우리는 그 이유를 알아보았다.〉

"하하, 이 양키 놈! 기자 맞지? 과장하는 거 봐! 기껏 10명? 20명? 물어봤나?"

"그 정도일 거예요. 근데 그거 때문은 아닌 거 같아요. 밑에 보니까 전에 이용하셨던 고객들도 찾아다녔나 봐요."

"어! 정말이네."

그 밑으로 이번 아제슬의 옷이 죽 나열되어 있었다. 얼굴형에 따라 셔츠 칼라가 다르다는 소개부터 원단 소재까지 아주 세세하게 설명해 놓았다. 이어서 이미 한국에서 많이 알려진 I.J의 패션쇼까지 소개했다.

그러다 보니 쇼의 모델 또한 I.J의 고객이라는 것이 알려졌고, 그들과 인터뷰까지 한 것이었다. 우진은 인터뷰한 사람이 누군지 단번에 알아볼 수 있었다.

―제가 첫 고객이죠! 제가 패션에 관련해서 학생들을 가르치고 있습니다. 그래서 보는 눈이 좀 있죠. 그러다 보니까 단번에 딱 알아봤습니다! 이건 명품이다!

자기 자랑을 은근슬쩍 하는 김 교수였다. 그 외에도 숍을 이용한 몇몇 고객들의 인터뷰가 나와 있었고, 그들 모두가 I.J를 칭찬했다.

―안 좋은 점? 아! 딱 하나 있지. 옷을 맞추고 싶어도 맞출 수가 없는 거? 입고 싶어도 못 입는다니까! 이번에 사려고 했는데 밤새 기다려야 하잖아. 그래서 못 갔지. 10년만 젊었어도 줄을 섰을 거야. 아무튼, 그래서 내가 이 옷도 얼마나 아껴 입는데. 다행히 두 벌이라 망정이지! 하하, 아, 이 한 벌은 공짜로 받았거든. 패션쇼 모델 서고.

부산 고객의 인터뷰였다. 그렇지 않아도 이번 아제슬이 끝나면 다시 예약을 받을 생각이었다.

고객들의 입에서 예약하고 싶다는 소리를 직접 듣자, 하루빨리 남아 있는 옷을 완성해야 할 것 같았다. 우진은 크게 숨을 내뱉고는 마저 기사를 읽었다.

—이용했던 사람들 모두를 만족시킨 옷. 입은 사람을 행복하게 만들어주는 옷. 품질이 보증된다면 저런 옷들이야말로 진정한 명품이 아닐까? 그런 의미에서 제품까지 보증된 I.J야말로 이 시대 최고의 명품이 아닐까 생각한다.

　"진정한 명품이래! 진품명품도 아니고! 하하. 야야, 농담이야. 아무튼 그동안 고생했던 보람이 있네."

　"그러게요. 아직 끝난 건 아니니까 더 열심히 해야겠어요."

　"크크, 그래. 그런데 너 지금 너무 웃고 있는데? 그래서야 어디 집중할 수 있겠어? 하하."

　우진도 숨길 생각이 없는지 더 활짝 웃었다.

　왼쪽 눈으로 본 게 아닌, 자신의 디자인으로 만든 옷을 사람들이 좋아해 주고 있었다.

　이제야 디자이너로서 제대로 시작하는 느낌이었다.

제3장

노부부

한 달 뒤. I.J 전 직원이 매장 앞에 나와 고객을 배웅했다.

"감사합니다!"

"잘 입을게요."

고객은 대우받는 느낌을 만끽하는 얼굴로 손까지 흔들었다. 고객이 사라지자마자 I.J 식구들은 서로를 쳐다봤다. 그리고 누구 하나 먼저랄 것 없이 동시에 입을 열었다.

"와! 끝이다!"

"이제 드디어 잠 좀 제대로 자겠다. 으아……."

우진은 테일러들의 환호에 피식 웃었다. 모든 일정을 마칠 때까지 생각했던 것보다 오랜 기간이 걸렸다. 간간이 생기는 예약 취소부터 시계 배송 지연까지. 우여곡절이 많았지만, 직원들의 말대로 오늘로써 드디어 아제슬이 끝났다.

"다들 피곤하실 테니까, 오늘은 이만 퇴근하시고 월요일에 봬요."

"아닙니다! 선생님이 남아계시는데… 그리고 이제 고작 1시인데요."

"괜찮아요. 저도 이따가 가려고요. 다른 분들도 퇴근하세요."

다들 그동안 힘들었던 탓인지 싫다는 말은 못 한 채 서로의 눈치만 살폈다.

"눈치들은. 우리가 가야 우리 임 선생이 자기 기사를 마음껏 볼 거 아니냐, 껄껄."

장 노인은 농담을 하며 직원들을 데리고 들어가더니 퇴근 준비를 마치고 나왔다. 그런데도 직원들이 계속 머뭇거리며 우진의 옆에 남아 있으려고 하자, 장 노인은 혀를 차며 억지로 모두를 데려갔다.

직원들이 가는 모습까지 다 보고 나서야 우진은 사무실로 올라왔다. 그러자 아직 남아 있던 세운이 의자에 털썩 앉더니 입을 열었다.

"또 반응 보려고?"

"하하, 아니에요. 그냥요."

"아니기는. 그런데 혜슬은 왜 또 갑자기 하자는 거야?"

우진은 며칠 전 아제슬 운영 팀과 회의를 하면서 나온 얘기를 떠올리며 웃었다.

이번 아제슬로 인해 가장 큰 이득을 얻은 브랜드는 다름 아닌 제프 우드였다.

제프란.

이름 좀 있다 하는 브랜드들이 제프란을 사용하기 시작한 것이다. 만지기 어려웠지만, 제프란의 실을 사용하는 기술을 자랑할 수 있으니 끌릴 수밖에 없었다. 게다가 명품 브랜드 말고도 자수로 유명한 프랑스에서 주문이 밀려들고 있었다.

그러다 보니 제프 우드는 이번 아제슬 기획을 무척이나 만족스러워했다.

그와 반대로 헤슬은 옷을 판매했다는 것 말고는 아무것도 얻지 못했다. 평가도 셋 중 꼴찌를 한 데다가, I.J에서 판매하는 시계로 인해 오히려 인지도만 내려갔다.

'I.J Watch'가 품질이 좋은 데다가 저렴하기까지 하니, Ciel은 아무것도 안 했음에도 비교 대상이 되었다. Ciel이 자회사는 아니지만 헤슬의 협력 업체였기에, 당연히 헤슬도 타격을 받았다.

그렇다고 I.J처럼 시계를 할인해서 팔 수도 없었다. 들어가는 자재 자체에서 차이가 났다. I.J의 시계는 보석이 없거나 있다 해도 모형 보석인데, Ciel 시계는 진품이었다.

다이아부터 루비 등 보석만으로도 가격이 상당했다. 그러다 보니 I.J와 같은 반값 할인은 엄두가 나지 않았다.

그래서인지 헤슬은 아제슬 기획을 다시 내놓았다. 하지만 이미 충분히 취할 것은 다 취한 제프 우드는 시큰둥했고, 우진도 그 제안이 끌리지 않았다.

후에 다시 하게 될 수도 있지만 지금은 아니었다. I.J 식구들 모두가 상당히 지친 상태였고, 무엇보다 예약을 기다리고 있는 고객들이 우선이었다.

우진이 매장에 남은 이유도 고객들 때문이었다. 직원들이 월요일에 출근하면 다시 회의를 해봐야겠지만, 그 전에 직원이 늘어난 만큼 예약을 얼마나 더 받을 수 있는지 알아봐야 했다. 그때, 의자에 앉아서 휴대폰을 보던 세운이 대뜸 질문을 했다.

"그런데 우진아, 매튜가 땅을 보러 다니던데. 우리 이사 갈 곳을 알아본다고. 여기 계속 못 쓰나?"

"아마 힘들 거예요."

"아쉽다. 여기 엄청 넓고 좋은데. 또 내 건물로 들어가는 건 아니겠지?"

"그러긴 힘들 거 같아요. 사람도 많아졌고, 그리고 피혁 가게 아저씨도 들어와 계시잖아요."

"하긴, 너무 좁지. 그런데 넌 걱정도 안 돼? 또 이사 가려면 돈 엄청 깨질 텐데. 왜 그렇게 태연해?"

"하하, 걱정 안 해도 돼요. 매튜 씨하고 얘기를 해봤는데,

건물을 아예 매매하는 게 좋을 것 같다고 하더라고요."

"진짜? 야! 좀 서운하네! 왜 나한테는 말도 안 해줘!"

"하하, 아직 확정된 게 아니라 매튜 씨하고 가볍게 오간 얘기예요."

세운은 코를 찡긋거리더니 다시 입을 열었다.

"그 돈도 만만치 않을 텐데. 솔직히 우리 이번에 번 것도 그렇게 많지 않잖아."

"많아요. 패턴 특허 사용료도 들어올 거고, 10월에 포지션에서도 돈이 들어와요."

"아! 맞다! 얼마나?"

"아제슬에서 오는 돈은 저희 라이선싱까지 합해서 한 16억 예상하던데요? 물론 아직 운영 팀에서 정리 중이라 확실치는 않아요. 포지션에서는 좀 더 들어올 거라고 하더라고요."

"와… 장난 아니다! 우진이 너! 시골 내려가서 빌딩 사도 되겠다. 와! 대박! 야, 나 소름 돋았다."

"시골이요? 하하."

아직 손에 없는 돈인지라 우진은 자신이 말하면서도 다른 사람 얘기처럼 느껴졌다. 세운은 놀랐는지 턱을 괴고는 연신 헛웃음을 뱉었고, 우진은 그 모습을 보며 피식 웃고는 향후 일정에 대해 생각했다. 그때, 한참을 생각하던 세운이 입을 열었다.

"우진아! 그럼 우리 돈 좀 쓰자!"

"네?"

"야야! 뭐야! 왜 그렇게 봐! 그냥 막 쓰자는 게 아니라, 우리 차 좀 사자고! 내 트럭만 돌려가면서 쓰고 있잖아. 그나마 준식이 차를 타고 다니긴 하는데, 그러지 말고 그냥 한 대 사자."

그동안 너무 바빠서 잊고 있었을 뿐, 우진도 전부터 필요하다고 생각했었다.

"그것도 월요일에 얘기해 봐야겠어요."

"기왕이면 트럭 말고! 너 또 예약받기 시작하면 사람들 만나러 다닐 거잖아. 또 트럭 타고 다니면 사람들이 욕한다. 돈 벌어서 뭐 하냐고."

우진은 피식 웃었다. 운전면허도 없는 데다 트럭이 익숙해지자 그다지 부끄럽지 않았다. 하지만 트럭에서 내릴 때마다 흠칫 놀라던 고객들이 생각난 우진은 세운의 말에 동의한다는 듯 고개를 끄덕였다.

*　　　*　　　*

수요일 아침.

주변 매장들보다 이른 시간임에도 I.J 앞에 전 직원이 모였다. 월요일에 있었던 회의에서 차를 구입하자는 결정이 났고, 이틀 만에 차가 도착했다.

매장 앞에 세워둔 차를 보는 직원들의 표정은 제각각이었다. 그러다 보다 못한 세운이 우진에게 조용히 속삭였다.

"왜 또 스타렉스야! 저번이랑 똑같네!"

"완전 다르잖아요. 저번에는 금색이었는데. 이번엔 검정색이에요. 크기도 엄청 크고요. 매튜 씨가 신경 써서 고른 거예요."

"퍽이나! 유 실장은… 어차피 우진이 편일 거고, 홍단아, 넌 어떻게 생각해?"

"제가 보기에는… 멋있는데요? 연예인이 타는 차 같아요."

우진은 그 대답이 마음에 드는지 활짝 웃었다. 차에 대해서 별 관심 없는 우진이 봐도 확실히 저번보다는 좋은 차였다.

그랜드 스타렉스 리무진.

홍단아의 말처럼 연예인이 타고 다니는 밴과 비슷해 보였다. 창문에 선팅까지 되어 있어서 밴 같은 분위기를 더했다.

우진이 차에 빠져 있는 사이 세운이 매튜에게 다가갔다.

"매튜, 왜 저 차를 골랐어?"

"가지고 다녀야 할 게 많다고 큰 차를 원하셨습니다."

"아니, 좋은 차 많잖아. 우리 우진이 어깨에 힘 좀 빡 들어가는 그런 차!"

"어차피 운전은 선생님이 안 하실 텐데요? 그런 차는 나중에 직접 운전하시게 되면 그때 구매하는 편이 좋을 거 같습니다. 이건 어차피 회사 차로 쓸 예정입니다."

세운이 자신이 좀 더 빛났으면 하는 생각으로 투덜거리고 있다는 것을 알기에, 우진은 그냥 웃어넘겼다.

"저는 정말 마음에 들어요."

"휴… 뭐. 그럼 됐고……."

"일단 고객을 만나러 가면서 승차감이 어떤지 봐야겠어요. 삼촌도 빨리 타세요. 카우 씨도 준비 다 됐어요?"

우진의 질문에 팻사라곤이 장비를 들어 올렸고, 세운은 입맛을 다시고는 운전석에 자리했다.

"저 앞에 탑니다?"

"편한 데 타세요. 순태 씨도 가요."

테일러인 순태까지 차에 올라탔다. 그러자 밖에 있던 장 노인이 피식 웃으며 말했다.

"사고 안 나게 조심히 다녀오너라. 자네들도 오래 기다렸던 고객들이니만큼 각별히 신경 쓰게나."

IJ는 화요일부터 예약을 다시 받기 시작했다. 고객을 많이 받고 싶었지만, 고민한 결과 예약 고객 수는 저번과 마찬가지로 열 명으로 정해졌다. 아제슬을 하면서 경험한 바로는, 한꺼번에 많은 예약을 받아버리면 그만큼 뒤에 있던 사람들이 더 오래 기다려야 한다는 것이었다.

아예 예약을 못 했다면 모를까, 예약을 한 이상 계속 기다려야 할 것이었다.

그리고 무엇보다 우진은 아제슬 때처럼 쫓기고 싶지 않았다.

예약받은 열 명의 고객들.

그중 첫 번째 고객을 만나기 위해 차가 움직이기 시작했다.

*   *   *

"여기 예전에 와본 거 같은데… 아! 여기 일방통행 거지 같은 동네! 예전에 우진이 너 부모님하고 살 때 여기 지나쳐 왔어."

"그래요? 저도 거기 얼마 안 있어서 지리는 잘 몰라요."

"아무튼. 맞는 거 같아. 내비가 꼬인 길로 안내하는 거 보니까."

잠시 뒤 내비게이션에서 목적지에 도착했다는 안내가 나왔다. 상가들이 가득한 거리였다.

일행이 도착한 곳은 상가 안쪽 주택가였다. 차에 내려서 보니 눈에 보이는 광경이 약간 독특했다. 골목을 끼고 있는데, 거의 집 한 채 정도의 공간이 비어 있었다. 내비가 안내해 준 집의 마당 같은 느낌이었다.

그 마당에 차를 세우고, 우진은 곧바로 고객에게 전화를 걸었다. 잠시 후, 고객에게서 잠시만 기다려 달라는 답을 받았다.

"금방 나온다고 했으니까 일단 내려서 기다리죠."

"그래, 그런데 여긴 뭐야? 바로 저 앞 사거리는 정신없던데,

여긴 또 한적하네."

골목 주택가들 사이에 바와 커피숍도 보였고, 몇 걸음만 나가면 상가였다. 세운의 말대로 조금 전에 지나쳐 온 사거리에 비하면 너무 한산했다.

"신기하네."

"일단 짐이나 내리죠."

다 같이 짐을 내리던 중 밖을 살피던 순태가 입을 열었다.

"저기 상가들, 목동 로데오였네요."

"여기가 목동 로데오였어요?"

"아세요?"

"그럼요. 예전에 상설 할인 매장이 많던 곳 아닌가요?"

"해외파인데도 잘 아시네요!"

"그럼요. 고등학교까지 전부 한국에서 다녔는데."

우진은 순태의 표정에서 지금까지 그가 오해하고 있었다는 걸 눈치챘다. 아마 자신을 어려서부터 해외에서 공부한 사람인 줄 알고 있던 모양이었다. 그만큼 테일러들과 일적인 대화 말고는 개인적인 대화가 없었다.

우진은 머쓱하게 웃고는 거리를 살폈다. 지금 자신이 서 있는 곳에서 보이는 건물은 비기 전에는 스포츠 브랜드가 있었는지 간판이 그대로 걸려 있었다.

요즘 이사 문제를 고민하고 있는지라, 우진은 주변 건물들을 관심 있게 살폈다.

지금 I.J 매장과는 비교할 수 없지만, 저 정도 크기라면 적당해 보였다.

사실 우진은 어디에 매장을 오픈해도 크게 상관없었다. 맞춤옷인 데다 고객들이 줄까지 서서 예약하는데 위치는 중요하지 않았다.

다만 장 노인이나 매튜는 매장만으로도 계속해서 광고가 되는 곳, 즉 유동 인구가 많은 곳에 자리를 얻어야 한다고 주장했다. 게다가 인천공항으로 오는 시계나 원단의 유통 문제와, 매장으로 찾아오는 고객이 있을 수 있다는 이유로 먼 지방은 제외했다. 세운의 건물처럼 도매상이 밀집한 곳이 아닌 곳도 고려했다.

매튜나 장 노인이 어떻게 생각할지 모르지만, 우진은 근처 상가들을 보며 이곳도 꽤 괜찮다고 생각했다. 우진이 돌아가서 의논해 볼 생각으로 거리를 살필 때, 세운이 투덜거렸다.

"우리 기다린 지 5분도 넘은 거 같은데? 순태 씨, 전화 한번 해봐."

그때, 앞에 보이는 빌딩 옆에서 우진의 또래로 보이는 남자가 나왔다. 자연스러운 갈색 머리에 팟사라곤만큼 큰 키, 그리고 새파란 눈동자까지. 우진은 단번에 그가 혼혈이라는 걸 알아차렸다.

"안녕하세요. 윤종익 씨세요?"

"네! 오래 기다리게 해서 죄송해요. 할머니 옷 좀 갈아입혀

드리느라고요. 일단 들어오시겠어요?"

어떤 옷을 입혀놔도 잘 어울릴 것 같은 남자의 모습에 욕심이 났지만, 오늘의 주인공은 그가 아니었다.

사실 다시 예약 신청을 받기 시작할 때, 우진은 신청한 당사자가 아닌 사람들이 예약하는 것에 대해서도 고민했다. 하지만 인터넷으로만 예약을 받는 IJ의 특성상 나이 많은 사람들이 접근하기에 어려움이 있었다. 그 점을 고려한 우진은 예약은 전과 동일하게 오로지 선착순으로만 받기로 했다.

윤종익이 할머니 대신 예약했다는 걸 사전에 들은 우진은 그가 늦은 이유를 이해하고선 따라 들어갔다.

울타리도 없는 마당을 지나쳐 문을 열고 들어가자, 거실 바닥에 앉아 있는 노부부가 보였다.

*　　　　*　　　　*

노부부의 모습은 굉장히 인상적이었다. 검은 머리카락이 하나도 없는 완전 백발이었고, 두 분 모두 나이답지 않게 주름도 많이 보이지 않았다. 게다가 머리숱이 굉장히 풍성해 오히려 장 노인보다 젊어 보였다.

할머니는 안색이 약간 좋아 보이지 않았지만, 그것 말고는 굉장히 깔끔한 인상으로 백발 머리를 곱게 빗어 쪽 찐 머리를 하고 있었다. 할아버지는 가르마를 탄 머리에 수염까지 더해져 마치 프랜차이즈 치킨집 할아버지처럼 보였다.

"오래 기다리게 해서 미안해요. 깜빡 잊고 있었어요."

"아니에요. 오래 안 기다렸어요."

매우 부드럽게 느껴지는 할머니의 목소리에 우진은 미소를 지었다.

"일단 이리 와서 앉아요. 수정과 담근 거 있는데 좋아해요?"

할머니가 일어나려 하자 할아버지가 막아섰다. 그러더니 직접 부엌에 가서 인원수대로 수정과를 담아 왔다. 그리고는 할머니 옆에 조금 떨어져 앉았다.

"영감님, 왜 그쪽에 앉아요. 이리 오세요."

"됐어. 임자 옷을 만드는 건데."

"알았어요. 그럼, 거기 꼭 있어요?"

"알았다니까. 이보시오, 할멈이 내가 안 보이면 불안해해서 그런데, 옆에서 좀 지켜봐도 되겠소?"

"그럼요. 계셔도 돼요."

우진은 수정과를 마시며 두 사람을 살폈다. 저렇게 나이를 먹었으면 좋겠다는 생각이 들 정도로 서로를 보며 웃는 모습이 아름다워 보였다. 함께 온 직원들도 비슷하게 느꼈는지 흐뭇한 미소를 짓고 있었다.

우진도 미소를 짓다 말고 착용하고 있던 단안경을 만졌다. 그 어느 때보다 멋있는 옷이 보이길 바라는 마음으로.

"할머님, 그럼 이제 스케치부터 먼저 할게요."

단안경 렌즈를 올린 우진은 순간 얼굴을 찡그렸다. 홀로그램이 보여야 하는데, 지금 단안경을 너머로 보인 할머니의 모습은 지금 입고 있는 분홍색 꽃무늬 카디건 그대로였다.

우진은 지금이 어떤 상황인지 단번에 알아차렸다. 외할아버지 때와 같은 상황이었다.

우진은 혹시 몰라 옆에 계신 할아버지도 살폈다. 할아버지는 홀로그램이 잘 비쳐 보였다. 하지만 할아버지가 중요한 것이 아니었기에, 우진은 입을 굳게 다물고 단안경부터 내렸다.

"왜 그러세요? 제가 너무 늙어서 그런 건가요?"

"그건 아니에요."

우진은 어떻게 얘기해야 할지 고민했다. 얘기를 꺼내면 자신을 이상하게 볼 수도 있고, 그보다 상대방이 어떻게 받아들일지 걱정됐다.

의사도 아닌 주제에 대뜸 이제 곧 돌아가실 것 같다고 말하면 누구라도 화를 낼 게 분명했다.

그런 생각에 고민하던 우진은 순간 인상을 찡그렸다. 앞에 있는 사람에 대한 걱정보다는 자신의 입장만 생각하고 있다는 걸 깨달은 것이다. 외할아버지 때도 그렇고, 자신이 변한 건가 싶을 때가 있었다.

우진은 혹시라도 자신이 성공하면서 차갑게 변한 걸까 싶은 생각에, 스스로 자신을 다독였다.

그러고는 할머니를 물끄러미 보고 최대한 돌려 말했다.

"할머님, 지금 안색이 안 좋으신데 병원부터 가보시는 게 좋은 거 같아요."

"병원이요?"

"네, 제가 실력이 좀 부족해서 오래 걸리거든요. 정말 많이 힘드실 거예요."

할머니는 대답 대신 옆에 있던 할아버지를 봤다.

"내가 옆에서 도울 테니 안 되겠소?"

"젊은 사람들도 힘들어해요. 할머님 병원부터 다녀오시고 괜찮아지면, 그때 만들어 드릴게요."

노부부가 서로를 보는 모습을 지켜보던 중 팟사라곤이 눈치 없게 스캐너를 들어 올렸다. 우진은 급하게 팟사라곤을 막은 뒤 노부부의 대답을 기다렸다.

잠시 뒤, 할아버지가 할머니 옆으로 자리를 옮겼다. 그러고는 할머니 손을 잡은 채 입을 열었다.

"병원에는 이미 다녀왔으니 좀 부탁하오."

그 대답으로 우진은 노부부도 이미 상황을 알고 있다는 걸 느꼈다. 할아버지의 말이 이어졌다.

"우리 막내아들이 태국에서 사업을 하는데 다음 주에 신부를 데려온다고 합니다. 결혼도 못 하고 혼자 살 줄 알았던 녀석이 신부들 가족까지 데리고 한국에 온다고 해서 할멈이 신경이 많이 쓰이나 봅니다. 사실 원래는 요양병원에 있다가 그

일 때문에 잠시 올라온 거라오. 그러니 어떻게 안 되겠소?"

자세한 얘기는 알 수 없었지만, 그 짧은 얘기만으로 어떤 상황인지 이해할 수 있었다. 할머니는 자신의 상태를 알면서도 아들 때문에 올라온 것이었다.

그런 노부부의 결정에 우진은 더 이상 할 말이 없었다. 고생은 하겠지만, 보이지 않더라도 만들 수 있었기에 우진은 결정을 내렸다.

"알겠어요. 그럼 아드님이 언제 오시는 거예요?"

"다음 주 금요일이니까 아흐레 남았구려."

왼쪽 눈으로 보였다면 모를까, 보이지 않는 이상 생각보다 빠듯한 시간이었다.

"그런데 할머님만 맞추시는 거예요?"

"저기 우리 손주 녀석이 한 명만 예약할 수 있다고 하던데, 나도 가능한 겁니까? 뭐, 안 되더라도 괜찮습니다. 아들 녀석 신부가 어려서 할멈이 신부 부모보다 훨씬 늙어 보일까 봐 신경 쓰이나 보오. 그래서 우리나라에서 최고로 유명한 사람한테 부탁하는 겁니다."

"아, 감사해요. 최고로 유명한 건 아니지만 잘 만들어볼게요."

노부부의 모습을 보니 아무래도 혼자보단 둘 다 옷을 맞추는 게 나을 것 같았다. 자신이 좀 더 움직이면 해결될 문제였다. 매튜와 장 노인도 돈만 제대로 받는다면 충분히 이해할 것 같았다.

"두 분 다 맞추시겠어요?"

그러자 할머니의 얼굴에 미소가 생기면서 할아버지의 손을 꼭 쥐었다. 그 모습이 안쓰럽기도 하고 애틋해 보이기도 해 우진은 마음이 짠해졌다. 그럼에도 시간이 많지 않았기에 우진은 단안경부터 올렸다.

"일단 할아버님부터 스케치할게요."

"나보다 할멈부터 해주는 게 좋지 않겠소?"

"할머님은 신경 써야 할 부분이 많아서요."

"우리 영감님도 신경 써주세요."

할아버지한테 신경을 쓰지 않을까 걱정했는지 할머니가 부탁해 왔다. 우진은 씨익 웃으며 알겠다고 대답한 뒤 할아버지를 살폈다.

전체적으로 상당히 젊어 보이는 스타일이었다. 젊은 사람에게 입혀놔도 어울릴 것 같은 남색 바탕에 하얀색 선으로 체크무늬를 새긴 재킷과 기본 땡땡이 셔츠에 와인색 머플러까지.

그리고 하얀 바지와 I.J 로고를 버클로 만든 검은색 벨트. 거기에 하얀색 바탕에 와인색이 적절히 섞인 구두. 화려해 보이지만 전체적으로 색들이 잘 어우러졌다.

그 옷에, 짧게 잘라 세운 백발의 머리에 깔끔하게 면도한 모습까지 더해지자 상당히 젊어 보였다. 우진은 할아버지에게 의견을 물은 뒤 스케치를 시작했다.

스케치 시간이 오래 걸리다 보니, 옆에 있던 세운이 웃으며 대화에 끼어들었다.

"아버님, 편하게 계셔도 돼요. 너무 그렇게 경직되어 계시면 힘드세요."

할아버지는 그제야 편하게 몸을 움직이기 시작했다. 그리고 꽤 시간이 흘러, 우진이 스케치를 완성했다.

"이건 할아버님 옷이에요. 넥타이는 불편하다고 하셨으니까 머플러로 했어요. 괜찮으세요?"

"너무 젊어 보이는 거 아닙니까……?"

할아버지의 대답에 뒤에 있던 손자가 얼굴을 불쑥 내밀어 스케치를 살폈다.

"와… 우리 할아버지. 엄청나게 멋있네."

"이 녀석이, 할아비 놀리고."

"왜요, 종익이 말대로 멋지세요."

"그런가……? 흠, 할멈이 그렇다면야."

우진은 씨익 웃은 뒤 입을 열었다.

"할아버님은 이런 모습이 되실 거예요. 그리고 할머님은 제가 좀 더 생각해 봐야 하거든요. 그래도 최대한 빠르게 보여 드릴게요."

"그럼 오늘은 끝난 겁니까?"

"아니요. 좀 번거로우실 수 있는데 3D 캡처를 해야 해서요. 금방 끝나니까 걱정하지 마세요. 저기 덩치 큰 분이 해주실 거예요."

우진이 팟사라곤을 돌아보자 아까부터 대기하고 있던 팟사라곤은 조심스럽게 장비를 챙겨 노부부에게로 향했다. 순태가 나서서 팟사라곤을 도왔다.

"우리 종익이만큼 큰 사람은 처음 보네."

"이분이 더 큰 거 같아요."

"저? 2m 9cm입니다?"

"어이구, 종익이보다 더 크네. 외국 사람들은 다 큰가 봐요. 우리 큰며느리도 호주 사람인데."

"전 태국 사람입니다? 잠시만 팔 좀 들게요?"

"태국? Nei라는 식당 알아요? 우리 막내아들이 하는 식당인데."

노부부는 그저 아들이 태국에 있다는 이유만으로 태국 사람인 팟사라곤을 반가워했다.

"신부도 태국 사람인데 이번에 처음 본다오. 식당에 자주 오는 아가씨라고 하더이다. 어떻게 그런 아가씨를 만났는지."

"축하해요?"

팟사라곤 덕분에 궁금해도 묻지 못했던 얘기들을 알 수 있었다. 막둥이 아들이 곧 쉰인데 신부가 그보다 스무 살이 어렸다. 그러다 보니 노부부의 걱정이 이만저만이 아니었다.

게다가 사돈이 될 사람들이 젊은 데다가 부자라는 말 때문에 옷차림에도 신경을 쓰던 중, 손자가 IJ를 추천했다고 들었다.

두 형제 중 큰아들은 백인과 결혼해서 호주에 살고 있고, 막둥이 아들은 태국에서 살 예정이라고 한다. 이미 첫 번째 아들이 백인 신부를 데려왔을 때 많이 놀란 적이 있어서, 태국인 신부를 데려온다는 막둥이의 말에는 그저 감사하기만 했다고 말하며 웃었다.

노부부의 얘기를 듣던 세운은 우진에게 조용히 말했다.

"나도 돈 벌면 태국에 식당을 내야겠어."

*　　　*　　　*

숍으로 돌아온 뒤, 우진은 2층 작업실에 앉아 스케치를 살폈다. 할머니의 취향을 토대로 그린 스케치들이었다. 바지보단 치마를 선호하는, 나이가 든 할머니들에게서 주로 볼 수 있는 투피스 스타일이었다. 아무래도 취향을 적용하다 보니 할아버지보다 좀 나이가 들어 보이는 느낌의 스케치였다.

'차라리 커플룩으로 똑같이 만들까?'

우진은 일단 스케치를 그리기 시작했다. 다 그린 스케치를 할아버지의 스케치 옆에 놓고 함께 보니, 예쁘긴 했지만 조금 가벼운 느낌을 받을 수도 있을 것 같았다. 아무래도 첫 만남인데 커플룩은 좀 아니었다. 젊어 보이면서 너무 가볍지 않은 옷. 딱 할아버지의 옷 정도가 적당했다.

게다가 아파서인지 약간 거무스레한 할머니의 얼굴색도 고려해야 했고, 무겁지 않으면서 따뜻한 원단까지 고려해야 했다. 원단이야 종류가 상당히 많다 보니 이미 생각해 둔 것이 있었다. 비싸긴 해도 캐시미어 함유량이 높은 원단 중 하나를 고를 생각이었다.

그때, 순태가 스와치와 원단을 가지고 내려왔다.

"체크무늬는 없는데 어떡할까요?"

"아, 지금 할 거 없으시죠? 여기 남색 원단에 하얀색 실로 선 좀 박아주세요. 원단 길이는 2마씩 끊어서 실 굵기는 8㎜이고요. 칸 간격은 6인치예요. 가로세로 직각으로 꼭 맞춰주세요."

"네!"

순태를 비롯해 현재 할 일이 없던 테일러들은 다 같이 우진이 시킨 일을 시작했다. 잠시 뒤, 우진이 스와치를 보며 생각에 빠져 있을 때 순태가 우진에게 다가왔다.

"선생님, 다 했습니다."

"그래요?"

우진은 원단부터 볼 생각으로 자리에서 일어섰다. 여럿이 동시에 만들어서 2마씩 자른 원단이 다섯 장이나 되었다. 우진은 테일러들이 자신의 눈치를 보느라 각자 만들었다는 걸 알고는 피식 웃었다.

"그런데 왜 한 분 거는 없어요?"

"아… 원단을 자르다 보니까 자투리만 남아서요. 새것을 가져오기도 좀 그래서……"

테일러 중 한 사람인 판권이 조심스럽게 원단을 내밀었다. 자투리 원단에 했다는 표시를 남기고 싶었는지 하얀 실로 선을 새겨 체크무늬를 만들어냈다.

"잘됐네요. 이 원단을 주문할 때 샘플로 보내면 되겠어요. 이리 주세요."

"아! 네!"

"그리고 다들 지금만 한가한 거니까 너무 초조해하지 마세요. 제가 바빠 봐서 아는데, 바빠지면 쉴 시간이 별로 없더라고요. 시간 있을 때 쉬고 계세요."

우진은 피식 웃고는 테일러들이 만든 원단을 들고 자리로 돌아왔다. 확실히 원단 위에 덧씌운 것보다는 원단 공장에 맡겨 이 무늬대로 뽑는 게 나을 것 같았다. 돈이야 더 들겠지만 좋은 걸 알면서 안 할 순 없었다.

우진이 과정을 따로 메모해 두고 다시 한창 원단을 살피던 중, 마음에 드는 원단이 하나 보였다.

"창고에 파시미나 원단 와인색으로 있어요? 전에 들어왔던 거 같은데."

"다녀오겠습니다!"

말이 끝나기 무섭게 순태가 원단을 가져왔고, 우진은 눈을 반짝이는 테일러들에게 일을 나눠 주었다.

"유진 씨는 일단 폭은 11인치, 길이는 53인치 정도?"

홀로그램에서 머플러가 접혀 있어 정확한 길이를 알 수 없었기에, 우진은 각각 다른 크기로 여러 개를 만들라고 지시했다. 그러자 테일러들은 신나서 작업을 시작했다. 고작 자르기만 하는 일이다 보니 금방 끝내 버렸다.

그 모습을 지켜보던 우진은 피식 웃고는 자른 원단을 받았다. 이번에는 넉넉히 가져왔는지 여러 개를 만들었는데도 원단이 남아 있었다. 우진은 테일러들을 등진 채 피식 웃고는 남은 와인색 원단을 아까의 자투리 원단 위에 올려놓았다.

정리하던 우진이 움직임을 멈추고 남은 원단들을 물끄러미 바라봤다.

*   *   *

며칠 뒤.

완성한 스케치를 보여주자 노부부는 무척이나 마음에 들어 했다. 다만 좋은 원단을 사용해 금액을 상당히 올릴 수밖에 없었다. 그 부분이 마음에 걸린 우진이 먼저 금액에 대해 알렸지만, 노부부는 크게 개의치 않아 했다. 마지막이라고 생각하는 듯, 그저 잘 만들어달라고만 부탁했다.

가봉을 위해 노부부의 집 앞에 도착한 우진은 약간 긴장했다. 할아버지는 크게 걱정이 되지 않았지만, 할머니가 걱정이었다. 많이 신경 쓴 만큼 할머니도 스케치를 마음에 들어 했지만, 막상 입어보면 느낌이 다를 수 있었다.

아제슬 회의에서 디자인을 선보일 때보다 더 떨려, 우진은 가볍게 심호흡을 하고선 벨을 눌렀다.

"오셨어요! 들어오세요."

저번에 봤던 손자의 안내를 받아 집에 들어가자, 거실에 못 보던 사람이 보였다. 나이가 들어 보이는 남성과 백인 여성. 한눈에 봐도 노부부의 아들 내외라는 걸 알 수 있었다.

"어서 와요. 동생 결혼식을 보겠다고 아들하고 며느리가 와 있네요."

우진은 가족들과도 인사하고는 함께 온 일행과 함께 방바닥에 앉았다. 함께 온 매튜가 곧장 가격에 대해서 세세하게 얘기했고, 우진은 머쓱해하며 그대로 전해주었다. 그러자 뒤에서 지켜보던 노부부 아들이 상당히 놀란 듯 입을 열었다.

"엄청 유명한 분한테 옷을 맞추신다고 해서 걱정했는데, 두 분 모두 해서 500만 원이면 엄청나게 싸네요!"

"아직 예상 금액이고 추가될 수도 있어요."

"그래도 추가 금액이 더 많진 않을 거 아닙니까, 하하."

우진에게는 가격 부분이 늘 조심스러웠지만, 아제슬에서 비싸게 가격을 책정했던 게 도움이 되었다.

다만 분명 빛이 보일 할아버지의 경우와 달리, 할머니가 걱정되었다. 디자인이 잘 뽑힌 것 같아 할머니에게도 빛이 보였으면 하는 마음이 커졌다. 그러다 보니 점점 욕심이 커져서, 피팅하며 부족한 부분을 계속 찾아볼 생각이었다.

설명이 끝난 우진은 가볍게 미소를 지으며 일어났다.

"유 실장님, 할머님이 옷 입으시는 것 좀 도와주세요."

미자가 할머니를 모시고 들어간 사이, 우진은 할아버지를 모시고 다른 방에 들어왔다. 3D 작업으로 치수를 확인해 핏이 몸에 붙듯 정확히 맞아떨어졌다.

"구두는 옷하고 같이 완성할 거 같아요. 그래서 일단 임시로 가져온 게 있는데, 한번 신어보세요."

아직 마감하지 않아 시침질한 실이 보이는 걸 제외하면 제대로 만든 것 같았다.

"불편하진 않으시죠?"

"좋습니다. 좋아요. 보들보들하면서 가벼운 게 좋네요."

"하하, 다행이에요. 그럼 나가서 거울 한번 보시겠어요?"

"그럽시다."

할아버지는 자신의 머리를 한 번 쓸어 넘기고는 거실로 나갔다.

"우와, 아버지! 하하, 왜 이렇게 젊어지셨어요! 이거 곤란한데요? 사돈댁에서 저를 아버지로 알면 어떡하죠?"

"크흠, 실없는 소리는……."

"하하, 진짜라니까요. 기다려 보세요. 제가 거울 좀 가져올게요."

아들은 방으로 가더니 커다란 거울을 들고 나왔고, 할아버지는 아들이 한 말이 신경 쓰이는지 곧바로 거울을 들여다봤다.

거울 속 자신의 모습을 확인하는 할아버지의 얼굴에서 만족하고 있다는 것이 느껴졌다. 하지만 그것도 잠시, 할머니가 생각났는지 할아버지가 우진을 보며 조심스럽게 물었다.

"우리 할멈도 예쁘게 해주셨겠지요?"

"그럼요. 최선을 다해서 만들었어요."

그때, 문이 열리더니 미자의 부축을 받으며 할머니가 나왔다. 이번에도 반응은 아들이 가장 먼저였다.

"엄마! 와… 엄청 화사하다. 영화배우 같네!"

우진도 상당히 만족했다. 노환 때문이라고 생각되는 검은 피부색 때문에 고른 원단 색이 생각했던 것보다 훨씬 더 잘 어울렸다. 전체적으로 활기 있어 보이는 느낌이었다.

와인색 재킷에 와인색 치마, 그리고 할아버지와 똑같은 땡땡이 원단으로 만든 블라우스. 거기에 하얀색 실로 무늬를 만든 남색 머플러까지. 할아버지와 비슷해 보이면서 다른 느낌이 잘 살아 있었다.

처음에는 시계, 가방이나 장신구까지 생각했었지만, 모두 제외했다. 원단도 최대한 가벼운 것으로 골랐는데 다른 부분에서 과하고 싶지 않았다. 그리고 우진이 생각하기에는 장신구들보다 더 좋은 것이 있었다.

우진이 할머니의 모습을 보며 미소를 지을 때, 따라온 매튜가 우진의 팔을 살짝 흔들었다. 매튜가 할아버지를 보라는 듯 고갯짓을 했고, 할아버지를 본 우진은 씨익 웃었다.

"아버지! 엄마가 그렇게 예뻐요? 아… 이거 큰일이네. 손주 볼 나이에 동생이 생기는 게 아닌가 몰라. 하하."

"저… 저 녀석이! 너 자꾸 헛소리할 거면 들어가서 잠이나 자라."

"하하, 농담이에요. 오랜만에 보는 아들한테 너무하시네, 하하."

우진은 굉장히 부끄러워하는 할아버지를 보며 살며시 미소 지었다. 그러고는 할머니를 거울로 안내했다. 거울을 보던 할머니가 미소를 지으며 우진을 바라봤다.

"…예쁘네요. 이렇게 곱게 만들어줘서 정말 고마워요."

"아니에요. 어르신이 너무 고우셔서 옷이 잘 나왔어요. 어디 불편한 곳은 없으시죠?"

"너무 편해요. 가볍고. 이렇게 좋은 옷은 평생 처음 입어보네요. 정말 고마워요."

우진은 할머니의 인사에 가볍게 웃고는 할아버지를 쳐다봤다.

"어르신, 할머니 옆에 같이 서보시겠어요? 두 분이 같이 계셔야 옷이 더 살아요."

할아버지가 아들의 농담 때문인지 뻣뻣하게 자리를 지키고 있자, 할머니가 할아버지에게 손을 내밀었다. 할아버지는 약간 부끄러운지 헛기침을 하더니 할머니 옆에 섰다. 그리고 손을 꼭 잡고선 거울을 바라봤다.

"정말 잘 어울리세요. 할아버님 머플러 색하고, 할머님 재킷이랑 치마 색을 같게 했고요. 할머님 머플러는 할아버님 재킷색이에요. 어떠세요?"

우진이 옷에 관해 설명하자 서로의 모습을 살피던 노부부가 고개를 끄덕거렸다.

"영감님, 멋있어요."

"할멈도 고와. 딱 시집올 때, 그 모습 같아……."

할아버지는 갑자기 드는 옛 생각에 눈물이 나는지 눈가를 훔쳤다. 그러고는 괜히 멋쩍은 듯 헛기침을 하며 말을 이었다.

"어휴… 늙으니까 내가 주책이네."

뒤에서는 손자와 아들 내외가 노부부를 연신 찍어댔다. 그럼에도 노부부는 서로의 손을 꼭 잡은 채 거울을 보며 서로를 살폈다. 할머니에게서 눈을 떼지 못하던 할아버지가 나지막한 목소리로 말했다.

"정말 우리만을 위한 옷 같네. 서로 적절하게 섞여서 혼자보단 둘이 있을 때가 더 빛나는 게 꼭 할멈하고 나 같아."

우진은 할아버지의 말을 듣고 가슴이 뭉클했다. 옷을 만들 때 했던 생각을 그대로 느끼고 계셨다. 그런 자신의 마음을 알아준 할아버지 덕분에 오히려 우진이 고마웠다.

한편으로는 짠했다. 사랑하는 사람과 이별이 예정되어 있음을 안다는 게 어떤 느낌일지, 우진은 쉽게 상상이 가지 않았다.

그렇게 한참이나 서로를 보던 중 할머니가 먼저 입을 열었다.

　"우리가 바쁜 사람들을 너무 오래 붙잡고 있는 거 같아요."

　"아, 그렇지."

　우진은 아니라고 말하며 가볍게 웃었지만, 할아버지는 재킷을 혼자 벗으려 했다.

　"제가 벗겨 드릴게요. 아직 완성된 게 아니라서요."

　"그럼 언제쯤 완성되는 겁니까?"

　"이틀 뒤에 완성될 거예요. 그때 최종 확인할게요."

　"옷 만드는 것도 굉장히 번거롭네요. 마지막까지 신경 써줘서 고마워요."

　"아니에요. 이게 제 일인걸요. 그런데 최종 피팅은 숍에서 해야 하거든요. 혹시 문제가 있으면 바로 수정해야 해서 어쩔 수가 없는데. 어르신, 괜찮으시겠어요?"

　그러자 뒤에 있던 아들이 입을 열었다.

　"제가 모시고 가면 돼요. 몇 시까지 가면 될까요?"

　"2시까지 오시면 될 거 같아요. 아! 오시면 머리도 만져 드릴게요. 염색은 안 하시는 편이 더 멋있을 거예요. 자연스럽기도 하고. 그냥 간단히 컷만 하는 게 좋을 거 같아요. 옆에 계신 분이 저희 I.J 헤어 실장님이시거든요."

　미자 역시 노부부의 모습이 보기 좋은지 환하게 웃고 있었다.

　　　　　＊　　　　　＊　　　　　＊

　노부부의 집 근처에서 식사한 우진은 밖을 보며 입을 열었다.

　"직접 보니까 어떠세요?"

　"선생님께서 말씀하신 대로 따로 조사를 해봤습니다. 그런데 막상 직접 보니 같은 이름을 가지고 있는 베벌리힐스의 로데오하고는 차이가 있는 것 같습니다."

　같은 이름을 쓰고 있더라도 두 거리는 큰 차이가 있었다. 베벌리힐스는 미국에서 가장 부자들이 산다는 동네다 보니 명품들이 주욱 들어선 반면, 이곳은 중저가 브랜드 및 스포츠 브랜드가 대부분이었다.

　"그래도 장점도 있었습니다. 상권이 시들어가는 동네여서 가격이 싸다는 점. 우리가 들어간다면 상권이 살아나는 건 확실합니다. 지역을 보니까 양천구에 속해 있더군요. 거기서도 이곳을 활성화하고 싶은데 마음대로 안 되는 모양입니다. 아마 저희가 들어가면 I.J를 중심으로 상권 살리기를 하려고 할 겁니다."

　"언제 그렇게 조사하셨어요?"

　"제가 한 건 아닙니다."

　"그럼요?"

"돈만 있으면 다 됩니다. 제가 좀 더 추가해서 알아본 뒤, 보여 드리려고 했습니다."

매튜는 직접 의뢰했던 빌딩 전문 중개소에서 보낸 자료를 휴대폰 화면에 띄운 뒤 우진에게 보여줬다.

"다만 매물이 없더군요. 월세가 그렇게 비싸지 않은 동네라 상점들이 잘 들어오나 봅니다."

"어? 오늘 어르신들 집 뒤에 건물이 비어 있던데."

"네, 지금은 그래도 아마 금방 들어올 겁니다. 여기 보시면 나와 있는 매물은 딱 한 곳이 있었습니다. 국회대로 쪽 방향으로 끝 건물, 그러니까 아까 저희가 갔던 골목의 가장 끝 건물이 매물로 나와 있더군요. 98년 승인된 3층 건물인데 매매가 33억입니다. 매장보다는 사무실이나 한 실장님 작업실로 사용하는 것이 적당해 보였습니다. 매장으로서는 상당히 좁은 편입니다. 늘어난 직원을 생각하면 그런 건물이 두 곳은 있어야 할 겁니다."

어떤 건물인지 떠오른 우진도 매튜의 말에 동의했다. 지금 신설동에 있는 사람들까지 들어가기에는 상당히 좁은 곳이었다.

"일단 이 지역도 후보지에 넣어놓겠습니다."

"휴, 진짜 이사 다니기 힘드네요. 이래서 다들 자기 집 갖는 게 꿈이라고 하나 봐요."

　　　　*　　　　　*　　　　　*

　이틀 뒤, 오전 내내 예약 손님을 만나고 다닌 우진은 숍에 오자마자 또다시 차에 올라탔다. 예약되어 있던 노부부가 오지 못한다고 알려왔다. 그냥 이상하면 이상한 대로 입어도 되니 와줄 수 있겠냐고 부탁했다.

　할머니가 죽음을 앞두고 있다는 걸 아는 우진은 이동하는 내내 말이 없었다.

　잠시 뒤, 노부부의 건물 앞에 도착했다. 우진은 옷을 챙긴 뒤 일행을 이끌고 노부부의 집으로 올라갔다.

　띵동―

　곧바로 문이 열렸고, 할아버지가 나왔다.

　"아, 어서 와요. 이렇게 오게 해서 미안합니다."

　정중한 할아버지의 인사에 우진은 괜찮다고 말하며 집 안으로 들어섰다. 할머니가 계실까 거실부터 살폈지만, 예상했던 대로 몸이 좋지 않은지 보이지 않았다. 저번에 봤던 아들 역시 심각한 얼굴로 우진에게 고개만 끄덕여 인사했다. 그러자 할아버지가 입을 열었다.

　"우리 할멈이 아들 녀석 먹이겠다고 손수 음식을 준비하더니 무리가 간 모양이에요. 몸이 좋지 않아요."

　"편찮으세요?"

　"할멈이 가겠다고 그러는 걸 제가 억지로 말렸습니다. 정말 미안하게 됐습니다."

"아니에요. 괜찮아요. 괜찮으시다니 다행이네요."

우진이 거실 바닥에 앉아 기다리는 사이, 자신이 온다는 소리에 씻고 계셨는지 화장실에서 할머니가 나왔다. 확실히 전보다 안색이 더 좋지 않았다. 할머니는 그런 얼굴로 우진을 보자마자 사과부터 했다.

"미안해요. 미안해."

우진은 노부부의 거듭된 사과가 불편했다. 차라리 서둘러 확인하고 쉴 수 있게 자리를 비워줘야겠다고 생각했다.

"유 실장님, 할머님 좀 도와 드리세요."

"가위 챙겨왔는데 컷부터 할까요?"

"네, 그러세요."

우진이 정신없는 사이, 간단한 미용 도구를 챙겨 온 미자는 식탁 의자에 할머니를 앉히고 머리를 간단하게 다듬기 시작했다. 우진이 할머니의 쪽 찐 머리를 바탕으로 옷을 만들었기에 크게 만질 필요도 없었다.

이후 미자는 할아버지까지 우진의 스케치대로 머리를 잘랐다. 그러고는 할머니의 옷을 갈아입혀 주려 방으로 들어갔다.

우진도 할아버지의 옷을 갈아입힌 뒤 거실로 나왔다. 우진은 단안경을 올려 할아버지부터 살폈다. 세운이 만든 신발까지 신은 할아버지는 걱정이 많은 얼굴이었다. 그럼에도 옷은 제대로 만들어졌는지 빛이 보였다. 우진은 그저 고개만 가볍게 끄덕이고는 할머니를 기다렸다.

잠시 뒤, 미자가 할머니를 모시고 나왔다. 하얀색 바탕에 와인색이 섞인 할아버지의 구두와 반대인, 와인색 바탕에 굽이 낮은 구두를 신은 채로.

가벼운 화장까지 했지만, 안색이 숨겨지지 않았다. 그 모습을 보던 우진은 지금까지 옷을 만든 그 어느 순간보다 빛이 보이길 바라는 마음으로 단안경을 천천히 들어 올렸다.

제4장

토트백

할머니를 보던 I.J 식구들을 비롯해 노부부의 가족들까지 미소를 지었다.

"선생님 말씀대로 진짜 잘 나왔네요. 이건 어르신들 대상으로 팔아도… 왜 그러세요?"

"아, 아니에요."

주변에 사람이 많다 보니 수많은 의상이 한 번에 눈에 들어와서 속이 좋지 않았을 뿐이었다. 우진은 속을 가다듬고는 할머니를 살폈다.

순태가 말한 것처럼, 짧은 시간이었음에도 완성도가 상당히 높아 우진 스스로도 만족했다. 그럼에도 왼쪽 눈으로 본 할머니는 빛이 보이지 않았다. 우진은 당연하다는 얼굴로 그 저 할머니의 모습만 살폈다.

그때, 기다리던 할아버지가 할머니에게 다가가더니 손을 내밀었다. 노부부는 말없이 손을 잡고는 서로를 확인하려는 듯 거울 앞에 섰다.

"참 고와."

"영감님도요."

"그러니까 아프지 말라고… 이렇게 고운 옷 입고 사돈 만나야 할 거 아닌가."

그 모습을 보던 우진은 말없이 고개를 끄덕였다. 예상했던 대로 할아버지와 함께 있자 할머니에게서 빛이 보였다.

둘이 있을 때 완성되는 옷. 할아버지의 옷과 주변 테일러들에게서 영감을 얻었지만, 그 모든 것을 조합한 건 자신이었다. 스스로 발전해 나가고 있다는 걸 느끼게 해준 옷이라 자신의 실력에 대한 자신감이 생겼다.

뿌듯한 마음과 함께, 노부부가 자신이 만든 옷을 오래오래 입어줬으면 하는 바람이 커졌다.

*   *   *

일주일 뒤.

또 다른 고객을 만나고 돌아와 작업실에 자리한 우진은 테일러들을 보며 씨익 웃었다. 너무 한가해 우진의 눈치를 보던 테일러들은 언제 그랬냐는 듯 정신없이 바쁘게 작업 중이었다. 고객을 만난 자리에서 바로 디자인이 나오는데 안 바쁠 수가 없었다.

I.J 명성에 누를 끼칠까 봐 열심히 하는 이유도 있었지만, 그보다 매번 새로운 디자인을 만들면서 저절로 공부까지 되는 기회를 놓칠 수 없다는 듯 작업에 심혈을 기울였다.

"선생님, 어깨솔기 선… 이게 맞는지 봐주셨음 하는데……."

"맞아요. 오프 숄더는 아니면서 느낌만 주려는 거라서요. 잘하셨네요."

칭찬을 한 우진의 얼굴엔 미소가 걸렸다. 모두 열심이었다. 아직까진 자신보다 못한 부분이 보이지만, 실력이 느는 걸 직접 보니 우진에게도 자극이 됐다.

그때 계단으로 준식이 내려왔다. 우진은 그가 가끔씩 스케줄을 바꾸는 고객들에 대한 이야기를 전하러 내려왔다고 생각했다.

"어떤 분이 날짜 바꾸셨어요?

"아! 아닙니다. 그게 아니라 처음에 가셨던 목동 고객분이 전화 주셨는데요."

"아! 어르신들이요. 왜요? 옷에 문제는 없을 텐데."

며칠 전 할아버지가 가족들끼리 찍은 사진을 보냈다. 그때만 해도 별문제가 없었기에 우진은 고개를 갸웃거렸다.

"아니요! 그게 아니라, 식사 초대를 하셔서 선생님께 직접 말씀드리는 게 나을 거 같아서요."

"식사 초대요?"

"네, 그렇게 들었습니다."

"언제요?"

"내일이라고 그러셨습니다."

간혹 I.J를 이용했던 고객들 중 완성된 옷을 받고 식사를 요청한 사람은 있었지만, 노부부처럼 옷을 받은 후 한참 시간이 지나서 초대한 고객은 없었다. 그동안은 고객과 하는 식사 자리가 편하지 않아서 거절했는데, 노부부의 초대는 고민되었다. 아무래도 할머니에게 시간이 얼마 없다는 이유가 크게 작용했다.

우진은 곧바로 휴대폰을 꺼내 저장해 놓은 노부부의 집으로 전화를 걸었다.

"어르신, 안녕하세요. 저 I.J 디자이너예요."

─아, 디자이너 선생님!

"아까 전화 주셨다고 들었어요. 할머님은 건강하시죠?"

─그럼요. 아들 녀석들이 왔다 가니 기운이 좀 나나 봅니다. 그럴 게 아니라 내일 저녁에 식사 대접을 하고 싶은데… 정말 고마워서 그럽니다.

"아니에요. 어르신은 돈을 지불하셨고, 저는 거기에 맞춰서 일을 한 건데요."

—아이고, 어떻게 사람이 그렇게 딱딱하게 삽니까. 정말 디자이너 선생님 덕분에 할멈이나 저나 체면이 섰습니다. 사돈 양반들이 I.J를 알고 있더라고요. 돈이 아무리 있어도 못 구하는 옷이라면서.

우진도 칭찬에 기분이 좋아져 가볍게 웃었다.

＊　　　　＊　　　　＊

다음 날.

목동 노부부의 집에 자리한 우진은 배가 터질 정도였다. 오랜만에 먹어보는 집밥인 이유도 있었지만, 매튜 덕분이기도 했다. 다들 바빠서 매튜와 둘이서만 왔는데, 차려진 음식은 상다리가 휘어질 정도였다. 게다가 불고기 말고는 입이 짧은 매튜인지라, 우진이라도 성의를 생각해서 과식할 수밖에 없었다.

"잘 드셔서 보기 좋네요. 그런데 그 안경은 평소에도 끼고 있으신 건가요?"

"네, 하하. 익숙해서 빼면 이상해요. 휴, 정말 맛있었어요."

우진은 그저 자신만 보고 있는 노부부의 시선이 민망해, 그들이 관심을 가질 만한 자식 얘기를 꺼냈다.

"그런데 아드님들은 다 가신 거예요?"

"그럼요. 각자 일이 있으니까 가야죠."

"그러시구나. 그럼 여기에 계시기 적적하시겠어요."

그러자 할아버지가 인자한 미소를 지으며 대답했다.

"조만간 다시 내려갈 예정이라서 가기 전에 꼭 식사라도 대접하고 싶어 초대한 겁니다."

우진은 뒤에 설명이 없음에도 노부부가 요양원으로 돌아간다는 뜻이란 걸 이해했다. 고민은 했지만, 초대에 응하길 잘했다고 생각하며 미소를 지었다.

"건강해지시면 올라오셔서 연락하세요."

"하하, 아예 내려갈 생각입니다. 얼마 안 있으면 우리 할멈 고향에 집도 완성되니까 앞으로 공기 좋은 곳에서 살아야지요."

"아, 완전 이사 가시는 거예요?"

"그러려고 하지요. 집도 내려가기 전에 내놓고 내려갈 생각입니다."

"아, 그렇구나. 나중에 내려가게 되면 찾아갈게요."

우진은 외할아버지처럼 할머니가 금방 돌아가시지 않았으면 하는 마음이 들었다.

거하게 대접을 받은 우진은 노부부의 배웅까지 받으며 집에서 나왔다. 차가 골목을 빠져나가자 우진은 배를 두드리며 말했다.

"답답하셨죠?"

"아닙니다. 보기 좋더군요."

"그렇죠? 두 분 참 보기 좋은 거 같아요. 저도 저렇게 늙었으면 좋겠어요."

"후후, 저 노인분들 말고 선생님 말입니다."

"저요?"

"사람들을 많이 만나서서 그런지, 이제 말씀도 잘하시고 여유도 좀 보이십니다."

우진은 매튜의 말에 괜히 멋쩍어 콧등을 긁었다.

"그냥 어르신들 얘기 들어준 거죠. 이사 간다고 하시더라고요. 아예 시골 가서서 사신다는 거 같아요."

"그렇군요. 선생님, 저기 건물 보이십니까? 저 정도면 한 250㎡는 되는 것 같아 보입니다."

우진의 얘기에 별 관심 없다는 듯, 매튜는 신호를 기다리며 옆에 보이는 건물을 가리켰다. 우진은 피식 웃고는 그동안 입 다물고 있던 매튜의 말에 맞장구쳤다.

"괜찮은 거 같아요. 저 정도면 아까 어르신들 집이랑 마당 합친 거랑 비슷하네요. 아……"

우진은 순간 매튜를 향해 몸을 틀고는 급하게 입을 열었다.

"매튜 씨! 저 할아버지 댁 땅은 어때요? 집 내놓는다고 하셨거든요! 건물 새로 짓기 적당하지 않아요?"

"도로보다 조금 안쪽이긴 하지만. 음……"

그러자 매튜가 가만히 생각하더니 바로 차를 돌렸다.

며칠 동안 노부부의 땅에 대해 조사를 하고 다닌 매튜는 I.J 회의 시간에 앞에 나와 설명을 이어갔다. 우진이 알아듣는 얘기라고는 다행히 신축이 가능하다는 것뿐이었다.

우진은 일단 매튜의 얘기가 끝날 때까지 기다렸다. 건축사 무소에서 견적까지 받아봤는지 건폐율과 용적률 등 알아듣지 못하는 얘기가 계속된 뒤에야 매튜가 만족스러운 미소를 보였다.

"그러니까 몇 층이 가능해요?"

"250㎡에서 주거지역으로 분류돼 건폐율은 70%가 나온다고 합니다. 그래서 175㎡로 지하 1층, 지상 4층입니다. 4층은 면적이 조금 좁아질 수 있습니다. 지금 여기 매장의 반을 뚝 자르면 비슷할 겁니다."

"와, 그래도 남겠어요."

"제조업도 가능해서 한 실장님까지 들어오실 수 있습니다. 야간에는 소음 때문에 법으로 규제되어 있었습니다. 그 부분을 제외하고는 위치도 괜찮다고 생각합니다. 사진 한번 보시죠."

매튜가 사진을 보여주자 노부부의 집을 가보지 못한 사람들은 깜짝 놀랐다.

"무슨 공터가 집보다 넓은 게야?"

"다 합쳐도 할아버지 대구 집이 더 넓잖아요."

"음, 사진으로 봐선 모르겠는데."

준식을 통해 사람들의 궁금증을 들은 매튜가 곧바로 설명했다.

"저도 궁금해서 물어봤는데, 자식들하고 같이 살려고 사뒀다고 들었습니다."

"우리가 앞으로 11개월 남았나? 그때까진 가능한 겐가?"

"건축 설계 기간 포함 11개월 안에 가능합니다. 공사 대금은 진행하는 순서에 맞게 지급하면 될 겁니다. 일단 땅을 구매하는 게 문제입니다. 다주택은 아니라 다행이지만, 대지 구매하는 비용만으로도 16억 예상됩니다. 구매는 가능하지만, 그 이후로는 대출이 필요합니다."

준식과 함께 앵무새처럼 두 사람의 말을 통역하던 세운이 대뜸 물었다.

"그런데 내가 가보니까 주택가들 많던데. 우리 들어가면 막 반대하고 그러는 거 아니야?"

그 말에 매튜는 입꼬리를 살짝 올렸다.

"전혀. 오히려 환영하더군요."

"누가 환영해?"

"박정훈 씨."

처음 듣는 이름에 다들 아냐는 얼굴로 서로를 쳐다봤다. 다들 모르는 눈치였기에 세운이 고개를 갸웃거리며 물었다.

"어? 박정훈이 누군데?"

"통장이라고 했습니다."

"야 이! 대뜸 박정훈이라고 하면 어떻게 알아?"

"어제 건축사하고 찾아갔는데, 그 사람이 말을 걸더군요."

"그래서?"

"사실대로 I.J 들어올 자리 본다고 했습니다. 그랬더니 그 근처 사는 사람들 나와서 저하고 악수까지 했습니다."

그 말을 듣던 우진은 악수하는 매튜를 생각하고는 피식 웃었다. 매튜는 사람들을 둘러보며 마저 말을 이었다.

"저희가 들어가면 구에서 기회를 삼아 당연히 혜택 및 홍보를 할 겁니다. 그럼 땅값은 저절로 올라가겠죠. 주변 주택가는 상당히 우호적입니다."

*   *   *

며칠 뒤.

이제 매튜를 매장에서 거의 찾아보기도 힘들었다. 건축설계사무소에 취직한 건 아닐까 싶을 정도로 그쪽 사람들을 괴롭혔다. 언어 문제로 준식을 끌고 다니면서. 우진은 매튜가 붙어 있으면 그만큼 일이 더 잘된다는 것을 알기에 오히려 그를 응원했다.

그리고 우진은 예약을 받기 전, 회의에서 나온 얘기를 SNS와

홈페이지에 올려두라고 지시했다.

"대표님? 안내문 올렸습니다?"

"벌써요?"

"빠릅니다?"

팟사라곤의 말에 우진은 피식 웃고는 내용을 확인했다. 아제슬을 하면서 매튜와 얘기를 나눴던 가격에 대한 공지였다.

예전부터 느꼈지만, 우진은 지금 가격이 문제없다고 생각했다. 다만 기본 100만 원에서 추가되는 금액이 문제였다. 옷을 만들 때 들어가는 자재들을 일일이 설명해 주지만, 몇몇 사람들은 의심을 품기도 했다. 그럴 바엔 아예 기본 금액을 올리는 편이 나을 거라 판단한 그는 아예 공지를 올리기로 했다.

반응은 예상한 대로 곧바로 나왔다.

—ㅅㅂ 돈 좀 벌었다 이거네.

—소비자를 개돼지로 아는 거야. 그러니까 마음대로 막 올리는 거지.

—ㅇㅈ 아직도 I.J에 목매는 흑우는 없제?

우진은 이미 예상했다는 듯 글을 읽어 내려갔다. 예전이라면 상처받았을 텐데, 그동안 하도 겪다 보니 그러려니 넘겨졌다. I.J를 이용해 본 사람이 적다 보니 옹호하는 댓글은 보기 힘들었다.

우진이 글들을 계속 보는데, 갑자기 영어로 이상한 글이 올라왔다.

—I.J 토트백! 사고 싶은데 어떻게 사야 함? 예약하면 살 수 있나요?

"토트백?"

I.J에서 토트백을 만든 적은 딱 한 번뿐이었다. 예전에 젊은 신혼부부, 그때를 제외하고는 토트백을 만든 적이 없었다.

우진이 갑자기 나온 토트백 이야기에 고개를 갸웃거리는데, 그 와중에도 계속해서 토트백에 대한 얘기가 올라왔다. 대부분 영어와 스페인어였다.

우진은 알아볼 수 있는 글들만 읽은 뒤 사무실로 올라가 토트백에 대해서 아는 사람들이 있는지 물었다. 하지만 그 누구도 알지 못했다. 검색을 해봐도 예전에 Moon 매거진에서 작성한 기사만 나왔다. 우진은 사람들이 왜 갑자기 토트백에 대해서 관심을 가지는지 궁금했다.

어떻게 알 방법이 없었기에 우진은 그저 댓글을 보고, 댓글을 단 사람들의 계정도 방문했다. 그러다 신기한 점을 발견했다. 대부분 프로필에 갓난아이와 함께 있는 사진이 걸려 있었다.

"우리 토트백 맞는 거 같은데."

"제가 알아봐 드립니까?"

"어! 카우 씨! 알아봐 줄 수 있어요?"

"물론입니다? 잠시만요?"

팻사라곤은 자신 있게 대답하더니 갑자기 휴대폰을 만지작거렸다.

그때 우진이 보고 있던 I.J 공식 SNS에 새로운 글이 올라왔다.

[토트백이 갑자기 무슨 얘기입니까?]

*   *   *

사무실을 비롯해 SNS와 홈페이지까지 문의가 쏟아졌다. 하지만 그동안 이런 경우를 많이 겪어봤던 사무실 식구들은 태연하게 대처했다. 우진과 함께 기사를 보던 세운이 모니터를 가리키며 입을 열었다.

"여기 조쉬라는 이 기자, 얼마 전에 우리 고객 조사하고 다닌 기자 맞지?"

"이름 보니까 맞는 거 같아요."

"왜 이렇게 우리한테 목매는 거야? 참 대단하네. 그런데 이 사람들은 언제 미국까지 가서 찍었지?"

"아제슬 오픈할 때인가. 그때 곧 촬영한다고 연락받긴 했어요."

"잘됐네. 그나저나 홍단아 쟤 표정 좀 봐라. 아까 기사 보고
선 계속 멍해 있어. 내가 괜히 읽어줬나 싶다."

팟사라곤이 SNS에 바로 질문을 올린 덕분에, I.J에 관한 기
사가 올라왔다는 것을 알 수 있었다. Malone 스튜디오에서 광
고용으로 이종도 부부를 촬영한 후, I.J 스페셜 에디션이라고
소개하며 메인화면에 걸었는데, 아제슬 이후 계속해서 I.J에 관
심을 두고 있던 패션 바이블 기자 조쉬가 현장에 함께하고 있
었던 모양이다.

Malone 스튜디오의 홈페이지에는 우진의 옷 말고도 여러
가지 브랜드의 옷 사진이 있었지만, 조쉬의 기사에는 우진의
옷만 소개되었다.

기사의 앞부분은 전부 옷에 대한 평가로, 기존 기사들과 특
별히 다르지 않았다. 하지만 기사 종반에 토트백을 집중적으
로 언급했다.

기사는 과할 수도 있는 옷을 토트백이 무게감 있게 잡아준
다며 소개하고 있었다. 그 뒤로 짤막하게 내부 디자인에 대해
서도 언급했다. 입는 사람을 생각하며 만드는 것이 잘 드러나
는 I.J의 옷답게, 토트백 내부도 고객을 생각한 실용적이라는
가방이라고 설명했다.

아주 짤막한 내용이지만, 그 기사를 본 홍단아는 마치 세
상을 다 얻은 표정이었다.

우진은 홍단아를 보며 피식 웃었다. 내부 디자인도 중요하지만, 우진은 그보다 눈으로 보이는 디자인이 훨씬 중요했다. 그러다 보니, 우진은 홍단아의 기대와 달리 가방을 만들어 팔 생각이 없었다.

모니터에 나온 사진만 봐도 확실히 보였다. 회색 토트백만 따로 있는 사진을 보면 솔직히 특별해 보이지 않았다. 금속으로 된 I.J 로고만 떼면 오히려 다른 토트백들보다 무난한 느낌이었다. 그래서 화려한 옷을 잡아주는 역할을 한 것이었다.

팔면 분명 사는 사람이 있을 것이지만, 고객에게 어울리지 않는 제품을 팔고 싶진 않았다. 게다가 가방을 만들게 되면 세운이 혼자 만들어야 할 텐데, 아제슬 때 일련의 상황을 겪었던 우진은 절대 세운 혼자 물량을 감당할 수 없다고 판단했다. 당사자인 세운 역시 달가워하지 않았다.

그때, 모니터 속 토트백을 살피던 세운이 입을 열었다.

"한 번도 안 메고 다녔나? 왜 저렇게 깔끔해. 기껏 좋은 가죽으로 해줬더니."

"아, 카프 스킨 쓰셨다고 하셨죠?"

"아니. 키프 썼지. 요즘 애들답지 않게 서로 챙겨주는 게 짠하긴 했는데. 카프 쓸 정돈 아니지, 하하."

세운이 누구보다 열심히 토트백을 만들었음을 알기에 우진은 피식 웃었다. 어린 송아지 가죽인 카프 대신이라지만 키프도 가격이 상당했다. 그것도 우진이 가방을 팔 생각이 없는 이유였다. 새롭게 디자인을 한다면 모를까, 디자인에 비해 가죽이 너무 고급이었다.

그러는 와중에도 토트백에 대한 문의는 쉴 새 없이 올라왔다.

"휴, 또 한동안 정신없겠다."

그때, 통화하던 장 노인이 우진을 보더니 손짓했다. 우진이 바로 그에게 다가가자 장 노인은 통화를 끊더니 무언가를 적은 종이를 우진에게 건넸다.

"이게 뭐예요?"

"의류 브랜드잖느냐."

"아, 콘셉트. 그냥 콘셉트로만 적어놓으셔서 몰랐어요. 여기서 왜… 아! 토트백 때문이구나. 같이하고 싶다는 거예요?"

"껄껄, 이제 좀 아는고만? 만나보고 싶다고 하는구나."

지금이야 한 곳이지만 시간이 지나면 수많은 브랜드에서 협업을 제의할 것이었다.

그동안 I.J는 직접 감당할 수 없는 물량은 대부분 개런티 및 라이선싱 형식으로 넘기고 있었다. 이름 좀 있는 브랜드는 제프 우드와 혜슬을 꿈꾸며 연락할 테고, 그보다 밑으로 취급받는 브랜드들은 Position을 꿈꿀 것이었다.

I.J 토트백이 유명해지기 시작하니, 비슷비슷한 제품들이 나오기 전에 원조 디자인을 갖고 싶어 연락해 왔음이 분명했다. 하지만 우진은 그들과 거래를 할 생각이 없었다. 본래 생각에

서 조금도 변하지 않았다. 물론 협업을 하면 돈이야 벌겠지만, 품질은 자신할 수 없었다. 그만큼 우진은 세운의 실력을 높게 평가했고, 그것이 사실이었다. 우진이 아는 한 세운과 견줄 수 있는 곳은 얼마 되지 않았다.

그런데 제안이 들어온 브랜드 중 한 곳이 굉장히 잘 알고 있는 곳이었다. 우진이 가만히 생각해 보니, 그곳이라면 자신들만의 디자인에 실용적인 내부를 조합할 수 있을 것 같았다.

"홍 대리님, 이리 와보세요."

*   *   *

며칠 뒤, 데이비드는 헤슬의 운영진들과 함께 자리했다. 그곳에 함께 자리하고 있던 대표 에드먼드는 테이블에 놓인 토트백을 이리저리 살폈다.

그때, 가방 및 신발을 담당하던 운영진 한 사람이 입을 열었다.

"사실 이런 내부 디자인이 어려운 건 아닙니다. 토트백이다 보니 공간에 여유가 있어서 이런 설계가 가능한 겁니다."

데이비드는 그저 말없이 자리만 지켰고, 에드먼드가 대신 입을 열었다.

"이렇게 할 수 있다고요?"

"당연하죠."

"그럼 할 수 있는데 지금까지 왜 안 한 거죠?"

"그건……."

"이걸 보고 나니까 할 수 있다고 생각했겠죠. 그걸 모방! 이라고 하는 겁니다!"

헤슬도 분명 내부 디자인을 상당히 신경 써왔다. 하지만 지금 눈에 보이는 가방만큼 세밀하진 않았다. 칸이 나뉘어 있는데 난잡해 보이지 않는 장점도 있었지만, 무엇보다 소비자 계층을 제대로 잡았다.

갓난아이를 가진 부모.

자식을 챙기면서 자신까지 꾸밀 수 있는 장점이 어필되었다.

에드먼드는 그 부분을 꼬집어 말했고, 운영진들은 아무 말도 없었다. 그 뒤로도 계속 회의가 이어졌다. 회의가 끝나고 나서야 에드먼드가 데이비드에게 물었다.

"선생님은 어떻게 생각하십니까?"

"좋지. 참 I.J다운 백이네. 이걸 보니까 내 실수를 인정할 수밖에 없어지는군, 허허."

에드먼드는 데이비드가 말하는 실수가 무엇인지 알고는 씁쓸하게 웃었다.

다이아몬드가 박힌 아제슬 티셔츠.

현재 박하다 못해 악평을 받는 데이비드의 디자인이었다.

"아무리 좋은 디자인이라도 사람이 사용할 수 없으면 아무

짝에도 쓸모없는 걸. 가장 기본인 그걸 잊고 있었어."

누구로부터 시작됐는지 모르지만, 헤슬의 이번 디자인은 다이아몬드 덮개용 티셔츠라고 불렸다. 대중들 사이에서도 대량 생산을 하는 제프 우드보다 못하다는 평가가 지배적이었다. 장인 정신으로 만들었다고 변명하기 힘들 정도이다 보니 헤슬은 생각보다 큰 타격을 받았다.

아제슬로 잃은 걸 아제슬로 다시 얻으려 했지만, 다른 곳에서 시간을 갖자고 하는 통에 헤슬의 힘만으로 풀어나가야 했다. 그러던 중 I.J에서 연락이 온 것이다.

데이비드는 토트백의 내부를 살펴보다가 입을 열었다.

"디자인은 여러 가지로 해야겠네. 가죽도 카프로 쓰기는 무리 같고. 아이 엄마가 아이를 데리고 다니다 보면 가방보다는 아이에 신경을 쓰게 마련 아니겠나?"

에드먼드는 고개를 끄덕이며 씨익 웃었다. 한동안 힘없어 보이던 데이비드의 눈에 다시 열정이 보였다. 데이비드의 말이 이어졌다.

"아마 내 친구 마르키시오가 고집했을 걸세. 아주 고급만 좋아하는 친구니까. 허허, 우리는 카프 대신 전체적으로 튼튼한 카우하이드를 쓰고, 밑창은 질긴 스티어 하이드, 손잡이로 카프를 쓰는 것이 좋을 걸세. 그리고 크로스로 멜 수 있게 끈을 다는 고리를 만드는 것도 좋겠네."

"그럼 선생님이 디자인해 보시죠."

"좋네. 해보지."

*   *   *

시간이 꽤 흘렀음에도 여전히 토트백에 대한 문의가 시끄러웠다. 하지만 우진은 평온한 얼굴이었다. 곧 있으면 해결될 문제였다. IJ가 빠질 수는 없었지만, 어디까지나 자신은 계약서에 사인하는 역할이 다였다.

"야! 너 영어 배우라고! 너는 나한테 통역비 따로 줘야 해."

"아이, 실장님! 도와주세요!"

"어디서 콧소리를! 그럼 한 번에 끝내든가! 하루 종일 나한테 그러냐!"

"거기서 계속 연락 오는데 어떡해요. 우리 시간 맞춘다고 밤새 기다렸대요."

헤슬에서는 한 가지의 디자인이 아닌 여러 가지 디자인의 토트백을 내놓기로 했다. 그리고 각 디자인에 맞는 내부 디자인을 홍단아에게 부탁해 왔다. 한 가지만 사용하고 나머지는 헤슬 자체에서 내부 디자인을 할 법한데도, 총 4가지의 설계를 맡기고 싶다는 것이었다.

토트백의 크기 및 전체적인 모양에 맞게 설계를 조금씩 변경해야 하다 보니, 홍단아가 책임자를 맡게 되었다. 홍단아는 중요한 역할을 맡았다는 생각에 그 어느 때보다 열정적이었다. 세운은 덤으로.

"여기 칸막이를 중간에 하나로 붙여놓으면 헐렁거린다니까요! 잘 보면 두 줄이라고 좀 해주세요."

"아… 알았다고! 그러니까 도면 잘 그려서 보내라!"

"전… 잘 보냈어요. 저 사람들이 헷갈린 건데……."

"알았어, 알았어! 울지 마라. 지금 얘기하잖아!"

우진은 그 모습을 보며 피식 웃고는 고개를 돌렸다.

다들 맡은 일로 무척이나 바빴다. 매튜는 여전히 준식을 대동한 채 밖에 나가 있었고, 장 노인은 거래처 및 세금 문제에 정신이 없었다. 그나마 편했던 미자는 다시 예약을 받으면서 고객을 응대하느라 다른 곳에 시선을 돌릴 여유도 없었다.

기본 금액을 올렸지만, 전과 마찬가지로 예약은 열리자마자 마감되었다. 서울대 입학보다 I.J 예약이 힘들다는 말이 생길 정도로 많은 사람이 기다렸다.

우진은 예약받은 목록부터 살피기로 했다.

*　　　*　　　*

며칠 뒤.

헤슬에서 가방 프로젝트를 굉장히 빨리 발표하더니, 동시에 예약까지 받기 시작했다.

프로젝트 내용은 Mommy라는 이름을 가진 토트백을 출시

한다는 것으로, 총 4가지 종류라고 설명하고 있었다. 당연히 I.J의 토트백과 같은 내부 디자인이라고도 밝혔다.

헤슬의 가방이나 핸드백들이 워낙 높은 가격이다 보니 사람들은 가격을 궁금해했다. 그런데 헤슬에서 발표한 가격은 우진도 놀랄 정도였다. 기존 헤슬 가방은 보통 아무리 싸도 300만 원 선이었는데, 이번에 내놓는 토트백은 한국 돈으로 100만 원 선이었던 것이다.

비싸다면 비쌀 수 있지만, 헤슬로서는 상당히 공격적인 마케팅이었다. 다른 가방의 가격은 그대로인데, 오로지 Mommy 시리즈만 가격이 저렴했다. 세상에서 가장 위대한 여성들을 위한 가방이라는 말과 함께. 마치 Mommy 시리즈를 통해 헤슬의 주 고객층인 30, 40대를 제대로 공략하기로 마음먹은 것처럼 보였다.

이동하는 차에서 기사를 보던 우진은 기분 좋은 미소를 지으며 휴대폰을 내려놨다. 다들 바쁜 탓에 테일러들 중 운전이 가능한 판권과 함께 예약 고객을 만나러 가는 중이었다. 숍에서 그다지 멀지 않은 곳이었기에 오래 걸리진 않았다.

그때, 운전하던 판권이 감탄하는 소리가 들렸다.

"와……."

"왜요?"

"괜히 성북동이 아니네요. 말로만 들었지 실제로 보니까 좀 떨려요. 어휴, 집들이 뭐… 저기 저 집은 담벼락이 끝도 없네요."

밖을 보자 TV 드라마에서 가끔 보던 그런 집들이 보였다. 부자 동네다운 집들이 계속 이어졌고, 우진은 창밖에 보이는 집들을 구경했다. 그러는 사이 한 2미터는 되는 담벼락 밑에 차가 멈췄다.

"다 왔습니다… 전 좀 떨리네요."

"그래요?"

"선생님은 안 떨리세요? 아, 이런 곳 많이 와보셨겠구나."

"이렇게 큰 집은 저도 처음이에요."

우진은 씨익 웃으며 말을 이었다.

"할아버지 집이 좀 더 큰 거 같기도 하고. 카우 씨한테 스캐너 사용하는 건 잘 배웠죠?"

우진은 다시 한번 씨익 웃고는 차에서 내렸다.

제5장
강민주

　이미 장 노인의 집을 겪어본 우진은 부잣집 거실에도 당황하지 않았다. 장 노인의 집과 다른 점은 집안일을 보는 사람이 따로 있다는 점 정도였다. 장 노인과 창수를 통해 으리으리한 곳에 사는 사람도 크게 다르지 않다는 걸 알게 된 우진은 고객에게 집중했다.

　그런데 이곳까지 안내해 준 고객을 어디선가 본 적이 있는 것 같았다. 우진이 한국에 아는 사람 중엔 부자라고는 장 노인과 세운이 다였기에 알 턱이 없는데도 낯이 익었다.

　"평소에도 단안경을 착용하고 다니시네요. 반가워요."

　"아, 오래 끼고 다녀서 편하거든요."

"정말 기사로 봤을 때처럼 하고 다니실 줄은 몰랐어요."

앞에 앉은 여성은 가볍게 웃었다. 대화를 나눌수록 우진은 여성에게 빠졌다. 풍기는 분위기가 상당히 기품 있게 느껴졌다. 예쁘다는 말보다 아름답다는 말로 표현해야 할 정도로 고귀한 느낌이었다. 커피 잔을 들어 올리는 손동작 하나만으로 사람을 집중시키는 묘한 매력이 있었다.

우진은 이 여성에게서 지금까지 만든 옷들과 비교할 수 없을 정도로 멋있는 옷이 보일 것 같은 생각에 가슴이 두근거렸다.

"고객님, 그럼 일단 스케치부터 할까요?"

"모든 것을 디자이너가 판단한다고 하더니 정말이었네요. 그럼 잘 부탁드려요."

"일단 일어나 주시겠어요?"

여성은 가볍게 웃으며 일어났다. 그 모습까지 감탄할 정도로 아름다웠다.

우진은 큰 기대감으로 단안경을 들어 올렸다. 순간 우진은 약간의 어지러움을 느꼈지만 그것도 잠시, 곧 여성의 모습에 빠져들었다.

'우와… 이게 뭐야?'

예상했던 대로 여성의 모습은 굉장히 아름다웠다. 그런데 지금의 모습과는 달랐다. 지금은 고귀한 귀족의 느낌이라면 왼쪽 눈으로 보이는 모습은 상당히 자연스러웠다.

헤어스타일은 지금처럼 깔끔해 보이는 올림머리가 아니라 평범하게 뒤로 묶은 스타일이었다. 머리를 묶은 머리띠는 옷과 같은 천이었고, 그 천은 손목에도 감겨 있었다.

옷은 원피스였다. 색상은 연보라색, 길이는 무릎보다 약간 길게 내려왔는데 모양 자체가 굉장히 신선했다. 목이 들어가는 넥홀도 그냥 가위질로 잘라낸 것 같았고, 어깨 밑으로 평퍼짐하게 떨어지는 팔 부분의 암홀 역시 공장에서 나온 그대로의 느낌이었다. 무릎 아래 밑단 또한 대충 가위질하고 마감 처리를 안 해놓은 것처럼 실밥이 튀어나와 있었다.

눈 씻고 찾아봐도 LJ 로고는 보이지 않았지만, 간혹 이런 경우가 있어 우진은 고개를 끄덕이며 계속 옷을 살폈다.

볼수록 굉장히 독특한 원피스였다. 머리띠와 손목에 감은 것처럼, 원피스에 사용된 원단으로 허리띠를 만들어 묶었다. 그렇게 묶은 천을 이용해 주름을 만들었다. 그 주름이 밋밋할 수 있는 원피스의 포인트였다.

또한 주름 말고도 원단 특성상 옷 자체에 자연스럽게 잡힌 주름이 있었다. 생각했던 것보다 주름이 많지 않아서 우진은 어떤 원단인지 단번에 알아챘다.

우진은 주름을 가만히 들여다보다 뭔가 조금 이상하다는 느낌을 받았다. 레이어드를 한 것처럼 원단이 겹쳐진 것이 보였다. 만져볼 수가 없으니 우진은 거의 파묻을 것처럼 다가가 살폈고, 잠시 뒤에야 그 이유를 알 수 있었다.

이유를 안 순간 우진은 무척이나 당황했다. 그제야 저 원피스를 어떻게 만들어야 하는지 알 수 있을 것 같았다.

이건 팔 수 있는 게 아니었다. 그동안 많은 옷을 만들었지만, 이걸 만들어 팔 자신은 없었다.

원단이 비싸기라도 하면 모를까, 지금 보이는 원단은 시중에서 흔히 구할 수 있는 원단이었다. 시원하긴 하지만 주름이 많이 가는 원단. 주름을 조금이라도 줄이기 위해 폴리에스테르와 혼방한 린넨이었다.

만드는 방법은 굉장히 간단했다. 원단을 길게 잡아서 접은 뒤, 접은 곳을 가위질해 머리가 들어가는 넥홀을 만든다. 그다음은 그냥 머리를 끼고 앞부분을 몸에 두른 뒤 등으로 떨어지는 천을 앞쪽으로 감싸고, 마지막으로 같은 천으로 만든 허리끈으로 묶으면 끝이었다. 더 하고 싶어도 할 게 없었다.

남은 천을 팔에도 감고 머리도 묶고, 허리띠도 만들고. 거기에다가 구두도 아닌 하얀 천으로 된 실내화처럼 보이는 단화까지. 일본의 기모노와 입는 방식이 비슷하게 보였지만, 그보다는 훨씬 편하게 입을 수 있을 것처럼 보였다. 이상하다면 이상해 보일 수 있는데, 그럼에도 앞에 있는 여성은 원래 옷보다 이 옷이 더 자연스러워 보였다.

부잣집이여서가 아니라 어떤 고객을 만나더라도 이건 팔 수 있는 게 아니라고 생각한 우진은 스케치를 그리지도 않고 생각했다.

지금까지 옷이 보인 데는 이유가 있었다. 그리고 부잣집에서 저런 평범한 옷이 보인 이유는 몇 가지 없을 것 같았다.

무슨 이유인지는 모르지만 우진이 느끼기에 여성은 답답해하고 있는 것 같았다. 그렇다고 그 이유를 묻는 건 실례였기에 우진은 괜히 코만 긁적였다.

그러던 우진은 이내 피식 웃었다. 일단 지금 디자인을 보여 준 뒤 이 옷을 원하면 그만큼 가격을 낮춰서 받으면 그만이고, 다른 옷을 원하면 돌아가서 만들면 그만이었다. 어떤 옷을 입혀봐도 아름다울 것 같았기에 오히려 우진이 다른 옷을 입혀보고 싶었다.

우진은 피식 웃고 스케치를 그리기 시작했다. 다른 때와 다르게 크게 신경 쓸 부분이 없었기에 거침없이 손이 나갔고, 얼마 지나지 않아서 완성했다. 우진은 이내 기다리던 여인에게 스케치를 내밀었다.

한참을 말없이 스케치만 보던 여성은 환하게 웃었다. 여성이 입을 열려 할 때, 도어록 여는 소리가 들렸다. 그러고는 또 어디서 본 것 같은 사람이 들어왔다. 앞에 있던 여성이 입을 열었다.

"일찍 왔네."

"응, 그렇게 됐어. 손님 오셨나 보군."

여성의 남편이었다. 우진은 간단한 소개를 하며 인사했고, 남자도 간단한 인사를 하고는 방으로 들어가 버렸다.

갑자기 남편이 온 탓에 알게 모르게 분위기가 약간 어색해 졌다. 여성도 느꼈는지 다시 환한 미소를 지으며 입을 열었다.

"마음에 들어요. 굉장히 편하겠어요."

"아, 그러신가요?"

"네, 색도 제가 좋아하는 라이트 퍼플이고요. 기대되네요."

상당히 만족해하는 얼굴에 우진은 어색하게 웃고는 고개를 끄덕였다. 돌아가서 만든다고 해도 가위질 몇 번이면 완성될 것이었다. 그래도 고객이 만족하는데 다른 옷을 만들어준다 고 할 순 없었다.

다음 약속 날짜를 잡고 집을 나선 우진은 다시 차에 올라 탔다. 그러자 운전석에 앉은 판권이 우진을 멍하니 봤다.

"선생님!"

"네?"

"어떻게 그렇게 안 떠세요……?"

"아, 하하, 할아버지 집이 더 컸을 거예요."

"아니요, 그게 아니라. 강민주를 보고도 아무렇지도 않으셔 서요."

우진은 그제야 여성을 어디서 봤는지 떠올랐다. 눈 때문에 TV를 자주 보진 않았지만, 인터넷이나 TV에 대한민국 대표 미인이라고 가끔 소개되는 사람이었다. 오래전 재벌가에 시집 간 뒤로 TV에서 볼 수 없었던 유명한 배우였다.

"어쩐지 예쁘더라."

*　　　　　*　　　　　*

　우진은 숍에 돌아와 곧바로 작업실에 자리했다. 계속해서 스케치를 봤지만, 집중력 좋은 우진으로서도 도저히 집중할 수가 없었다. 소식을 듣고 내려온 세운과 테일러들이 대화의 장을 열었다.

　"이럴 줄 알았으면 홍단아 떼어놓고 나도 갈걸… 아직도 예쁘냐?"

　"엄청요. 장난 아니에요. 옛날하고 똑같아요."

　"에이, 20년이 지났는데. 너도 그때 꼬마였을 거 아니야."

　"TV에서 가끔씩 드라마 잠깐씩 나와서 알죠. 정말 30대 초반? 그 정도로밖에 안 보였어요."

　"하긴 돈 많으면 원래 천천히 늙어. 아, 궁금하다. 예전에 강민주가 뭐만 하면 난리도 아니었는데. 원조 완판녀잖아. 옷은 뭐 기본이고 가전제품까지 완판시켰는데."

　"지금도 그럴걸요? 가만있어도 귀티가 줄줄 흐르더라고요."

　"하긴 원조 패셔니스타가 어디 가겠어? 아, 부럽다. 야, 그렇다고 고객한테 사인해 달라고 그러면 매튜가 숍에서 쫓아낼지도 모르니까 그건 하지 말고. 우진이는 뭐 옷 보느라 신경도 안 쓸 게 분명하고."

　판권은 다들 부러워하자 신난 얼굴로 계속 설명했다.

"대영 하면 엄청 크잖아요. TV에 보면 막 집에 일하는 사람도 몇 명씩 있고. 그런데 딱 한 명만 있더라고요."

"돈도 많을 텐데. 아! 옛날에 그런 말 있었잖아. 대영에 시집가서 연예인이라고 무시받고 산다고. 그런 얘기 엄청 많았는데, 진짜인가 보네."

"그런 거 아닌 거 같던데… 대영투어 대표가 남편이죠? 그 사람 봤는데, 그런 낌새 전혀 없었어요."

"원래 있는 놈들이 가면을 더 잘 쓰는 법이다."

자신도 모르게 세운과 테일러들이 나누는 대화를 집중해 듣고 있던 우진은 이내 고개를 저었다. 자신이 보기에도 그런 문제는 전혀 없어 보였다. 우진은 남의 가정사에 신경 쓰기보단 옷이나 만들자는 생각을 하며 테일러들을 향해 입을 열었다.

"창고에 혼방 린넨 있을 거거든요. 폴리에스테르 혼방요. 그거 롤 그대로 좀 가져다주시겠어요?"

그러자 테일러들은 곧바로 움직였고, 대화 상대를 잃은 세운이 우진에게 다가왔다.

"우진아! 내가 뭐 만들면 돼? 어떤 구두야?"

"구두 아니고 운동화예요. 한번 보세요."

세운은 우진이 스케치한 신발을 보더니 입을 씰룩거렸다.

"이거 실내화 같은데……?"

우진은 자신과 똑같은 생각을 하는 세운의 말에 피식 웃었다. 굉장히 흔하디흔한 디자인이었다. 세운이 스케치를 보며 고개를 갸웃거릴 때, 창고에 올라갔던 테일러들이 내려왔다.

"그거 폭은 내버려 두시고 길이만 128인치로 재단해 주세요. 그리고 한 1인치 정도 되는 폭으로도 몇 개 잘라주세요."

테일러들은 곧바로 우진이 원한 대로 원단을 잘라냈다. 그리고 우진은 재단된 원단을 반으로 접었다. 그러고는 잠시 천을 들여다보더니 누가 보더라도 대충 가위질을 시작했다.

우진의 작업을 눈에 담아놓으려 지켜보던 테일러들은 서로를 보며 당황했다. 우진도 스스로의 행동이 웃긴지 피식 웃으며 말했다.

"다 만들었네요."

"……."

"하하… 저기 마네킹 가져다주세요. 전신으로."

그때, 마침 세운을 찾으러 온 홍단아가 보였다. 우진은 마네킹을 가져오려는 테일러들을 제지하고선 홍단아에게 손짓했다.

"홍 대리님, 잠시 피팅 좀 도와주세요."

"네!"

홍단아는 기쁜 듯 다가왔고, 우진은 구멍 뚫은 천을 홍단아의 목에 끼웠다. 그러고는 천의 위치를 조절하고선 천으로 몸을 감쌌다.

"잠시 잡고 있어 봐요."

테일러들이 천을 잡고 있는 사이, 우진은 잘라놓은 끈을 홍단아의 허리에 감쌌다. 그러고는 주름을 기억하는 대로 자연스럽게 만들고 살짝 묶었다.

"일단 옷은 됐고, 시계 풀고 이거 손목에 묶어주세요. 머리는 안 묶일 거 같으니까 그냥 두시고."

테일러들은 우진이 지시한 대로 움직였고, 이내 머리와 신발을 제외하고는 스케치대로 피팅되었다.

당연히 빛은 안 보일 거라 생각했지만, 우진은 그래도 혹시 몰라 단안경을 들어 올렸다. 역시 예상한 대로 빛이 보이지 않았다. 그럼에도 전혀 실망스럽지 않았다. 우진은 다시 단안경을 내리고는 뒤에 있던 테일러들에게 물었다.

"어때요?"

"……."

다들 대답하지 못하고 있었다. 세운이 우진의 작업대에 있던 스케치를 가져오더니 홍단아와 번갈아 봤다.

"스케치랑 옷은 똑같은 거 같은데… 완전 달라 보이네."

"하하, 그냥 옷 느낌만요."

"모르겠다. 그냥 홍단아한테 입혀놓으니까 무슨 도복 같기도 하고… 아! 김춘삼 같은데……?"

"김춘삼요?"

"거지 왕 있잖아. 맨발 나오던 거."

홍단아는 입을 씰룩거리며 세운을 노려봤다. 우진은 피식 웃고는 홍단아에게 다가갔다. 그러고는 허리끈을 풀며 물었다.

"옷 느낌은 어때요?"

"지금 안에 옷 입고 있어서 잘은 모르겠는데, 편하고 가벼워요. 입기도 편할 거 같고요. 뒤집어쓰고 끈 매면 끝!"

원단 특성상 엄청 가벼워서 곧 있으면 올 여름에 입기엔 적절했다. 우진은 홍단아의 대답에 웃으며 허리끈을 풀었다. 홍단아와 달리 강민주에게 입혀놓으면 잘 어울릴 것은 확실한데, 가격이 문제였다. 지금 사용한 원단 가격은 만 원도 넘지 않았다.

$$*\qquad*\qquad*$$

강민주는 식사하는 내내 근심이 가득한 얼굴로 밥만 뒤적거렸다. 그러자 함께 식사하던 남편이 강민주를 보며 물었다.

"왜 그래? 기분 안 좋은 일 있어?"

"별거 아니야."

"뭔데. 우리 와이프 기분을 누가 안 좋게 만들었을까."

강민주는 피식 웃었다. 그러고는 입을 열었다.

"아까 자기도 봤지? 디자이너."

"아, 단안경 끼고 있던 사람 말하는 거야?"

남편은 고개를 갸웃거리더니 말을 이었다.

"엄청 유명한 사람이라고 좋아했잖아. 뭐라고 그래?"

"아니야. 그런 거. 그냥… 그 사람 보니까 내가 늙은 거 같아서 그래."

"뭐? 하하, 어휴. 밖에 나가서 사람들 붙잡고 몇 살처럼 보이냐고 물어봐. 백이면 백 20대라고 그럴걸?"

"무슨 그런 소리를 해."

"이봐요, 승훈 엄마. 우리 승훈이가 이제 고등학생인데 늙는게 당연하지. 하하, 그런데 왜 갑자기 그런 걸 느꼈을까? 뭐 손님 앞에 두고 늙었다고 그러진 않았을 거 아니야."

"그냥. 내가 누군지 모르는 거 같아서."

"하하, 모르는 게 당연하지. 딱 봐도 우리 승훈이보다 기껏해야 몇 살 더 먹은 거 같던데. 그럼 당신 TV에 나올 때 그 사람 꼬마였을 거 아니야."

"그래서 나이 먹은 거 같다고."

남편은 강민주를 보더니 웃으며 말했다.

"그러니까 집에만 있지 말고 TV에도 나가고 그래. 아직도 섭외하려고 그러잖아. 어떻게, 우리 백화점 모델이라도 할래? 하하."

"됐거든?"

"왜? 아버지 때문에 그래? 아버지 돌아가신 지 벌써 5년이 넘었다. 하고 싶으면 해도 된다니까."

"그런 거 아니야. 내가 지금 나가면 웬 아줌마가 나왔나 그럴 텐데."

"어휴, 뭐 20대 애들하고 멜로라도 찍을 기세네! 그건 내가
반대지!"

남편은 장난스럽게 웃더니 말을 이었다.

"천천히 생각해 보고 언제든지 하고 싶은 거 있을 때 해. 그
동안 하고 싶은 거 있어도 아버지 눈치 보느라 못 했잖아. 그
리고 당신 TV에 나오면 여기저기서 계속 떠들어댈걸?"

그래도 강민주가 반응을 보이지 않자, 남편은 방법을 알고
있다는 듯 피식 웃은 뒤 입을 열었다.

"수입 명품관에, 헤슬에서 이번에 무슨 가방이 나왔대. 한
국에는 다음 달이나 나온다고 하는데, 내가 특별히 하나 주문
했어. 이번 옷 맞추면 같이 메라고."

그러자 강민주가 약간 반응을 보였다.

"그거 애기 엄마용으로 나온 거거든?"

"사람들이 당신을 애기 엄마로 본다니까. 싫어? 아… 알겠
다. 당신, 애기 엄마 되고 싶어서 그러는구나? 내가 잘할 수
있을까?"

"뭐? 참……."

강민주는 자신의 기분을 생각해 농담을 건네는 남편의 말
에 그제야 미소를 지었다. 언제나 한결같은 남편의 응원이 고
마워 지그시 쳐다보던 그녀는 그제야 식사를 시작했다.

　　　　　*　　　　　　*　　　　　　*

　다음 날.

　우진은 목동에 들러 집을 계약한 뒤 숍으로 돌아왔다. 중
도금을 건너뛰고 아제슬에서 돈이 들어오는 한 달 뒤에 잔금
처리를 하는 것으로 얘기가 마무리됐다. 그 뒤 건축허가를 받
음과 동시에, 철거를 시작으로 공사를 진행할 예정이었다.

　우진은 자신의 이름으로 한 계약을 자랑하고 싶은 마음에
부모님께 연락드렸지만, 할아버지가 얘기를 했는지 이미 알고
계셨다. 꾹 참고 자신이 얘기해 주길 기다리고 있었는지, 우진
이 얘기를 꺼내자 곧바로 서울로 올라오겠다고 하셨다. 우진
은 그런 부모님을 말리느라 진을 뺐다. 지금 당장 올라오셔도
일이 많아 같이 있을 시간도 없었다.

　오늘만 하더라도 강민주와 약속이 잡혀 있었다. 아무래도
옷에 대해 얘기를 하는 게 좋을 것 같았다. 바느질이라도 조
금 한다면 모를까, 그냥 가위질한 것만으로 판매하기에는 영
꺼려졌다. 직원들 중 일부는 원단에 I.J 로고를 새겨서 팔자는
의견을 냈지만, 대부분 직원들은 이 옷을 판매했다가 잘못하
면 I.J 이름에 먹칠할 수도 있을 것 같다는 의견을 냈다.

　매튜도 판매가 불가능해 보인다고 말한 사람 중 한 명이었
다. 그래도 혹시 모르니 특허로 등록이 되는지 알아보겠다고
하고는, 벌써 발 빠르게 준비해 움직였다. 하도 많은 특허를

등록하다 보니 어렵지 않게 등록이 되었고, 우진은 그 소식에 또 피식 웃었다.

강민주의 옷은 그냥 옷이라기보다는 걸치는 무언가라고 보는 편이 더 맞을 것 같다는 생각이 들었다. 강민주가 마음에 들어 한다면 입는 방법을 알려줄 생각이고, 다른 옷을 원하면 새로 디자인할 생각이었다. 이 옷 그대로 입히면 다른 옷이 보일 테니 다른 디자인에 대한 걱정은 크게 없었다.

강민주의 선택이 후자라면 특허 등록도 되었겠다, 입는 법을 I.J 홈페이지에 공개할 예정이었다. I.J의 패션 제안이라는 이름으로.

가격을 올렸다고 아직까지 항의하는 일부 사람들과 예약을 기다리는 고객들을 위한 일종의 서비스였다.

우진은 시간을 확인하고는 나갈 채비를 했다. 다른 때와 다르게 챙길 것이 별로 없었다. 스케치와 커다란 천만 챙기면 되니 뭔가 허전했다. 우진은 자신이 빼놓은 것이 있는지 확인하려 이리저리 둘러봤다.

그때 자신을 보고 있는 테일러들이 보였다.

"아, 판권 씨, 준비 다 됐어요?"

"네! 위에 올라가서 신발만 챙겨 내려오겠습니다!"

"저도 다 됐어요. 늦지 않게 가요."

그러자 판권은 환하게 웃었고, 다른 테일러들은 굉장히 아쉬워했다. 우진은 그제야 다들 자신들이 가고 싶어서 이쪽을 보고 있었다는 걸 알고는 피식 웃었다.

*　　　　*　　　　*

저녁 무렵 강민주의 집에 도착한 우진은 곧바로 스케치를
보여주며 옷에 대해 설명했다. 옷이라 부르기도 애매했다.

우진의 설명이 끝나자 강민주가 천을 만져보며 물었다.

"이 천이 이 스케치처럼 된다는 건가요? 신기하네요."

이미 설명을 들었음에도 강민주는 천에 관심을 보였다.

"그럼 이거 저도 만들 수 있다는 건가요?"

"네. 원단만 있으시면 누구라도 가능해요. 그 때문에 판매
하기가 그래서 솔직하게 말씀드리는 거예요."

강민주는 신기하단 얼굴로 우진을 봤다. 옷 같지도 않은 옷
을 비싸게 판매하는 브랜드도 많았다. 그래도 I.J라고 하면 다
들 이해하고 살 것 같은데, 이렇게 얘기하는 것이 신선하게 다
가왔다.

"그럼 저는 새로 디자인해 주시는 거고요?"

"네. 시간은 조금 걸릴 것 같아요. 괜찮으실까요?"

"저야 뭐… 남는 게 시간인데. 그럼 제가 옷도 새로 만들고,
여기 천처럼 가위질해서 만들어 입어도 되는 거고요?"

"아, 네. 어차피 공개하려고 했어요. 입는 법이 굉장히 간단
해요. 목에 끼우고 앞부분의 천을 안으로 넣은 후, 뒤에 천을

앞으로 감싼 뒤 허리끈으로 묶으면 돼요. 그럼 뒤에서 감싼 천이 레이어드 효과를 주는 것처럼 보일 거예요. 넥타이 매는 법보다 간단해요."

강민주는 스케치에 보이는 디자인이 상당히 마음에 들었다. 그런데 우진의 설명을 듣고 나니 막상 사기에는 꺼려졌다. 그래도 어떻게 이 천이 저 스케치처럼 변하는지 궁금하긴 했다.

"그럼 한번 입어봐도 될까요?"

"그러세요. 그런데 이걸 입으려면 안에는 속옷만 입으시는 편이 좋을 거예요. 제가 어떻게 하면 되는지 간단하게 알려드릴게요. 판권 씨."

우진은 판권의 목에 천을 끼운 뒤 앞부분 천으로 뒤를 감싸는 것까지 알려주었다. 그러자 강민주가 안으로 들어가더니 알려준 그대로 하고 나왔다.

"그럼 잠시만요. 뒤에 천을 앞으로 잡아당기고. 왼쪽, 오른쪽 상관없으니까 편하신 대로 하시면 돼요. 한쪽이 위로 올라가기만 하면 되니까요. 그리고 이 상태에서 끈으로 묶으시면 되거든요. 그런 다음에 앞부분을 조금만 만지면 돼요. 겹쳐진 부분을 약간 빼면 자연스럽게 주름 완성."

"와, 정말 쉬운데요?"

우진은 피식 웃다 말고 흠칫 놀랐다. 옷만 입었을 뿐인데 왼쪽 눈으로 본 모습보다 더 아름다워 보였다. 홍단아와는 완전 달랐다. 나이가 이제 곧 쉰이 된다고 들었는데, 운동을 열심히 했는지 라인 자체가 상당히 아름답게 보였다. 어깨 라인에서 팔꿈치까지 펑퍼짐하게 떨어지는 팔 모양이 편하게 보였고, 가슴부터 배, 엉덩이까지는 약간 붙어 몸매가 드러났다. 마치 치파오 같기도 하고, 기모노 같기도 한 느낌이었다.

그런 옷에 지금의 올림머리 스타일도 굉장히 어울려 보였다. 굉장히 만족스러운 얼굴을 한 우진은 그래도 스케치대로 완성하기 위해서 판권에게 다른 끈을 받았다. 그리고 손목에 천을 감싸고 안쪽으로 묶은 뒤 다른 천을 내밀었다.

"고객님, 이걸로 머리를 묶어보시겠어요?"

우진은 이럴 때 미자가 없다는 걸 아쉬워하면서 끈을 내밀었다. 강민주는 끈을 받아 들고는 스케치를 본 뒤 원래 자신의 머리를 풀었다. 그것까지 무슨 샴푸 광고를 찍는 모습처럼 보였다.

"너무 궁금하네요. 옷이 생각보다 너무 편해요."

"아름다우세요. 머리 묶고 직접 한번 보세요."

"어머, 그런 말 들으니까 기대되네요."

강민주는 환하게 웃으며 머리를 묶었다. 우진은 그사이 가져온 하얀색 천 운동화를 꺼냈다.

"여기 뒤에만 좀 묶어주실래요? 고무줄이 아니라서 리본은 혼자 힘들어요."

우진은 리본까지 묶어주고는 신발까지 내밀었다. 신발을 발견한 강민주는 우진과 같은 생각을 했는지 이게 맞냐는 얼굴로 바라봤다.

"차린 듯하면서 가벼운 차림이에요. 한번 신어보세요."

강민주가 고개를 끄덕이며 신발을 신었고, 우진은 그사이 단안경을 살짝 올렸다. 역시 예상했던 대로 빛이 났다. 별것 아닌 옷이지만, 바비와 미자까지 포함해 지금까지 봤던 그 누구보다도 아름다웠다.

우진이 마치 관객이라도 된 것처럼 감상할 때, 강민주는 머리를 묶은 게 불편했는지 머리끈을 풀려 했다. 우진은 어차피 다음 옷도 봐야 했기에 말리지 않고 지켜봤다. 그리고 강민주가 머리를 푼 순간 우진은 침을 꿀꺽 삼켰다.

머리를 풀었음에도 빛이 여전했다. 머리를 풀어 헤친 모습도 옷과 상당히 잘 어울렸다.

그때 옆에 있던 판권이 입을 열었다.

"'당나리' 때보다 더 아름다우십니다……."

"당나리요?"

"당신과 나, 그리고 우리. 그 드라마요……."

"어머, 부끄럽게 그걸 알고 있어요? 엄청 오래됐는데. 고마워요. 여기 좀 묶어줄래요?"

강민주는 머리를 묶다 말고 기분이 좋은지 엄청 환하게 웃었다. 판권이 머리끈을 묶을 동안 강민주는 우진도 자신을 알고 있는지를 살폈다. 우진이 판권의 말에 동의한다는 듯 고개를 끄덕이자 강민주는 들뜬 얼굴로 입을 열었다.

"저도 궁금해서 거울 좀 보고 올게요."

우진은 단안경을 올린 채 고개를 끄덕였다. 강민주가 잠시 방으로 들어간 사이 우진은 헛웃음을 뱉었다. 분명 왼쪽 눈에는 머리를 묶은 모습으로 보였지만, 우진이 보기에는 머리 푼 모습이나 묶은 모습이나 어느 것을 택하기 어려울 정도로 잘 어울렸다. 어울린다고 느낀 대로, 두 가지 모습 다 빛이 보였고.

우진은 아무리 생각해도 외모 말고는 다른 생각이 들지 않았다. 패션의 완성은 얼굴이라는 말처럼 외모가 너무 뛰어나다 보니 어울리는 옷을 입혀놓으면 어떻게 해도 빛날 것만 같았다. 외모 덕에 여러 가지 선택권이 있었고, 우진이 본 것이 그중 하나 같았다.

그사이 아까보다 더 환한 얼굴을 한 강민주가 거실로 나왔다.

"정말… 너무 너무 너무 마음에 들어요! 제 생각에, 이거 공개하면 난리 날 것 같아요."

우진은 여전히 빛이 보이는 강민주의 말에 살며시 웃었다. 이미 홍단아에게 입혀봤던 걸 떠올려 보면, 어울리는 사람은 얼마 안 될 것이었다.

"전 이 옷으로 하고 싶어요!"

강민주는 소파에 앉으면서 신발을 벗었고, 그제야 빛이 사라졌다.

그리고 우진의 눈에 강민주의 새로운 모습이 보였다. 바지로 된 회색 줄무늬 정장이었고, 질끈 묶은 머리에 안경까지 쓰고 있었다. 마치 TV에서 보던 잘나가는 여성 CEO 분위기였다.

강렬한 이미지의 모습마저 아름다웠지만, 우진이 느끼기에는 조금 전 원피스가 훨씬 아름다웠다. 강민주도 같은 생각을 했는지 입을 열었다.

"다른 옷은 없어도 될 거 같아요! 전 이거로 할게요."

그 말에 우진은 고민할 것도 없이 단안경을 내렸다. 아무리 싼 재료라도 더 잘 어울리는 옷이 있는데 다른 옷을 추천할 필요가 없었다.

"가격은 얼마예요? 어제 작성한 계약서 보면 들어가는 재료에 따라 가격이 변동된다고 쓰여 있었거든요. 참! 공개하시기로 했죠?"

"고객님이 입으시면 공개 안 하려고 해요."

"그래요? 조금 아쉽네요……."

자신만 입는다면 좋아해야 할 텐데 강민주는 약간 아쉬워했다.

강민주에 대해서 몰랐다면 저 반응을 이해하기 힘들었을 테지만, 우진은 어느 정도 알고 있었다. 원조 패션 스타. 원조 패션의 선두 주자. 원조 완판녀. 전부 최근에 등록된 기사들이라서 그런지 원조라는 말이 달려 있었다. 오랜 기간 방송을 안 했음에도 그런 수식어에 신경을 쓰는 것처럼 느껴졌다.

우진은 그것과 별개로 가격을 어떻게 해야 할지 고민되었다. 돈을 받기도 뭐하고 안 받기도 뭐한 애매한 상태에 놓인 것이다.

옷 만드느라 고생을 한 것도 아니었다. 하지만 돈을 안 받을 정도도 아니었다. 그래서 얼마 되지 않더라도 돈을 받아야 숍에 돌아가 할 말이 있을 것 같았다.

그때, 어제처럼 문을 여는 소리가 들리더니 남편이 들어왔다. 약간 술이 취한 듯 얼굴이 붉어 보였다. 남편은 슬리퍼로 갈아 신다 말고, 강민주를 보더니 멈춰 섰다.

*　　　　*　　　　*

"여보, 왜 안 들어오고 서 있어?"

강민주의 말에 남편은 눈을 껌벅이더니 입을 열었다.

"우와… 당신 정말 20대 같은데?"

"아, 다른 사람도 있는데 왜 그래. 부끄럽게."

"정말이라니까. 이건 뭐, 연애할 때보다 더 예쁘네!"

남편은 혀를 내두르며 강민주를 한참이나 본 뒤 우진을 발견하고 반갑다는 얼굴로 인사했다. 그러고는 다시 강민주를 본 뒤 씨익 웃었다.

"대한민국의 최고 미녀 배우 강민주가 돌아온 거 같아! 완판녀! 이대로 복귀해도 되겠어!"

"아! 이상한 소리 좀 하지 마. 다른 사람들도 있는데."

"너무 예뻐서 그러지. 디자이너 선생님, 우리 배우님 잘 부탁드립니다."

남편은 우진이 강민주에 대해서 모르고 있다고 생각했는지 다소 큰 목소리로 말했다. 강민주는 부끄러운지 남편을 억지로 방으로 밀어 넣었다. 그 모습을 보던 판권은 TV에서 보던 재벌과는 다른 모습 때문인지 어리둥절해했고, 우진은 남편의 말에 오히려 눈빛을 반짝였다.

"아, 미안해요. 저이가 술을 좀 마셨나 봐요."

"저희는 괜찮아요. 그런데 드라마 복귀하시나 봐요."

"아! 아니에요. 그냥 남편이 한 소리예요."

우진은 얼마 안 되는 옷값을 받는 대신 'I.J 패션 제안'을 강민주가 하는 게 어떨까 생각했다. 저만큼 잘 어울리는 사람이 나와서 패션 제안을 한다면, 그걸 본 사람들도 I.J가 이상한 방법을 알려주는 게 아니라는 걸 더 쉽게 느낄 것이다.

강민주도 I.J의 이름을 등에 업고 그녀에게 붙는 호칭에서 원조라는 말을 빼버릴 수 있을 것 같았다. 상부상조할 수 있을 것 같다고 생각한 우진은 강민주에게 조심스럽게 설명했다.

한참을 듣던 강민주는 고민하는 얼굴로 변했다. 꽤 오랫동

안 고민하던 강민주가 입을 열었다.

"그건 조금 곤란할 것 같아요. 저보다 더 젊고 예쁜 친구들 쓰시는 게 좋지 않을까요?"

분명 어울리는 사람은 있을 테지만, 우진이 직접 본 강민주보다 아름다운 사람은 없을 것 같았다.

"어떤 분들을 말씀하시는지 모르겠지만, 제가 보기에는 그 분들보다 고객님이 더 잘 어울리실 것 같아서 드리는 말씀이에요. 너무 부담 갖지 않으셔도 돼요."

그때, 판권이 우진을 거들었다.

"저희 선생님이 보시는 눈이 정말 정확하시거든요."

"그야 I.J… 유명하시니까 그렇겠죠. 그런데 정말 괜찮을까요?"

강민주는 우진에게 확신을 듣고 싶은 마음에 다시 물었다. 우진은 진심으로 강민주보다 잘 소화해 낼 사람은 없다고 생각했기에 고개를 끄덕였다.

*　　　　*　　　　*

며칠 뒤.

우진은 작업실에서 테일러들의 작업을 지켜봤다. 테일러들은 강민주 다음으로 만난 고객의 옷을 제작 중이었다. 테일러들이 가장 자신 있어 하는 정장이다 보니 우진이 따로 지시할

게 없을 정도로 일사천리로 진행되었다.

그때, 매튜와 준식이 사무실에서 내려왔다.

"곧 도착한다고 합니다. 연습하셨습니까?"

우진은 순간 조그맣게 한숨을 뱉었다. 오늘 있을 강민주와의 촬영을 우진도 함께하게 돼버렸다. 우진은 테일러 중 한 명이 하길 바랐지만, 기왕 할 거면 숍을 대표하는 디자이너가 하는 게 옳다며 매튜가 고집을 부렸다.

"이제 목동 안 가세요?"

"철거까지 며칠 여유가 있습니다."

그사이 매튜가 인터넷 방송을 전문으로 하는 크리에이터들을 관리하는 회사에 의뢰해서 부른 촬영 팀이 매장에 도착했다. 단 두 명이었고, 준식이 곧바로 내려가 그들을 데리고 올라왔다.

촬영 팀이 준비하는 사이 사무실 직원들도 모두 내려왔다. 그중 장 노인이 우진을 보며 입을 열었다.

"우리 거래처에 대충 언질은 했다. 이번에 잘되면 우리한테 신경 써주기로 했다. 수입 원단은 어쩔 수 없고, 안감 같은 건 5% 정도 할인해 주기로."

장 노인은 원단을 거래하는 서문시장 촬영에 대해서 언급했다고 알렸다. 사실 매튜가 혼방 린넨을 숍에서 판매하려고 했지만, 장 노인이 말렸다. 매장에서 원단까지 취급하면 원단 시장에서 들고일어날 게 뻔했다. 대신 거래처에 언질을 줌으로써 다른 방식으로 이익을 챙겼다.

그때 강민주에게서 전화가 왔다. 곧 도착한다는 전화였다. 우진이 내려가서 기다리자 얼마 지나지 않아 매장 앞에 검은색 차가 멈췄다. 대영그룹 사모님답게 기사까지 대동했는지 뒷좌석에서 강민주가 내렸다.

"제가 늦은 건 아니죠?"

"아니에요. 일찍 오셨어요."

"휴, 숍에 다녀오느라고 늦을까 걱정했어요."

"숍에 다녀오셨어요?"

"아, 결국 그냥 왔어요. 아무래도 원피스에 진하게 화장하면 이상할 거 같아서요."

우진은 만족스러운 듯 미소를 지었다. 왕년의 패셔니스타답게 옷을 잘 이해하고 있었다.

우진은 강민주를 데리고 촬영 장소인 매장 안 작업실로 올라갔다. 그러자 테일러들을 비롯해 세운이 눈을 반짝이는 모습이 보였다. 하지만 장 노인과 매튜가 주의를 줬는지 다가오진 못하고 멀리서 감탄만 했다. 우진은 그런 그들을 강민주에게 인사시켜 준 뒤 작업대로 향했다.

우진이 준비하는 내내 궁금했던 것을 해결할 시간이었다.

"총 세 가지 색이에요. 라이트 퍼플, 라이트 핑크, 앤티크 화이트. 화사해서서 밝은 느낌이 더 잘 받으실 거라 이렇게 준비했어요. 촬영 전에 한번 입어보시겠어요?"

"네, 그럴게요."

"유 실장님, 좀 도와주세요."

탈의실이 1층에 있었지만, 촬영을 위해 임시로 2층에 탈의실을 마련했다. 강민주가 탈의실에 들어간 사이 우진은 어떤 모습일까 기대하며 기다렸다.

잠시 뒤 강민주가 나왔다. 우진은 곧바로 달라붙어 옷을 정리한 뒤 한 발짝 물러섰다. 그리고 강민주를 보던 우진은 씨익 웃었다. 솔직히 단안경을 올릴 필요를 못 느꼈다. 이미 뒤에선 감탄사와 함께 박수까지 터져 나왔다.

강민주는 원래 입었던 색이 아닌 옅은 분홍색을 입혀놨는데도 너무 잘 어울렸다. 그래도 확인차 단안경을 올린 우진은 곧바로 다시 렌즈를 내렸다. 예상한 대로였다.

"잘 어울리세요."

"이것도 마음에 들어요. 정말 마음에 들어요. 집에서 혼자 입어봤는데 너무 예쁘더라고요."

우진은 만족한 얼굴로 고개를 끄덕였다. 이제 준비가 끝났으니 바로 촬영을 시작하기로 했다.

"여기서 촬영하는 건가요?"

"네. 저기 작업대를 기준으로 촬영하게 될 거예요. 왜 그러세요?"

"이렇게도 하는구나. 옛날에는 몇 초 촬영하는데도 수십 명씩 있었거든요. 신기하네요."

강민주는 옛 생각이 떠오르는지 약간 상기된 얼굴로 마저 입을 열었다.

"그럼 잘 부탁드립니다!"

*　　　　　*　　　　　*

컴퓨터 앞에 앉아 있던 여성은 모니터를 보며 고개를 갸웃거렸다. 여성은 그동안 줄곧 예약을 하려고 I.J의 홈페이지와 SNS에 상주하다시피 했다.

"아! 언제 열리는 거야! 이번엔 꼭 맞추고 싶은데!"

매번 예약에 실패했다. 예약 대기라도 걸어주면 좋으련만, I.J는 오로지 선착순이었다. 게다가 열 명 한정. 예전보다 기간이 빨라지긴 했지만, 그만큼 예약하려는 사람도 늘어나 오히려 전보다 빠르게 예약이 마감됐다.

꼭 입고 싶었다. 안 봤으면 모를까 직접 눈으로 확인도 했다. 아저씨처럼 보이던 회사 동료가 운 좋게 I.J를 이용했고, 진짜 몰라볼 정도로 멋있어졌다. 유부남만 아니었다면 대시했을 정도로.

그렇다 보니 자신도 I.J를 꼭 이용해 보고 싶었다. 가격이야 상관없었다. 변할 수만 있다면 뭔들 못할까. 지금도 골드 미스라고 불리는데 나이를 더 먹기 전에 남자 친구도 만들고 싶었고, 더 나아가 결혼도 하고 싶었다.

"오늘도 공지 없네. 이번엔 얼마나 걸릴까……."

그때, 갑자기 I.J의 SNS에 영상이 하나 올라왔다.

"I.J의 패션 제안? 뭐지?"

영상을 재생하니 I.J 디자이너로 유명한 우진이 나왔다. 영상은 상업적으로 제작해 판매할 시, 법적책임을 물을 수 있다는 얘기로 시작되었다. 그 뒤로는 I.J가 가격을 올린 것에 대해서 설명을 했다. 그 부분은 관심이 없었기에 넘겨 버렸다.

—이제 곧 여름이 다가오는데 뭘 입을까 고민하는 분들 많으실 거예요. 그래서 I.J가 고민하시는 분들에게 간단하게 옷을 만들어 입을 수 있는 방법을 알려 드리려고 합니다. 이름하여 I.J 패션 제안.

"뭐 이렇게 어색해."

디자이너가 나오더니 국어책을 읽는 것처럼 말했다. 그래도 뒤의 내용이 궁금했기에 가만히 지켜볼 때였다.

—오늘 도와주실 분이 계세요. 모셔볼게요.
—안녕하세요. 반가워요.

"어?"

낯익은 얼굴이었다. 어린 시절 TV에서 봤던 강민주였다. 그때 모습 그대로… 아니, 오히려 더 예뻐진 것 같았다.

―일단 원피스를 만들어볼게요. 일단 폭은 한 마. 그러니까 36인치 정도? 원단 가게 가서 두루마리처럼 말아놓은 원단을 구매하시면 돼요. 보통 차이는 있지만 그 정도 될 거예요. 그리고 길이는 자기 키의 두 배 정도를 생각하시면 돼요. 그럼 접어서 걸쳤을 때 무릎 약간 밑까지 내려올 거거든요.

―이렇게요?

―네, 맞아요. 그리고 다음이 가장 어려운 부분이에요. 겹쳐진 부분의 정가운데를 오려야 하거든요. 그냥 오리려고 하면 어려워요. 겹쳐진 부분을 다시 반을 접으세요. 아니, 그렇게 말고 폭이 겹쳐지게요. 그러고 나서 자기 머리에 맞게 오리시면 돼요. 아! 그리고 여기서 길이 쪽을 약간 길게 가위질하셔야 해요. 반대로 하시면 목은 좁고 어깨 쪽만 넓게 나오거든요.

옷을 만드는 모습이 영상으로 나오자 여성은 조금이라도 배워보겠다고 자세를 고쳐 잡았다. 그때 우진의 목소리가 들렸다.

―다 되셨어요? 이게 완성이에요.

―정말 쉬워요!

—네. 천이랑 가위만 있으면 만들 수 있어요. 그럼 한번 입어봐 주세요.

잠시 뒤 엷은 보라색의 천을 몸에 끼고 강민주가 나타났다. 얼굴만 아니라면 개그프로에 나올 듯한 모습이었다.

—그럼 이제 여기서부터는 이렇게 입으시면 돼요. 잘 보세요.

우진의 손이 움직이기 시작했다. 그리고 손이 스쳐 지나갈 때마다 천이 옷 모양으로 조금씩 바뀌었다. 허리끈을 끝으로 우진의 손이 멈췄을 때쯤, 여성은 입을 벌린 채 모니터를 바라봤다.

천 쪼가리가 가위질 한 번으로 옷이 되었다. 머리끈과 손목 띠까지 두르자 세련되어 보이기까지 했다.

—예쁜 데다가 너무 편해요.
—그렇죠. 그럼 강민주 씨가 자르신 천으로 입어볼까요?
—제가 입어볼게요.

이윽고 강민주는 이번엔 앤티크 화이트라고 소개한 천을 입고 나왔다. 강민주 혼자 천을 집어넣으며 만지니 아까와 같은 모습으로 변했다.

　－정말 쉬워요. 여기 앞부분만 조금 신경 쓰면 입기도 편하고, 벗기도 편하고. 너무 좋은데요?

"와… 대박이네."
이후 다른 좋은 아이디어로 다시 찾아오겠다는 말과 함께 영상이 끝났다. 그 뒤로도 몇 번이나 영상을 돌려보던 여성은 자신도 천만 있으면 만들 수 있을 것 같다는 생각이 들었다.
하지만 집에 저런 길이의 천이 있을 리가 없었다. 여성은 천을 구매하기 위해 인터넷 포털사이트에 천 구매를 입력하려다 움직임을 멈췄다. 이미 많은 사람이 봤는지 실시간검색어에 익숙한 이름이 보였다.

1. 강민주
2. I.J 패션 제안
3. 강민주 옷
4. 강민주 나이
5. 혼방 린넨

포털사이트의 실시간검색어가 모두 이번 영상에 관련된 것들이었다. 갑자기 마음이 불안해진 여성은 급하게 천 구매를 검색했다. 한참이나 찾아 헤매던 중 영상에서 말하던 혼방 린넨을 찾을 수 있었다. 하지만 찾았을 뿐 구매할 수는 없었다.

임시 품절.

*　　　　*　　　　*

휴대폰으로 인터넷을 보던 강민주는 계속해서 자신의 이름이 언급되는 게 신기했다. 영상이 올라간 지 얼마 지나지 않았는데 새로운 기사까지 나오고 있었다.

〈방부제 미모 강민주. 그 비결은?〉
〈돌아온 패셔니스타, 강민주〉

"와, 당신 기사 엄청나네. 이러다 정말 우리 백화점 모델 해도 되겠는데?"

강민주는 남편의 말에 기분 좋은 듯 웃었다. 온통 자신에 대한 기사였다. 그런 기사에는 자신을 처음 본다며 누구냐는 댓글도 많았다. 그런 댓글에는 다른 사람들이 출연한 작품이나 활동 당시 파급력 등 자신에 대한 얘기를 대신 설명해 줬다.

그걸 보는 내내 옛 기억이 주욱 떠올랐다.

"맞아, 나 당나리가 첫 작품이 아닌데. 엄청 잘 알고 있네."

"당나리가 뭐야."

"여보, 늙었네. '당신과 나, 그리고 우리' 줄임말이야."

옆에서 같이 보던 남편은 너털웃음을 짓더니 잠시 생각에 잠겼다 그러고는 씨익 웃으며 입을 열었다.

"헤 백 도."

"뭐야, 그게?"

"헤슬 백 도착했다! 하하."

*   *   *

휴대폰을 든 우진은 묘한 표정으로 LJ SNS를 살폈다.

원피스 입는 법을 올리자 반응이 생각했던 것보다 훨씬 크게 돌아왔다. SNS에 올린 영상대로 만들어본 사람들이 인증 숏을 올리기 시작한 것이다. 그리고 처음으로 올라온 인증 숏은 모두를 당황하게 했다.

앤티크 화이트로 만든 원피스였다. 우진이 보기에도 제대로 만들었다. 그런데 입은 사진을 보면 어떻게 표현하기가 곤란했다. 만든 본인도 알고 있는지, 제대로 만든 것이 맞는지 묻고 있었다. 그리고 그 밑으로 이상한 댓글들이 달렸다.

—일제시대의 흔적을 이렇게 자랑스럽게 입고 다니다니.

—네?

—삼베 상복은 우리나라 전통이 아닙니다!
—미친 새끼야!

앤티크 화이트답게 아이보리와 흰색의 중간 느낌이다 보니 상복과 느낌이 비슷했다. 우진 역시 말은 못 했지만, 같은 느낌을 받았다. 그 뒤로도 많은 사람들이 인증 숏을 올렸고, 그럴수록 장난처럼 달리는 댓글이 늘어났다.

—저거 군대 가면 공짜로 줌. 비 오는 날 맨날 입었는데.
—ㅋㅋㅋ모자도 달렸다ㅋㅋ

모양은 비슷했지만 원단 재질 자체가 다르고 재단된 모양도 달랐기에, 그냥 웃기려고 올렸나 보다 생각하고 넘겼다. 그런데 그런 글들이 한두 개가 아니었다. 어느 순간 누가 더 이상한지 인증하는 장소가 되어버렸다.

영상을 괜히 공개한 건가 하는 회의감이 들기 시작할 즈음, 갑자기 제대로 된 인증 숏들이 올라왔다. 첫 타자는 개인 방송으로부터 시작되었다. 원피스임에도 불구하고 시청자를 모으기 위해서인지 남녀 가릴 것 없이 옷을 만들어 방송에 내보냈고, 시간이 지나자 강민주만큼은 아니더라도 상당히 잘 어울리는 사람이 나오기 시작했다.

그걸로 부족했는지, 넥홀을 좀 더 크게 뚫어 오프 숄더 느낌을 준다든지, 치마 길이를 짧게 하는 등 자신들에 맞춰 옷을 변형시켰다. 그렇게 영상을 본 사람들이 또 옷을 제작해서 새로 영상을 올리는 상황이 반복됐다.

그런 사람들에게 자극을 받았는지 인증 숏은 점점 늘어났다. 각자의 개성을 살리기도 하고 영상 그대로의 방법을 따라하기도 했다. 다들 비슷하면서 다른 모습의 원피스를 만들었지만, 그들은 공통적으로 입을 모아 말했다.

─완전 편한데?
─님들도 다 한 번씩 그런 경험 있으시죠? 어렸을 때 홀딱 벗고 커튼 뒤에 숨은 적 있잖아요.

딱 그 느낌. 완전 편해요. 거짓말 아니고 정말 편해요!
거의 모든 사람들의 입에서 편하다는 말이 나왔다. 그리고 역시 I.J라는 말이 함께 붙었다. I.J가 유명하게 된 가장 큰 이유가 편안함이었다. 결국 I.J 하면 편안함이라는 공식이 대중들에게 제대로 각인되었다.

그때, 작업실로 내려온 세운이 우진의 작업대 위에 신발을 내려놓았다.

"다 만들었어. 확인해 봐."

"네, 고생하셨어요."

"휴, 나 혼자 하려니까 엄청 빡세네. 그런데 오다 보니까 테일러들 사무실에 있던데, 거기서 뭐 하냐?"

"아, 하하. 잘하고 있어요?"

"몰라, 계속 지들끼리 쑥덕거리면서 모니터만 보던데?"

우진은 피식 웃었다.

"이번에 만들 옷 재봉 방법이 약간 독특해서요. 스티치 방법을 세 가지나 섞어서 하니까 어렵나 봐요. 그래서 제가 하는 거 찍어서 눈에 익힌다고 그럴 거예요."

"참 나, 그건 일과 끝나고 해야지."

"어차피 성훈 삼촌이 칼라 테두리 보내주실 때까지 기다려야 해요. 제가 올라가서 보라고 했어요."

"그래서 모니터 보고 손 꼼지락대고 있었던 거네. 참, 그게 아무나 하는 게 아닌데."

세운은 안타깝다는 듯 혀를 차더니 우진의 휴대폰을 들여다봤다.

"또 원피스 보고 있었어?"

"네. 다들 좋아해 주네요."

"그래 봤자 정작 이름은 강민주 원피스잖아. 하긴 나도 여러 사진 보긴 했는데 강민주만큼 어울리는 사람도 없더라. 진짜 어쩜 그렇게 아름답지? 화면이 실물을 못 담더라."

"맞아요. 정말 아름답더라고요. 저도 그런 분은 처음 본 거 같아요."

자신의 말에 우진이 동의하자 세운이 씨익 웃었다.

"오, 남잔데?"

"하하, 반응 보면 여자도 똑같던데요, 뭐. 강민주 씨 직접 보고 싶으시면 여기 계세요."

"어? 왜? 강민주 또 와?"

"아까 할 말 있다면서 숍에 찾아와도 되냐 물으시더라고요."

"무슨 할 말? 아무리 강민주라도 예약 꼬이면 매튜하고 영감님이 난리 칠 텐데?"

"예약은 아니래요. 그냥 원피스 때문에 인사하러 오는 거 같아요. 좀 있으면 올 때 됐는데."

그때, 시계 문제로 사무실에 있던 준식이 작업실로 내려왔다.

"선생님, 강민주 씨 도착하신답니다."

"어? 그래? 윤 매니저 올라가서 일 봐. 내가 남아 있을게."

"어떻게 그럽니까."

"나 잘한다니까. 걱정 말고 올라가. 바쁘잖아."

누가 있든 별로 상관없었기에 우진은 피식 웃었다. 그사이 세운은 준식을 올려 보냈고, 그와 동시에 매장 앞에 차가 멈췄다.

"어, 왔다! 야, 원피스 진짜 마음에 들었나 보네. 또 입고 왔다."

"그래요?"

"어, 완전 여신이네. 내려가자!"

우진은 2층에서 로비를 봤다. 그러자 오늘은 혼자가 아니라 남편과 동행한 강민주가 보였다. 세운이 말했던 대로 연분홍색의 원피스를 입고 왔다. 확실히 SNS에서 봤던 사람들보다 아름다웠다.

우진은 서둘러 내려갔고, 로비에서 기다리던 남편이 우진을 봤는지 미소를 지으며 강민주에게 알렸다.

"오셨어요."

"네, 또 오게 됐네요."

"안녕하십니까? 하하."

"아, 네. 안녕하세요. 이리로 앉으시죠."

우진은 1층에 마련된 소파로 두 사람을 안내했다. 의자에 앉는 강민주를 본 순간 우진은 놀란 표정을 지었다. 하지만 이내 이해했다는 듯이 고개를 끄덕였다.

강민주의 어깨에 걸쳐져 있는 하얀색 토트백은 우진이 알기로 이번에 헤슬에서 나온 Mommy 시리즈였다. 아직 한국에 헤슬 매장이 없어 구하기 어려웠지만, 우진은 강민주의 남편이 누구인지 알고 있었다. 전국 곳곳에 뻗어 있는 백화점의 오너라면 저 정도야 어렵지 않을 것 같았다.

함께 있던 세운이 음료를 가지러 갔고, 우진은 강민주를 보며 입을 열었다.

"토트백 구매하셨네요."

"아, 네. 남편이 구해줬어요."

남편은 뿌듯한 듯 어깨를 쭉 펴고 웃었다. 강민주도 토트
백이 마음에 드는지 그런 남편을 보고 웃었다. 우진도 완성된
토트백은 처음 보는 터라 나름 관심이 생겼다.

"이것도 I.J와 합작이라고 들었어요."

"아, 저는 아니고요. 저희 직원 한 분이 내부 디자인에 참여
하셨어요."

그러자 미소 짓고 있던 남편이 끼어들었다.

"겸손하십니다. 헤슬에서 I.J 토트백을 토대로 Mommy 시
리즈를 내놓았다고 밝혔는데 자랑 좀 하면 뭐 어떻습니까, 하
하."

"그런 건 아니에요. 디자인이 다르거든요. 데이비드 선생님
이 직접 하셨다고 들었는데 정말 잘 나온 거 같아요."

"하하, 안 그래도 이번에 저희 백화점 수입 명품관에서 가
방을 취급하고 싶다 연락을 해두고 기다리고 있는 상태입니
다."

홍단아가 한창 작업 중일 때 완성되지 않은 토트백은 본
적 있었지만, 막상 완성품을 보니 이번엔 정말 신경을 많이 썼
다는 것이 보였다. 만약 우진이 I.J 토트백과 헤슬 토트백을 놓
고 고르라고 하면 헤슬 토트백을 고를 것 같았다.

I.J 토트백의 긴 손잡이가 짧아져 있었다. 대신 어깨에 멜
수 있도록 탈부착 가능한 끈이 달려 있었다. 헤슬의 특징 중

하나인 단색 위주로, 하얀 가죽이었다. 거기에 검은색의 굵은 실로 꿰맨 재봉선이 백을 더 세련되어 보이게 만들었다. 심플하면서도 세련되고, 거기에 실용적이기까지 했다.

우진은 역시 데이비드라는 생각을 하며 미소 지었다. 음료수를 가져온 세운도 가방을 보고선 약간 놀란 얼굴을 했다. 그럴수록 강민주는 물론이고 남편까지 뿌듯해했다. 남편은 우진을 보더니 입을 열었다.

"아, 감사하다는 말씀을 드리려고 찾아왔습니다! 며칠 동안 사람들 입에 와이프 이름이 떠나질 않더군요."

"저희도 매일 확인하고 있어요. 축하드려요."

"하하, 다 선생님 덕분이죠. 일단 옷값은 안 받으셨다고 들었습니다. 그래서 따로 준비를 좀 했습니다."

강민주의 남편은 안주머니에서 봉투를 꺼냈다. 새해에 가끔 집으로 오던, 신년 인사 봉투 크기였다. 언뜻 보기에도 굉장히 두툼했기에 우진은 곧바로 손사래를 쳤다. 이미 얻을 건 얻었다. 오히려 강민주를 I.J의 영상에 출연시킨 것치고는 싸게 먹혔다고 생각하고 있었다.

"아! 이미 충분히 받았어요. 그리고 원단 가격도 얼마 안 하는걸요."

"하하, 돈은 아닙니다. 따로 돈을 드리는 건 실례 같아서, 나름대로 고민해서 준비한 겁니다."

세운은 받으라는 얼굴로 우진을 봤고, 우진은 돈이 아니라는 소리에 일단 봉투를 받았다.

"진짜 별거 아닙니다. 뷔페 식사권입니다, 하하."

"아! 이런 것까지 안 주셔도 되는데⋯ 저희도 배우님 덕분에 많이 도움 됐는데. 그래도 감사해요."

다행히 돈이 아니라는 생각에 봉투를 받은 우진은 식사권치고 굉장히 두툼하다는 생각을 하고선 일단 주머니에 넣었다.

그 뒤로 계속 대화가 이어졌다. 재벌이라고는 믿기지 않을 정도로 소탈한 사람이라, 모르는 채로 만났으면 와이프에게 빠져 사는 아저씨 정도로 봤을 것 같았다.

잠시 후 시간이 흘러 강민주와 남편이 자리에서 일어섰다. 강민주가 가방을 메자 우진은 그 모습을 가만히 들여다봤다. 연분홍 원피스와 하얀색 가방. 조합이 상당히 깔끔하면서 여성스러웠다.

"가시기 전에 한 번 더 봐드릴게요."

"와우, 역시 직업 정신이 투철하시네요. 하하."

우진이 보기에도 잘 어울렸기에 분명히 빛이 보일 거란 생각이 들었다. 그리고 예상했던 대로 강민주는 우진이 만든 가방이 아님에도 빛이 났다. 우진은 만족한다는 얼굴로 미소를 짓고는 입을 열었다.

"혼자서도 완벽하게 입으셨네요."

강민주는 활짝 웃더니 입을 열었다.

"다음에 또 이용하고 싶은데… 어렵겠죠?"

"예약하시면 언제든지 가능하세요."

말뜻을 이해한 강민주는 피식 웃으며 입을 열었다.

"그래도 기념으로 사진 한 장은 괜찮죠?"

"물론이죠. 아! 한 장 더 부탁드려도 될까요?"

세운은 자신도 찍어줄 거란 기대감에 우진을 바라봤다.

"I.J 이용하신 고객분들 사진을 SNS에 올려놓거든요. 그런데 배우님 영상은 있는데 사진이 없더라고요."

"알았어요."

세운은 급속도로 실망한 얼굴로 변했다. 강민주의 남편에게 휴대폰을 넘겨받으려 할 때, 강민주가 입을 열었다.

"실장님도 같이 찍어요. 신발 정말 잘 신고 있어요."

"헛! 네! 네! 갑니다."

세운은 엄청난 속도로 강민주의 옆에 섰다.

*   *   *

강민주가 돌아간 뒤 봉투를 확인한 우진은 깜짝 놀랐다. 커다란 봉투에는 작은 봉투가 여러 장 들어 있었다. 꺼내본 결과, 대영그룹 대영호텔의 뷔페 식사권이었다. 한 장당 4인까지 동반되는 식사권이 무려 20장이었다.

아무리 호텔 뷔페를 안 가봤다고 해도 상당히 비쌀 거라는 걸 알고 있었다. 우진은 곧바로 강민주에게 연락했고, 남편과 통화할 수 있었다.

돌아온 대답은 그 정도도 부족하다는 게 자신의 생각이라는 말이었다. 부담스럽기도 하고 그만큼 좋게 봐줘서 고맙기도 했다. 한참 봉투를 보고 있던 우진은 괜히 애꿎은 목을 긁고선 사무실을 둘러봤다.

"전부 다 모여주세요. 테일러들도 올라오라고 해주세요."

그러자 준식이 곧바로 2층 인터폰으로 테일러들을 올라오라고 했다. 모두 모이자 다들 궁금한 얼굴로 우진을 봤다.

"퇴근 전에 이거 드리려고요. 일단 한 장씩 받으세요."

"이게 뭐냐?"

"이게 뭐예요?"

우진은 일단 다 나눠 주고는 멋쩍게 웃으며 말했다.

"대영호텔 뷔페 식사권이에요. 오늘 아까 낮에 강민주 씨 오셨을 때 남편분이 주셨어요."

"대영백화점 박재영?"

"네. 제가 확인해 보니까 한 명당 9만 원이더라고요. 4인 식사권이에요. 아, 그리고 전국 대영호텔 다 되는데, 그래도 잠실이 가장 좋다고 그러시네요."

그러자 세운이 고개를 갸웃거리며 물었다.

"난 왜 4장이야? 내가 같이 갈 사람이 어디 있다고."

"제가 오늘 늦게 돌아갈 거 같아서요. 성훈 삼촌한테 전해

주세요. 같이 일하시는 분들하고."

　다들 뷔페 식사권을 확인하더니 날아갈 듯 기뻐했다. 자리로 돌아가는 직원들 모두 누구랑 갈지 생각하느라 정신이 없어 보였다. 다만 매튜는 크게 기뻐하지 않았다. 같이 갈 사람이 없는 이유도 있지만, 우진은 다른 이유를 알고 있었다.

　한 장은 부모님께 드리고 매튜에겐 새로운 맛을 보여줘야겠다고 생각할 때, 옆에 남아 있던 세운의 휴대폰이 울렸다.

　"어, 이제 일어났냐? 하하."

—

제6장

원피스

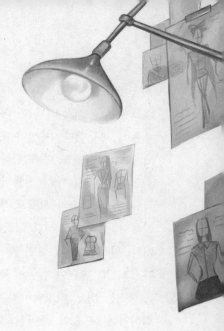

　통화를 마친 세운은 우진에게 무슨 일인지 설명했다. 그 얘기를 들은 우진은 아직까지 들고 있는 봉투를 웃으며 바라보았다.

　"데이비드한테 가방 잘 나왔다고 메시지 보냈더니, 보지도 않고 어떻게 아냐고 그러더라고. 하하."

　"그래서 사진 보내셨어요?"

　"어. 아까 보냈는데 답이 없어서 자고 있는 줄 알았어. 하하, 막 강민주가 누구냐고 묻더라. 관심 보이는 거 보니 아시아 담당 모델로 쓰고 싶어 하는 거 같더라고. 하하, 아마 곧 양쪽에서 만나겠지, 뭐."

"잘됐네요."

그 이상은 자신의 일이 아니었다. 다만 강민주가 잘 풀리니 마음이 뿌듯했다. 자신의 옷을 입은 사람인 것도 있었고, 손에 들린 식사권도 마음 편하게 사용할 수 있을 것 같았다.

일은 상당히 빨리 진행되었다. 며칠이 지나자 강민주가 한국인 최초 헤슬의 모델로 발탁됐다는 기사들이 올라오기 시작했다. Mommy 시리즈 II 광고부터 그녀를 볼 수 있다는 얘기와, 촬영을 위해 강민주가 벌써 출국했다는 내용까지 있었다. 그리고 헤슬이 한국에 진출한다고도 밝혔다.

장소는 바로 대영백화점 본점 명품관. 강민주 남편의 백화점이었다. 헤슬이 들어선 것만으로도 백화점의 명성이 한층 더 올라갈 것이 확실했다.

*　　　　*　　　　*

스튜디오 촬영을 마치고 야외로 이동 중인 강민주는 오랜만의 촬영에 약간 상기된 얼굴이었다.

"어땠어?"

"완전 예쁘지. 저기 스태프들이 누구냐고 막 묻고 그랬어. 그래서 내 와이프라고 그랬지."

"다른 분들도 있는데, 당신도 주책이야."

강민주는 약간 부끄러운지 주변 스태프들을 살폈다. 따로 소속사가 없었기에 한국에서부터 고용해 온 스태프들이었고, 그들은 부부를 보며 소리 없이 웃었다. 그럼에도 남편 재영은 당당한 듯 어깨를 펴고 말을 이었다.

"그게 뭐가 주책이야. 사람들이 결혼했냐고 그래서 48살에 애도 있다니까 기절하려고 그러더라, 하하."

"그런 소리는 뭐 하러 했어."

"어차피 안 믿더라. 덕분에 나 라이어 됐어. 하하, 내 말 맞지, 김 실장."

김 실장이라는 사람은 미소를 지으며 고개를 끄덕였다. 그러자 남편 재영은 씨익 웃으며 강민주의 손을 주물렀다.

"다들 놀라고 있으니까 편하게 해."

"왜? 나 좀 이상했지?"

"아니래도."

"옷이 적당해야 하는데 너무 화려해. 애 엄마들 가방이라면서 옷이 좀 화려한 거 같아. 어떤 애 엄마가 가죽 재킷에 짧은 반바지를 입어? 그나마 레깅스는 괜찮은데, 거기에 구두를 어떻게 신어. 얼마나 뛰어다녀야 하는데."

"하하, 경험자라 다르네?"

"다르기는. 애들 키워본 엄마는 다 그래. 그나마 이건 좀 나았어. 청바지에 민소매. 외국이라고 해도 애들 있으면 크게 다르지 않을 텐데."

재영은 뉴욕에 오기 전부터 강민주가 잠도 못 자며 제품

분석 및 포즈 연습까지 했던 걸 알고 있었다. 그런데 촬영 내내 민주가 영 집중하지 못하고 있어서, 오랜만의 촬영이라 그런가 보다 생각하고 긴장을 조금 풀어줄 계획이었다. 그런데 민주의 표정이 좋지 않았던 이유는 긴장한 게 아니라 자신이 생각하던 콘셉트와 다르기 때문이었다.

이유를 듣고 나니 자신이 생각해도 강민주의 말이 맞는 것 같았다. 지금까지는 강렬한 화보도 상당히 많았기에 으레 그중 하나라고 생각하고 있었다.

"기다려 봐. 내가 의견을 한번 말하고 올게."

"왜! 그냥 있어. 저 사람들은 전문가잖아."

"걱정 마. 이건 원래 매니저가 다 하시는 거야."

"당신이 무슨 매니저야."

"남편 겸 매니저지, 하하. 김 실장님, 가서 들은 대로 얘기 좀 해주세요."

"당신이 간다며?"

"김 실장님이 내 매니저나 다름없어. 나 매니저 둔 매니저야, 하하."

강민주는 그제야 피식 웃었다. 자신이 걱정돼 업무를 핑계 삼아 이곳까지 따라온 재영 덕분에 한결 마음이 편안해졌다. 그사이 김 실장이라는 사람이 헤슬 관계자와 얘기를 나눴고, 관계자와 함께 강민주에게 다가왔다.

영어를 못 하는 강민주는 남편을 통해 이야기를 전해 들었다. 대화 내용은 여러 가지 콘셉트가 있고, 그중 하나일 뿐이라는 말이었다. 그러고는 가장 중요한 마지막 의상이 주가 될테니 신경 쓰지 않아도 된다고 덧붙였다. 이미 의상을 체크했던 강민주는 헤슬 관계자가 말하는 의상이 뭔지 감이 잡히지 않았다.

"어떤 걸 말하는 건지 좀 물어봐 줘."

그러자 관계자가 고개를 갸웃거리더니 입을 열었다. 재영은 곧바로 민주에게 말했다.

"촬영 순서 적힌 콘티에 다 있다는데."

"내가 보기엔 다 좀 그래."

"그래?"

재영은 강민주가 받았던 콘티를 관계자에게 넘겨줬다. 그러자 관계자가 마지막 페이지를 펼치더니 민주에게 내밀었다.

"이거 그냥 I.J에서 찍은 내 사진이잖아. 이거 보고 연락했다고 그런 건데. 이게 왜?"

"하하, 저 사람이 이건 옷 따로, 가방 따로 찍을 필요 없어서 그냥 올린 거래. 여기서 가방만 바꿔서 촬영한다네."

그렇게 헤슬 관계자는 그대로 몇 마디 남기고서 돌아갔다. 강민주는 전문가가 있는데 의욕이 앞서 나섰다는 생각에 부끄러웠다.

"그러니까 가만있으라니까."

"하하, 뭐 어때. 당신은 그렇게 열정적인 게 참 멋있어."

"부끄럽잖아."

"뭐가 부끄러워."

"저 사람 뭐라고 그러고 갔어?"

"아? 지금?"

남편은 씨익 웃더니 콘티를 열어 강민주의 사진을 다시 보여줬다.

"이게 오늘 메인이래. 하하."

*   *   *

우진은 I.J 매장 밖에서 고객을 배웅했다.

"그럼 조심히 들어가세요."

"잘 입을게요."

이번에 예약받았던 열 명 중 마지막 고객이 옷을 받아 돌아갔다. 혼자 할 때와 비교할 수도 없을 정도로 빠른 속도였다. 테일러들은 열심히 하다 보니 점점 능숙해지며 실력이 늘고 있었고, 속도 또한 점점 빨라졌다.

시간이 단축되니 당연히 고객도 더 많이 받을 수 있었다. 오늘 밤부터 다시 예약을 받고, 또 다른 고객들을 만나러 다닐 예정이었다. 고객을 많이 만날수록 자신도 실력이 늘고 있었기에, 우진은 어떤 고객을 만나게 될까 기대됐다.

그때 깔끔하게 차려입은 세운과 장 노인, 매튜가 1층 로비로 내려왔다.

"우진아, 가자! 7시 예약이라 지금 가야 해. 가까워도 퇴근 시간이라 차 막힌다."

우진은 고개를 끄덕이고는 테일러들과 준식을 보며 입을 열었다.

"오늘 업무 마감하고 일찍 퇴근하시고요. 먼저 가볼게요. 참, 스케줄표에 날짜 안 겹치게 표시하시고요."

"네! 다녀오세요."

우진은 고개를 끄덕이며 기다리던 일행에게 다가갔다.

"내가 조사 좀 해봤거든? 저녁에 로브스터 요리 추천이래. 점심부터 굶었더니 벌써 침 고인다."

우진은 피식 웃었다.

서울에서 혼자 지내고 있는 사람끼리 뭉쳐 뷔페 식사권을 쓰기로 했다. 당연히 우진도 그 무리에 끼었다.

우진이 매장을 나서려 할 때, 로비 인터폰이 울렸다. 평상시에도 사무실에서 자주 연락이 오는지라, 우진은 신경 쓰지 않고 매장을 나서려 했다.

"선생님! 선생님, 팻 실장님이 선생님 아직 계시냐고 물어보는데요. 헤슬 데이비드 씨한테 전화가 왔다고 그러네요."

"그래요?"

그러자 세운이 피식 웃으며 입을 열었다.

"뭐야, 나한테 안 하고 왜 회사에다 했어? 뭐, 광고 봤냐고 그러는 거겠지. 일단 가자. 가면서 전화하면 되지."

어제부터 한국에서도 헤슬의 광고가 올라오기 시작했다. TV나 케이블방송 등 영상으로 된 광고가 아니라 사진으로 만들어진 광고였다. 이미 대영백화점에는 헤슬의 입점 D—Day를 알리며 커다란 광고판이 부착되었다.

언론매체에서 광고하진 않았지만, 인터넷이 다시 강민주에 대한 얘기로 시끄러워 모를 수가 없었다. 헤슬의 광고에서 입고 있는 옷은 바로 우진이 만든 그 원피스였다.

〈I.J 원피스, 일명 강민주 원피스가 헤슬의 광고까지〉

덕분에 우진은 굳이 찾아보지 않아도 광고에 대한 소식을 들을 수 있었다. 게다가 그 덕분에 생각지도 않았던 부수입이 생겨 버렸다.

예전 패션쇼 영상을 올렸을 때는 다른 영상이 없어서인지, 조회수는 높았지만 구독자 수는 크게 늘지 않았었다. 그런데 이번에 올린 영상으로 Y튜브 I.J 채널의 구독자 수가 오십만 명을 돌파해, 이제는 백만 명이 머지않았다는 말을 들었다.

평소처럼 조회수 위주로 확인하며 구독자가 얼마나 되는지는 알지 못하던 직원들은 점점 늘어나는 구독자 수에 무척이나 놀라워했다. 덕분에 Y튜브에서 최단기간 백만 구독자 돌파 기념으로 플레이 버튼 모양의 기념품까지 보내겠다고 알렸다.

우진도 광고 때문에 데이비드가 전화했다고 생각하며 차에 올라탔다. 차에 올라타자마자 세운이 전화를 걸었다.

"너, 아침 아니야? 아침부터 왜 전화야?"

—허허, 자네한테 한 게 아니고 임 선생에게 한 거라네.

세운은 피식 웃더니 우진에게 휴대폰을 넘겼다. 가벼운 인사가 오간 뒤 데이비드가 갑자기 우진에게 감사 인사를 표했다.

—허허, 임 선생님 덕분에 좋은 모델을 구했습니다.

"아니에요. 선생님 디자인이 너무 좋았던 거죠. 백 정말 좋더라고요. 광고 사진도 엄청 좋았어요. 축하드려요."

—별말씀을. 그것도 임 선생님 덕분 아니겠습니까. 저도 촬영은 못 보고 촬영본만 받아봤는데, 확실히 원피스가 백을 살리는 느낌이더군요.

우진은 머쓱하게 웃었다. 그리고 데이비드의 말이 이어졌다.

—그래도 조금이나마 갚은 거 같아 마음은 편합니다.

우진은 고개를 갸웃거렸다. 그동안 오간 얘기가 아무것도 없었는데 뭘 갚았다는 건지 알 수가 없었다. 그렇다고 대놓고 뭐 줬냐고 묻기도 애매한 상황이었다.

—아직 모르시나 보군요. 제가 너무 빨리 연락을 드렸나 봅니다.

"네?"

─허허, 아닙니다. 금방 아시게 될 겁니다.

그렇게 끊어진 전화에 우진은 고개를 갸웃거렸다. 운전 중인 매튜에게 상황을 얘기했지만, 매튜도 무슨 얘기인지 모르고 있었다.

그러자 장 노인이 우진을 물끄러미 보더니 입을 열었다.

"아직 모르냐고 그랬다고?"

"네."

"그럼 미국이나 영국에서 무슨 일을 벌였다는 소리인데, 아직 우리한테 그 여파가 오진 않았나 보고만?"

우진은 장 노인의 말에 힌트를 얻었다.

"아! 그렇겠네요. 데이비드 선생님이 웃으면서 안 알려주는 거 보면 나쁜 일은 아닐 거고요."

"오호라, 이제 정말 제법이고만?"

우진은 장 노인의 칭찬에 씨익 웃었다. 그러고는 데이비드가 말한 게 무엇일지 생각에 빠졌다.

그동안 차는 이동했고, 가는 길을 두고 매튜와 세운이 투덕거렸다.

"매튜, 올림픽로 타고 가는 게 빠르다니까 왜 여기서 빠져? 아직 한참 남았는데."

"지금 시간대엔 막힙니다. 이리로 가는 게 더 빠릅니다."

"여기도 막히잖아. 그냥 내비가 알려주는 대로 가지."

퇴근 시간이 겹쳐서인지 차가 상당히 막혔고, 매튜는 도심

을 선택했다. 내비게이션에서 알려주는 도착 시간은 세운의
말대로 가는 방법이나 매튜가 정한 길이나 차이가 없었다. 창
밖을 보던 우진은 데이비드가 말한 게 무엇인지 생각하느라
어떻게 가든 상관없었다.

차가 신호 대기 중일 때 창밖을 보던 우진이 갑자기 기대고
있던 등을 떼고 밖을 쳐다봤다. 그러자 옆에 앉아 있던 장 노
인이 물었다.

"왜 그러느냐?"

"하하, 저기 원피스 입고 다니는 사람 있어요. 꽤 잘 어울리
는데요?"

우진은 고객을 만나러 밖으로 많이 다녔지만 실제로 원피
스를 입고 다니는 사람을 보는 건 이번이 처음이었다. 게다가
SNS에서 봤던 변형시킨 원피스가 아니라, 우진이 알려준 그대
로 풀 세팅을 한 채 길을 가고 있었다. 신기하기도 하고 뿌듯
하기도 한 마음에 자랑하듯 입을 열자, 그 말을 들은 장 노인
과 세운도 창밖을 살폈다.

"오호, 머리끈까지 했고만?"

"어! 진짜네. 야, 사진으로는 봤는데 실제로는 처음 본다. 하
하, 매튜도 한번 봐봐."

세운이 매튜에게도 알려주자 매튜도 신호를 기다리며 창밖
을 살폈다.

"허, 참. 진짜 웃긴다니까. 내가 이쪽 보면서 말하면 이쪽

봐야지."

"이쪽에도 있습니다."

"아니, 저기… 어? 저기도 있네?"

매튜 말대로 반대편 인도에도 우진의 원피스를 입은 사람이 있었다. 색상은 달랐지만, 우진의 원피스 그대로였다.

그때 신호가 바뀌고 차가 출발했다. 그리고 우진의 차 옆에 버스가 멈췄다.

"와, 진짜 Mommy 시리즈 광고 엄청 공격적이네요."

옆에 선 버스에도 우진의 원피스를 입은 강민주가 보였다. 물론 헤슬의 광고였지만, 우진의 눈에는 백보다 원피스가 먼저 들어왔다.

그 뒤로도 뷔페에 도착할 때까지 원피스를 입은 사람을 종종 볼 수 있었다. 뷔페에 도착한 후에도 우진은 주변을 살피느라 제대로 식사하지 못했다. 단 한 명이기는 했지만, 뷔페에서까지 원피스를 입은 사람이 있었다.

*   *   *

식사가 끝나고, 우진은 장 노인을 중간에 내려준 뒤 혼자 예약을 받고 있을 매튜를 도울 생각으로 매장에 돌아왔다. 같이 사는 세운도 함께 퇴근하자며 따라왔다. 그런 세운이 매튜를 보며 말했다.

"어떻게 불백보다 맛있는 것투성인데 고작 한 접시 먹어?"

"노. 전 양식 별로 안 좋아합니다. 불백에 쌈장이 최고입니다."

"매튜 당신 외국인이잖아. 누가 보면 한국 사람인 줄 알겠어. 내가 다시는 같이 뷔페 가나 봐라. 뭘 웃어. 우진이 너도 포함이야. 뷔페에서 한 접시 먹는 사람이 어디 있어. 돈 아깝다."

우진은 먹은 건 별로 없었지만, 원피스 때문에 마음이 풍족해져 배가 부른 상태였다.

우진은 가벼운 발걸음으로 잠겨 있는 매장 문을 열었다. 평소라면 지금 이 시간까지 매장에 불이 켜져 있었겠지만, 오늘 마지막 고객을 받았기에 전부 일찍 퇴근했다.

사무실에 올라온 우진은 불을 켠 뒤 자리에 앉았다. 예약까지 시간이 남아 있었기에 우진은 실실 웃으며 인터넷에 접속했다. 그때, 커피를 가져온 세운이 우진의 옆에 앉았다.

"원피스 보게?"

"네. 영상 올린 지 꽤 됐는데 그동안은 안 보이다가 갑자기 보이기 시작하니까 신기해요."

"그러게. 강민주 효과인가? 어제부터 광고했다고 했지? 그럼 그건 아닌 거 같은데."

"강민주 씨 효과도 있을 거예요. 날씨가 덥지도 않고, 춥지도 않고 어중간해서 그런 거 같기도 하고요."

"그럴 수도 있겠다. 그런데 거기 검색에 I.J 원피스라고 치는 것보다 강민주 원피스라고 치는 게 훨씬 많이 나올걸?"

우진은 피식 웃으며 I.J를 지우고 강민주 원피스로 검색했다. 그러자 정말 원피스 입은 사진이 수두룩하게 나오기 시작했다. I.J SNS에서 봤던 사진들부터 처음 보는 사진까지 스크롤을 내려도 끝이 없었다.

"와, 엄청 많네."

"그러게요."

"좋아? 너무 좋아한다. 돈도 안 되는 거."

"인지도도 올라가고 좋잖아요."

세운은 피식 웃더니 다른 자리로 가버렸다. 우진은 사진을 계속해서 살폈다. 엄마가 만들어줬는지 원피스를 입고 있는 어린아이들도 상당히 많았다. 자신이 제안한 스타일을 엄청난 수의 사람들이 좋아해 주니 무척이나 뿌듯했다. 우진은 시간이 가는 줄도 모르고 사람들의 스타일을 살펴봤다.

한참 뒤, 매튜의 목소리가 들렸다.

"10분 후에 예약 시작 페이지 열립니다."

팻사라곤이 만들어놓은 예약 시스템은 사전 공지한 시각에 자동으로 페이지가 열리고 선착순 열 명이 차면 닫히게 된다. 아무도 없어도 되는 시스템이었지만 혹시 모를 일을 대비해 우진과 매튜는 매번 남아서 끝까지 확인했다. 우진은 매튜의 옆으로 이동해 화면을 봤고, 잠시 뒤 12시가 되었다.

"끝났습니다."

언제나 그랬듯이 열리는 순간 마감이었다.

곧바로 SNS에 새 글이 올라오기 시작했다. 당연히 예약 못 해서 난리를 부리는 사람들이 대다수였고, 예약을 성공하고 기쁜 마음에 올린 사람도 간혹 있었다. 부럽다는 소리보다 질투하는 사람이 많았기에 예약 성공을 올리는 사람은 많지 않았다. 늘 있는 일이었다.

"매튜 씨, 공지 내리고 퇴근해요."

"알겠습니다. 먼저 준비하시죠."

우진은 인터넷 서핑 중이던 세운에게 퇴근하자고 말하고는 바로 퇴근할 수 있도록 사무실 정리까지 마쳤다. 그리고 매튜를 봤다. 평상시라면 공지만 내리고 바로 퇴근이었는데, 어쩐 일인지 오늘은 여전히 모니터를 보며 마우스를 움직이고 있었다.

"왜 그러세요?"

"아, 조금 이상해서 그럽니다. 외국인들이 이 정도까지 많지는 않았는데, 지금 보시면 한국어보다 다른 나라 말들이 더 많습니다."

마치 한국 사람인 것처럼 말하는 매튜의 모습에 우진은 피식 웃었다. 그러면서 매튜가 보고 있는 모니터를 보자 외국어들이 정말 평소보다 몇 배는 많이 보였다. 영어는 물론이고 처음 보는 언어까지 다양했다.

그중 읽을 수 있는 영어만 읽어가던 우진은 매튜를 물끄러미 봤다. 그러자 매튜도 우진을 보며 고개를 끄덕였다.

"I.J 스타일? 지금 2편 기다린다는 거죠?"

"그런 거 같습니다."

가만 생각하던 우진은 다시 매튜를 봤다.

"헤슬 광고, 우리나라가 가장 늦죠?"

"유럽, 아메리카보단 느리지만, 아시아에서는 두 번째로 알고 있습니다."

"와, 광고 보고 그러는 거 같은데요."

그때, 퇴근 준비하던 세운도 옆으로 다가왔다.

"안 가? 뭐 하고 있어?"

"아! 세운 삼촌, 이거 독일어 같은데 뭐라고 적혀 있는 거예요?"

"나도 읽는 건 좀 약한데. 뭔데 그래?"

한참 보던 세운은 고개를 갸웃거리더니 마우스를 내렸다. 그러고는 입꼬리를 씰룩거리며 입을 열었다.

"뭐 이상한 말 섞어서 써서 잘은 모르겠네. 대충 보면 I.J 스타일이 마음에 들어서 예약하고 싶다고, 오스트리아에도 매장 내달라고 그러는 거 같은데? 오스트리아 사람인가 보네."

하나같이 I.J 스타일에 대해서 언급하고 있었다. 우진은 매튜의 앞에 놓인 키보드를 잡아당긴 뒤 포털사이트에 들어갔다. 그러고는 검색창에 I.J style을 검색했다.

"와… 우진아… 이, 이게 뭐야."

세운은 모니터를 가리키며 말까지 더듬었다. 누구보다 냉철하고 객관적으로 보는 매튜 역시 이번엔 크게 놀란 모양이었다. 우진은 눈을 깜빡거리며 이미지들 중 하나를 클릭했다.

"아니, 어떻게 저걸 입고 있지? 대박이네. 우진아, 넌 아무렇지 않아?"

우진은 멍한 얼굴로 세운을 한 번 보고는 다시 모니터를 봤다.

"얼었네… 그럴 만도 하지. 나도 봐야겠다."

끝도 보이지 않는 이미지 검색창에서 여러 피부색을 가진 사람들이 I.J 원피스를 입고 있었다. 해외 기사에 첨부된 사진도 많았지만, 그래도 개인이 올린 사진이 대부분을 차지했다. 그리고 사진과 함께 적힌 원피스의 이름이 한국과 달랐다.

한국에서는 강민주 원피스라고 불리고 있었는데, 해외에서는 아니었다. 분명 헤슬 광고에서 강민주의 미모가 큰 역할을 해서 원피스가 조명된 것 같긴 했다. 하지만 해외에선 강민주의 인지도가 아제슬로 유명해진 I.J에 밀릴 수밖에 없었다. 그러다 보니 대다수의 사람들이 I.J 원피스, 또는 I.J 스타일이라고 부르며 사진을 올려댔다.

올린 사람 중에는 이름만 대면 아는 사람들도 있었다. 해외의 유명한 배우와 가수는 물론이고 심지어는 스포츠 스타까지 있었다. 우진은 그런 사람들까지 포함해 일일이 사진을 살폈다.

자리로 돌아가 따로 사진을 보던 세운은 계속해서 소리를 질렀다.

"우진아! 여기! 샤라포바다. 어? 이건 뭐야. 남자가 왜 이걸 입어!"

*   *   *

다음 날.

우진은 물론이고 세운과 매튜까지 결국 사무실에서 밤을 지새웠다.

"여기서 잤습니까?"

"오셨어요?"

언제나처럼 가장 빠른 출근을 한 팟사라곤은 세 사람을 보며 고개를 갸웃거렸다. 그때 매튜가 팟사라곤은 신경도 쓰지 않고 입을 열었다.

"기사 또 올라왔습니다."

"또요?"

밤새 원피스 이미지를 확인했는데, 갑자기 기사가 하나둘씩 더 늘기 시작했다. 늘어나기 시작한 계기는 유명한 일간지인 뉴욕 타임스의 한 기사였다.

〈린넨의 습격〉

새벽에 처음 봤을 땐 헤슬에서 광고를 걸어놓은 건 줄 알았다. 하지만 밑에 기사를 보니 헤슬의 광고용 사진을 그대로 가져다 쓴 거라는 걸 알 수 있었다. 기사 내용은 더욱 우진을 놀라게 했다.

값싼 원단 중 하나인 린넨이 2019년 최고의 원단이 됐다는 얘기와 함께 원피스가 소개되었다. 몇 번의 가위질로 여심을 사로잡은 원피스. 그 원피스의 창시자가 I.J의 디자이너 임우진이라고 소개하고 있었다. 바로 자신의 이름이었다.

그 뒤로 아직까지 기사를 다 보지 못했을 만큼 기사가 늘어나기 시작했다. 덕분에 밤새 사무실에 남아 있게 되었다.

잠시 뒤 직원들이 속속들이 도착했고, 전부 세 사람의 모습을 보며 무슨 일인지 궁금해했다. 때마침 출근한 장 노인이 우진을 보더니 입을 열었다.

"뭐 하는 게냐?"

"어, 오셨어요?"

"그래. 어제 안 들어가고 사무실에 있었던 게냐? 가서 안경 벗고 세수나 좀 하거라."

마른 손으로 볼을 쓰다듬던 우진은 멋쩍게 웃었다. 지금은 세수보다 다른 게 먼저였다.

"다들 모여보세요."

세 사람을 관찰하던 직원들이 모두 모이자 우진은 심호흡을 하고선 입을 열려 했다. 그때 사무실 전화기가 울렸다. 홍단아가 곧바로 전화를 받았고, 우진은 상관하지 않고 입을 열었다.

"아마 저게 시작일 거 같아요. 오늘 연락 엄청 올 거예요."

"무슨 소리인 게야?"

"어제 뷔페 가셔서 무슨 일 있으셨어요?"

"아니요. 그런 건 아니고요. 할아버지 어제 길에서 원피스 보셨죠?"

"봤지."

"데이비드 씨가 말한 게 그거 때문인 거 같아요. 지금 해외 언론에 I.J 원피스 소개되고 있거든요."

그때, 전화를 받던 홍단아가 우진을 보며 입을 열었다.

"선생님, KBC 방송국인데 취재하고 싶다고 그러는데요. 어떡해요?"

"안 한다고 정중하게 거절해 주세요."

다들 무슨 일인지 궁금한 얼굴이었다. 하지만 우진에게 이유를 들을 새도 없이 갑자기 사무실 전화기가 울리기 시작했다. 한 사람, 한 사람씩 전화를 받기 시작해 남아 있는 사람은 몇 없었다.

"OriginTV에서 예능 출연 제의했는데 이것도 거절할까요? 패션에 관한 예능이라는데 심사 위원으로 모시고 싶대요. 벌써 메일로 시놉은 보냈다고 하는데요."

우진은 예전부터 느꼈지만 카메라 체질이 아니었다. 카메라 앞에 서면 행동이 어색해지는 걸 스스로도 알고 있었다. 얼마 전 강민주와 간단하게 찍은 영상만 봐도 너무 어색했다.

"인터뷰하고 TV 출연 같은 건 전부 거절해 주시고요. 예약 받은 스케줄부터 조절해 주세요. 내일부터 바로 받을 수 있게 해주세요."

다들 우진이 지시한 대로 일을 시작했고, 장 노인은 미소 가득한 얼굴로 우진의 등을 주무른 뒤 자리로 갔다. 우진의 옆에 있던 매튜는 갑자기 조용하게 박수를 쳤다.

"역시 제 생각과 일치합니다."

"뭐가요?"

"사람들이 오래 관심 가지게 하려고 TV 출연 안 하시는 거 잖습니까. 조금 시들해질 때쯤 출연하셔서 다시 유지시키시 고. 역시 대단하십니다."

우진도 매튜의 이런 오해가 이제는 익숙했기에 그냥 웃고 말았다.

*　　　　*　　　　*

"여름의 왕자! 빨리 가자! 평창동 들렀다가 대전까지 가려면 지금 출발해야 해."

세운의 말에 우진은 피식 웃었다. 하루가 지나자 이제는

TV에서까지 원피스에 대한 얘기가 나왔다. 인터넷 기사와 다르게 TV에선 취재한 영상으로 원피스를 소개했다. 신드롬이라고 불릴 만큼 여성들 사이에서 엄청난 인기를 끌고 있다는 소개와 함께, 여러 지역에서 관찰한 영상이었다.

1시간 동안 확인한 I.J 원피스를 입은 사람이 많게는 9명에서, 적은 지역은 4명이었다. 적은 수 같지만, 결코 적지 않았다. 사람들이 몰린 지하철에도 같은 옷을 입은 사람들이 꽤 많이 보였다.

같은 옷을 입고 있어서 서로 부끄러워할 만도 했는데, 다들 인터뷰에서 너무 편해 다른 사람 눈치 때문에 안 입기에는 아깝다고 말했다. 이어진 영상에서는 작년 I.J가 처음 유명해졌을 때를 조명했다.

작년에 비하면 조금 일렀지만, 이제 곧 여름이었다. 그러다 보니 방송국에선 우진을 여름 패션의 지배자라고도 소개했고, 아침 프로그램의 MC는 우진을 여름의 왕자라고 소개했다.

우진이 생각하기엔 결코 한여름에 어울리는 옷은 아니었다. 지금이 딱 적당했다. 그래도 한여름에 적당한 옷이 아니라고 굳이 나서서 말하는 것도 이상했기에 그냥 내버려 뒀을 뿐이다.

아침뉴스를 직접 본 미자는 바다의 왕자라고 소개되는 우진의 모습을 캡처해 사무실 모니터의 배경 화면으로 설정했

다. 그러자 세운이 바다의 왕자라고 놀려댔다. 처음 생긴 별명
이 우진도 그다지 싫지 않았다.

"가요, 늦겠어요."

제7장
여장

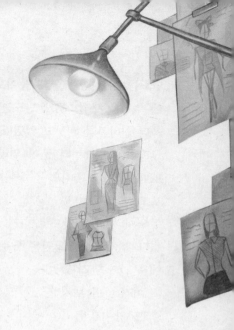

　며칠 동안 고객을 만나고 작업을 하는 와중에도 인터뷰 요청은 더 늘어났다. 매튜가 보도 자료를 작성해 보냈음에도 요청은 계속됐다. 그럼에도 계속 거절하자, 이제는 막무가내로 매장 앞에 진을 치고 있었다.

　신설동에 있었을 때하고 같은 상황이었지만, 주변 반응은 전혀 달랐다. 주변 명품 매장들은 I.J 덕분에 명품 거리가 다시 활성화되자 꽤나 좋아하고 있었다.

　2층 작업실에서 잠시 휴식 중이던 우진은 밖에 있는 기자들을 보자 심란했다. 매튜가 보낸 보도 자료에 궁금해할 만한 내용이 전부 있다 보니, 하나같이 쓸모없는 것들을 물었다. 옷

만드는 데 이상형을 왜 물어보는지 이해할 수가 없었다. 거기에 우진을 부담스럽게 만드는 질문도 있었다. 그러다 보니 더욱더 인터뷰를 피하고 있었다.

그때 엘리베이터 문이 열리더니 장 노인이 나왔다. 하루에도 몇 번이나 기자들을 쫓아내고 있었기에 우진은 그 모습을 보고 피식 웃었다.

역시나 매장 밖으로 나가 기자들에게 고함치는 소리가 들렸다. 잠시 뒤 장 노인은 사무실이 아닌 2층으로 올라왔고, 손에 무언가 들려 있었다.

"이거 한번 보거라."

"또 왔어요?"

"그래, 후… 공장마다 연락해서 보내지 말라고 할 수도 없고!"

"다른 사람한테 받으라고 하시지."

"다 바쁘다. 매튜는 지금 신고할 거리 찾느라 정신없고, 마실장이랑 홍 대리도 네가 디자인한 신발 만드느라 정신없다."

IJ 스타일이라며 변형시킨 옷을 만들어 판매하는 사람들이 생기기 시작했다. 당연히 매튜가 나섰고, 같은 디자인이라면 처벌이 되지만 입는 방법이 같다고 처벌할 수 없다는 답을 받았다. 그러다 보니 매튜는 같은 디자인 판매라도 잡기 위해 모니터링 업체를 고용했다. 돈은 들겠지만, 애초에 싹을 잘라 버려서 IJ 디자인을 따라 할 엄두도 내지 못하게 하는 작업이라며 열을 올렸다.

모방이 얼마나 타격이 큰지 직접 겪어본 우진은 고개를 끄덕이며 장 노인이 건넨 소포를 풀었다. 그러자 며칠 동안 받았던 것들과 비슷한 것이 보였다.

"후, 진짜 이러다 앉아서 전국에 있는 모든 원단을 받아보겠어요."

원피스가 낸 효과가 엄청났다. 지금쯤이라면 사실 린넨 생산량이 많지 않아야 했다. 보통 한 계절, 많게는 두 계절 전에 준비해 두고 생산량을 줄이는데 린넨은 원피스 때문에 여전히 생산되고 있었다.

심지어 중국에서 값싸게 들어오는 린넨에 살아남으려 자체적인 연구까지 시작한 업체들은 그런 원단들을 I.J에 속속 보내고 있었다. I.J에게 선택되어 강민주 원피스 같은 옷이 만들어진다면, 그때는 로또 맞은 것이나 다름없었기 때문이다.

"이 원단들도 특별한 건 없네요."

"그렇겠지. 린넨이 뭐 특별해 봤자 린넨이지. 그래도 캐비닛에는 넣어두거라. 혹시 필요할 수도 있으니."

장 노인은 할 말을 마치고 위로 올라갔고, 우진은 스와치를 넣어두려 캐비닛을 열었다. 캐비닛에는 우진이 원래 가지고 있던 스와치보다 며칠 동안 받은 스와치가 더 많았다. 하나 사용할 법도 하지만, 우진은 그러지 않았다.

대중들도 원피스처럼 혁명적인 I.J 패션 제안 2탄이 언제 올라오냐며 묻곤 했고, 당연히 기자들 역시 대중들이 원하는 답을 주기 위해 그 질문을 수시로 던졌다. 뭐가 있어야 알려줄 텐데, 지금으로서는 아무것도 없었다. 그렇다고 대충 아무렇게나 알려주고 패션 제안이라고 올려놓으면 안 하느니만 못했다.

날이 갈수록 원피스에 대한 관심을 커지다 보니 고민도 생겼다. 만나는 고객마다 자신들도 강민주처럼 될 수 있냐고 물었다. 물론 일반인인 자신들이 그렇게 될 리가 없다는 걸 알고 하는 우스갯소리였다.

고객들은 부담스럽긴 해도 그나마 나은 편이었다. 우진이 가장 신경 쓰는 곳은 아주 극히 일부의 사람들이었다. 칭찬하고 응원하는 사람이 100이라면 아닌 사람은 불과 한두 명에 불과한데도, 지금 느끼는 압박감 때문에 머릿속에서 떠나질 않았다.

—안 입어봐서 모르니까 편한 건 제쳐두고, 디자인이 너무 평범함. 디자이너 제품이면 남들보다 특별하고 싶어서 입는 거 아님? 솔직히 아제슬 옷만 봐도 비싼 실을 사용한 것뿐인 게 팩트 아님? 거품이 낀 거 같은 느낌.

누가 보느냐에 따라 정답일 수도 있고 아닐 수도 있는 말이었다. 그게 I.J의 특징이었다.

디자이너나 테일러 같은, 패션계에 종사하는 사람들은 전부 입이 마르게 칭찬했다. 옷을 만들 때 사용하는 여러 가지 바느질 방법과, 그 바느질 자국까지 디자인으로 녹여내는 디테일, 선 한 줄에도 I.J 로고를 사용하는 것을 칭찬했다.

다만 일반인이 그런 자세한 걸 알 리가 없었다. 입어본 사람들이야 다들 자신들에게 가장 어울리는 옷이라며 만족했지만, 아닌 사람들은 남들이 좋다고 하니 좋은가 보다 하는 사람도 있었다. 악플을 남기는 사람처럼 평범한 디자인이라고까 내리는 사람도 있었다.

웃어넘길 수도 있었지만, 우진도 내심 일반인이 보기에는 그렇게 보일 수도 있을 거라는 생각이 들어 그냥 넘기기 힘들었다. 그렇다고 고객에게 뻔히 어울리는 옷이 보이는데 화려한 옷을 추천할 순 없어 혼자 스케치만 하는 중이었다.

고객 중에 그런 옷이 어울릴 사람을 기대하면서.

*   *   *

며칠 뒤 고객을 만나러 천안으로 이동하게 된 우진은 차 안에서 강민주의 기사를 봤다. 내심 강민주의 복귀에 자신도 한몫 거들었다고 생각하자 강민주 기사는 그냥 넘기지 못했다.

그때, 기사의 주인공에게서 전화가 왔다.

―선생님, 잘 지내셨어요?

"안녕하세요. 안 그래도 고객님 기사 보고 있었어요."

—계속 고객님이라고 그러시네요.

마땅히 고객 말고는 부를 호칭이 없었다. 어머니하고 몇 살 차이도 안 나는데 누나라고 부르기도 애매했고, 그렇다고 이모라고 부르기에는 여배우에게 어울리지 않는 호칭 같았다.

—농담이에요. 다름이 아니라 뭐 좀 여쭤보려고 연락드렸는데 괜찮을까요?

"아, 네. 지금 이동 중이라 말씀하셔도 돼요."

—그게 제가 사실 이번에 드라마를 하게 됐어요.

우진이 지금 보려던 기사가 바로 그 내용이었다.

"축하드려요. 안 그래도 지금 막 기사 보고 있었거든요. 그런데 무슨 문제 있으세요?"

—선생님한테 옷을 맞추고 싶은데 그건 무리한 부탁인 거 같고요. 실례가 안 된다면 추천을 받을 수 있을까 해서요. 이번에 스타일리스트하고 계약하긴 했는데… 아무래도 오랜만의 복귀다 보니까 신경이 쓰여요.

"어떤 역할이신데요?"

—항공사 대표예요. 냉정하고 차갑게 보이지만, 속내는 따뜻한 그런 역할이에요.

우진은 잠시 고민하다 피식 웃었다. 원피스 다음으로 보였던 옷이 바로 이것 때문이었다.

"회색에 하얀색 줄무늬가 있는 정장이 어울리실 거예요. 안에는 블라우스 대신 하얀색 면 티. 대신 목이 너무 타이트한 거 말고요. 그럼 나이 들어 보이거든요. 그리고 신발도 하얀색 계통으로 신으면 잘 어울리실 거예요. 참! 머리는 쪽 찐 머리처럼 묶으시고요. 안경도 어울리실 거 같아요."

─알았어요. 혹시 사진 찍어서 보내도 돼요?

우진은 그러라고 하고선 통화를 마쳤다. 강민주가 어떻게 옷을 입을지 상상할 때, 운전하던 세운이 입을 열었다.

"강민주야?"

"네. 드라마 출연하신다고 연락하셨어요."

"그건 벌써 알지. 진짜 대박 아니냐? 대영백화점 모델은 남편이 대표니까 그렇다고 해도, 좀 있으면 쉰인데 30살짜리하고 멜로래. 이럴 줄 알았으면 배우 할걸."

"저번에는 식당 하신다고 그러셨잖아요."

"그냥 아쉬워서 하는 말이지."

세운의 농담에 우진은 피식 웃었다. 그러고는 이번에 만날 고객은 어떤 옷이 보일지 기대하며 창밖을 봤다.

차는 곧 천안에 들어섰고, 세운은 연신 흥얼거렸다.

"천안 삼거리 흐으응, 능수야 버들은 흐으응."

"하하, 외국에서 자라셨으면서 그런 노래는 어떻게 아세요?"

"이거? 처음에 한국말 배울 때 배운 노래지. 하하."

"기분 좋으세요?"

"좋지, 대학가 근처잖아. 나까지 젊어지는 거 같고."

"그럼 다른 노래 부르셔야죠. 할아버지 같은데."

그 뒤로도 흥이 난 세운의 노래를 들으며 이동했고, 내비가 알려준 곳에 도착했다.

"이번 고객, 스무 살이라고 그랬지?"

"네. 스무 살 남자예요."

"그런데 조금 걱정된다?"

우진도 세운이 어떤 의도로 말을 하는지 이해했다. 보통 어린 나이의 고객들은 대부분 부자 동네에 있었는데, 지금 보이는 곳은 그렇지 않았다. 대학가 근처여서 그런지 자취하는 학생들을 위한 빌라처럼 보였다.

그래도 예약 확인할 때 전화로 안내했었기에 별문제 없을 거라고 생각한 우진은 고객에게 전화를 걸었다.

"안녕하세요. I.J 디자이너 임우진이라고 합니다."

—잠시만요!

곧바로 전화가 끊기더니 빌라 계단을 뛰어 내려오는 소리가 들렸다.

"안녕하세요."

"아, 네. 최형우 씨?"

"네! 저예요! 지저분하지만 일단 들어오세요!"

우진은 머쓱하게 웃으며 따라 올라갔다. 최형우를 따라 들어간 집은 상당히 좁았다. 뉴욕 할렘가에서 머물렀던 방보다 더 좁아 보였다. 그런 곳에 냉장고는 물론이고 컴퓨터까지, 있을 건 전부 있었다.

"자취하시는 거예요?"

"아, 네! 하하."

함께 온 판권까지 남자 넷이 앉자 방이 꽉 찼다. 방을 한번 훑어본 우진은 세운이 말했던 것이 내심 신경 쓰였다. 딸린 식구들이 늘어나다 보니 신경이 안 쓰일 수가 없었다.

"저희 직원에게 안내는 받으셨죠?"

"네, 네! 가격은 200만 원이고 추가되는 금액이 있을 수 있다고요."

아무렇지도 않게 말하던 남자는 약간 어색한 표정으로 입을 열었다.

"그런데 알아보니까 많게는 배로 늘어날 때도 있다고 그러던데… 500만 원만 안 넘게 부탁드려요!"

그런 경우는 드물었기에 우진은 고개를 끄덕였다. 일단 무엇 때문에 옷이 필요한지 궁금해진 우진은 어떤 옷이 보이는지 확인하려 단안경 렌즈를 올리려 했다.

그때 학생이 또 입을 열었다.

"그런데 이게 정말 실례일 수도 있는데, 남자 옷 말고 여자 옷으로 부탁드려도 될까요?"

"네?"

우진은 또 다른 사람의 옷을 대신 예약했다고 생각하며 손을 내렸다.

"다른 분이 입으시는 거예요? 저희 직원분들하고 통화하실 때 그런 얘기는 없으셨던 걸로 아는데."

"아니요! 그건 아니고요! 제가 입을 거예요!"

"음……?"

옆에 있던 세운과 판권이 인상을 찡그리며 흠칫 놀랐다.

"아니! 지금 먼 곳까지 왔는데 장난하는 것도 아니고. 이러시면 곤란하죠."

세운이 화를 참는 게 보였다. 우진은 그런 세운을 대신해 입을 열었다.

"그러니까 최형우 씨 본인이 여자 옷을 입으신다는 거예요?"

"네. 하하, 좀 이상하죠. 아! 제 취향이 그쪽인 건 아니에요. 그게 실은, 축제 때문에 그래요."

"대학교 축제요?"

"네!"

우진은 그동안 만난 사람 중 사연 있는 사람이 많았기에 얘기를 마저 들어보려 했다. 하지만 대학교 축제에서 여장을 하려고 I.J를 이용한다는 말이 불쾌했던 세운이 인상을 찡그리며 다시 대화에 끼어들었다.

"지금 장난하는 겁니까?"

"오잉? 아닌데요? 아, 이게 오해할 수도 있는데요. 남자의 자존심이 달린 문제거든요. 아, 남자는 아니고 학과의 자존심 때문입니다!"

세운이 화를 냈지만, 최형우는 아무렇지도 않게 받아넘겼다. 우진은 인터넷에서 요즘 흔히 보이는 '인싸'라고 불리는 사람이 아마 저렇지 않을까 싶었다.

"삼촌, 일단 애기 들어봐요."

"제가 빨리 애기를 할게요. 제가 영인대 토목과 18학번이거든요. 이번 축제 때 공대에서 학과별로 미스 공대, 미스터 공대를 뽑아요! 그런데 토목과에는 안타깝게도 미스 공대에 나갈 사람이 없어요!"

"토목과라서 그런가요? 그래도 그렇지, 아무리 그래도 여학생이 없어요?"

"여자는 세 명 있는데 다른 과에서 하도 비웃으니까 애들이 안 나가요. 저 같아도 안 나갈 거 같은데 억지로 나가게 할 순 없잖아요."

"그래서 직접 나가겠다는 거예요?"

"하하! 네! 제가 미스 공대 쟁취하려고 합니다! 물어봤는데 남자가 나와도 상관없다고 하더라고요! 제가 나가서 우승하면 남자한테 미스 공대 뺏긴 거니까 다시는 우리 토목과 여자애들 무시 못 할 거예요. 자신 있습니다!"

"하하하."

우진은 오랜만에 소리 내서 웃었다. 이런 사람은 우진도 처음 만나보는 케이스였다.

"그냥 시중에서 사서 나갈 수도 있는데, 비싼 돈 들여서 옷을 맞춰서까지 나가시려는 거예요?"

"제 돈은 아니고요. 토목과 전체가 조금씩 모아서… 하하. 토목과의 염원이라고 할까요? 졸업한 선배들도 반드시 이기고 오라면서 보태주셨습니다, 하하."

"하하하."

굉장히 밝은 최형우의 모습이 재밌기도 했고, 일반 대학이 아닌 파슨스를 다닌 우진으로서는 부러운 마음도 있었다.

*   *   *

대학 축제 내의 작은 이벤트에 사활을 내건 것처럼 말하는 최형우의 모습에 우진은 피식 웃었다. 170㎝ 정도 키에 흔히 멸치라는 별명을 가졌을 것 같은 몸매. 최형우가 왜 뽑혔는지 딱 봐도 알 것 같았다.

그렇지만 아무래도 장난 같은 상황이다 보니 우진도 약간 꺼려졌다. 게다가 남자이다 보니 여자 옷은 왼쪽 눈으로 보이는 게 아니라 직접 디자인을 해서 만들어야 할 텐데, 다른 옷들보다 시간이 많이 걸릴 터였다.

함께 온 세운과 판권 역시 상당히 어이없어하는 게 보였다. 판권이 우진을 살피더니 조심스럽게 입을 열었다.

"학생, 아니, 고객님. 이런 건 사전에 말씀을 해주셔야죠."

"예약 확인 전화 왔을 때 그런 건 안 물어보던데… 그냥 본인 옷 맞추는 거냐고 물어보고 시간 약속만 잡았어요."

우진이 고객에게 어울리는 옷을 추천하고 만들어주기에 무슨 옷을 맞출 건지는 물어보지 않았다. 판권만 하더라도 처음엔 I.J 시스템에 적응하지 못해서 어느 정도는 이해했다.

"그래도 이건 좀 아닌 거 같네요."

"옷을 맞춰본 적이 없어서 제가 실수한 모양이네요. 그냥 I.J가 최고라고 생각해서! 최고의 옷을 입으려는 욕심에 실수했나 봐요!"

우진은 자신도 모르게 피식 웃었다. 최형우는 인정할 건 인정하고 사과할 건 사과했다. 그럼에도 위축된 모습이 아니었다.

그리고 최형우의 잘못만도 아니었다. I.J 측에도 분명히 문제가 있었다. 예약도 힘든데 기껏 예약해서 이런 주문을 할 거라고는 생각조차 안 해봤기에 벌어진 일이었다.

우진은 힘들게 먼 곳을 왔지만, 그래도 최형우에게 얘기를 하고 돌아가는 편이 낫겠다고 생각했다.

그때 우진의 휴대폰에 메시지가 도착했다.

[선생님이 알려주신 대로 입어봤는데 정말 괜찮은 거 같아요!]

강민주의 메시지였다. 우진이 알려준 것과 최대한 비슷하게 입고 사진을 찍어 보냈다. 아주 약간 다르긴 했지만, 여성 CEO 느낌이 물씬 풍겼다.

　우진은 가볍게 웃고는 돌아가는 길에 답장하기 위해 휴대폰을 주머니에 넣었다. 그러다 갑자기 최형우를 빤히 쳐다봤다. 강민주에게도 드라마에서 필요한 옷이 보였듯이, 최형우도 혹시 여자 옷이 보이지 않을까 하는 생각이 들었다. 우진은 단안경 렌즈를 천천히 올렸다.

　"미치겠다, 하하하."

　"너 왜 그래? 오늘 엄청 웃네."

　"휴, 아니에요. 하하, 신기하네."

　우진은 최형우를 보며 웃더니 입을 열었다.

　"옷 제작해 드릴게요. 축제가 언제예요?"

　"축제는 보름 남았어요! 그런데 정말 만들어주시는 건가요?"

　"네, 만들어 드릴게요. 판권 씨, 계약서 준비해 주세요."

　어리둥절해진 판권은 자신이 잘못 들은 건지 확인하려 우진을 봤고, 우진은 그런 판권을 보며 씨익 웃었다.

　"일단 스케치부터 보고 판단할까요?"

　　　　　*　　　　　*　　　　　*

늦은 밤 숍으로 돌아온 우진은 작업실에 자리했다. 그런 우진의 주변에 I.J 식구들이 스케치북에 머리를 들이밀며 웅성거렸다.

"남자라고 하지 않았어요……?"

"이게 남자라고? 그냥 여잔데? 그냥 드레스 입은 여자잖아."

"드레스 너무 예뻐요!"

그러자 세운이 혀를 차며 입을 열었다.

"남자라니까? 내가 직접 봤어. 우진이가 남자 보면서 그린 거야."

"남자가 이렇게 예뻐요?"

"안 예쁘지. 저건 그냥 사기야. 뭘 보고 저렇게 그렸는지 몰라."

우진은 I.J 식구들의 대화에 조용하게 웃었다. 왼쪽 눈으로 최형우를 보면서도 믿기지 않았다. 여성스러운 건 둘째 치고 드레스가 굉장히 마음에 들었다.

연한 핑크색의 드레스였고, 그 중심은 배에 있었다. 보통 남자가 턱시도를 입을 땐 배에 천을 두르는 커머번드가 있었다. 다만 우진이 본 드레스의 커머번드는 천이 아니라 I.J 로고로 만든 금속이 사용되었다.

드레스에 커머번드를 사용한 것도 신기한데 심지어 그 소재가 금속이었다. 게다가 I.J의 로고에 들어가는 인피니티 기호마다 투명한 유리알이 박혀 있었다. 커머번드에 비즈 장식을 더해 시선을 집중시켰다. 또한 양쪽 옆구리 부분까지만 곡선을 띤 금속으로 되어 있었고, 뒷부분은 천으로 묶는 형식으로 가슴 밑부터 배까지 감싸 허리 라인을 잡아줬다.

그리고 양쪽 어깨가 드러나는 오프 숄더에, 팔 부분이 풍성한 디자인이었다. 커머번드와 오프 숄더의 풍성한 모습이 허리는 가늘게, 가슴은 있어 보이게 만들었다. 길게 내려온 치마는 여러 천을 덧대어 웨딩드레스처럼 풍성하면서도 좀 더 자연스러운 느낌을 줬다. 그 때문에 더욱 허리가 가늘어 보였다.

헤어스타일도 큰 역할을 했다. 약간 갈색 머리에 발롱 펌을 해 웨이브가 진 단발이었다. 그 모든 것을 조합하자 그냥 여성처럼 보였다. 아무리 마른 남자라고 해도 기본 골격에서 차이가 나는데 그 모든 걸 커버할 수 있었다.

I.J 식구들이 예쁘다고 할 만큼 화려하고 아름다운 드레스였다. 남자에게 입히기 미안할 정도로.

그럼에도 우진이 하겠다고 한 이유가 있었다. 일단은 숍 내에서 제작이 전부 해결 가능했다. 가장 문제가 될 것 같은 커머번드 역시 성훈이 맡을 수 있었고, 구두와 헤어까지 매장에서 함께하다 보니 생각보다 빨리 끝낼 수 있을 것 같았다.

그리고 그보다 더 큰 이유가 있었다. 최근 가장 신경을 쓰게 만든 사람들. 평범한 디자인밖에 못 한다고 말하는 사람들에게 보라고 할 심산이었다. 여자가 입어도 아름답겠지만, 남자조차 아름답게 만들어준다면 그런 말은 더 이상 나오지 않을 것이었다.

"유 실장님, 고객분 머리가 짧은데 이거 가능해요?"

"네, 가발보다는 피스로 하는 게 좋을 거 같아요. C컬, S컬로 믹스해서 준비하면 어렵진 않아요."

"그럼, 보름 뒤니까 천천히 준비해 주세요. 그리고 세운 삼촌도 디자인 바로 드릴게요."

"어? 어… 아, 실제로 그 사람 봐서 그런지… 구두 만들면서 생각날 거 같아. 으으, 징그러워."

"하하, 예쁜 여성이 신는다고 생각하시면 되잖아요."

"어떻게 그래. 다리에 털 잔뜩 난 거까지 봤는데! 발가락에도 털 엄청 길더라!"

우진은 피식 웃고는 그 뒤로 성훈에게도 연락했고, 남아 있는 직원들에게도 일일이 지시했다.

*　　　　*　　　　*

며칠 뒤.

매장에 찾아오는 기자들 수가 줄어들긴 했지만 그래도 아직 신경 쓰일 만큼 남아 있었다. 아직 원피스가 핫하다 보니 당연했다.

우진은 저 기자들이 영인대 축제까지 남아 있으면 좋겠다고 생각했다. 자신이 직접 공개하거나 Moon 매거진을 통해 공개하는 것보다, 기자들에게 흘러들어 가 공개되는 게 훨씬 자연스럽게 보일 거란 생각이었다.

그때, 자신의 생각과 다르게 매장 안까지 들어온 기자들을 내쫓은 매튜가 보였다. 매튜도 우진을 보고는 2층 작업실로 올라왔다.

"작업 다 하셨습니까?"

"아니요. 아직 남았어요. 성훈 삼촌이 보냈다고 했는데 조금 늦네요."

유리알까지 박아야 하다 보니 손이 많이 가 늦어질 수밖에 없었다. 매튜는 우진의 옆에 서서 입을 열었다.

"한국 와서 처음 본 거 같습니다."

"뭐가요?"

"옷 만들면서 웃으시는 거 말입니다."

"아, 그 고객이 조금 재밌어서요. 사람을 기분 좋게 하더라고요."

매튜는 우진을 보며 가볍게 웃었다.

"그렇군요."

"왜 그러세요?"

"아닙니다. 사실 평범하다는 말이 신경 쓰여서 제작하시는 건 줄 알았습니다."

우진은 깜짝 놀랐다. 눈치 없기로 소문난 매튜가 자신의 심정을 정확히 읽었다.

"어떻게 아셨어요?"

"유 실장님이 그런 댓글 모아서 고소할 수 있냐고 물어보셔서 알게 됐습니다. 그 이후로 표정이 좋지 않으시더군요."

우진은 한결같은 미자를 떠올리며 피식 웃었다.

"그런 건 사실 어떤 디자이너라도 당하는 일입니다. 너무 신경 쓰실 필요 없습니다. 지금만으로도 충분히 잘 나아가고 계십니다."

우진은 매튜의 위로가 약간 어색하기도 하고 괜히 걱정하게 만든 거 같기도 해서 실없는 소리를 던졌다.

"그럼 시간은 좀 줄었어요? 전에 30년이라고 하셨잖아요."

"후후, 이미 자리 잡고 이제 올라가고 계시는걸요. 그 말은 제가 틀렸습니다."

매튜의 인정에 우진은 그저 웃기만 했다. 그냥 옆에서 자신을 도와주고 자신의 마음을 알아주는 매튜가 고맙기만 했다.

그때 매튜가 말을 이었다.

"저도 알아보고 있습니다."

"뭘요?"

"선생님을 디자인을 평범하다고 말하는 사람들이 다시는 그런 말을 못 하도록 하려고 합니다."

"뭘 어떻게 하시려고요."

"일단 고객을 만나서 이 디자인을 사업용으로 사용할 수 있다는 점을 알려주는 게 우선입니다. 가장 효과적인 방법은 유명한 셀럽이나 연예인들을 이용하는 겁니다. 7월 말에 베니스 국제영화제가 있는데 참석자를 알아보는 중입니다."

우진은 고개를 저었다.

국제영화제에 유명한 배우가 입어준다면 분명 효과는 클 것이었다. 하지만 강민주 원피스 때 겪어본 것처럼 해외에서 국제영화제에 나오는 세계적인 배우가 옷을 입으면 분명 '누구'의 드레스라고 불릴 것 같았다.

아제슬의 I.J가 아니고, 강민주 원피스의 I.J가 아닌, 있는 그대로의 I.J로 불려보고 싶은 마음이었다.

"일단 더 생각해 봐요. 아! 아제슬 같은 건 당분간 안 할 거니까 그건 제외해 두시고요."

"그쪽은 아예 생각에 없었습니다. 예약에 차질 없는 방향으로 고민해 보겠습니다."

우진은 약간 걱정이 되긴 했지만, 고객을 받을 수 있다면 그걸로 됐다고 생각하기로 했다. 그저 매튜가 자신을 생각해서 하는 말이 고맙기만 했다. 우진은 계단으로 올라가는 매튜를 보며, 저런 사람이 함께하는 스스로가 복받았다고 생각하고 웃었다.

다시 작업대로 온 우진은 성훈이 커머번드를 보내기 전 나머지 작업을 완성시킬 생각이었다. 작업대 위에는 직접 바느질해 가며 자수를 넣은 천이 있었다. 테일러들은 작업대가 아닌 마네킹 앞이었다. 드레스이다 보니 마네킹이 필수였다.

그렇게 한참 동안 각자의 작업을 하던 중 먼저 일을 끝낸 테일러들이 입을 열었다.

"타프타부터 튤 원단까지 순서대로 만들었습니다."

"네, 저도 거의 끝나요."

"와! 대박. 정말 대단하신 거 같아요. 오간자는 보통 너무 부드러워서 자수 같은 거 안 넣는 걸로 알았거든요. 대부분이 그냥 민무늬 드레스로 사용해서."

"막상 해보면 할 만해요. 자수가 많은 것도 아니고 하단에 로고 패턴만 박아 넣는 건데요, 뭐. 나중에 해보세요."

우진은 작업을 마친 뒤 테일러들에게 오간자 원단을 건넸다. 그러자 테일러들이 마네킹이 입고 있는 치마 부분에 천을 감쌌다. 아직 가봉을 하지 않았기에 임시 마감 처리만 했다. 우진은 그 모습을 보며 고개를 끄덕였다.

광택 처리된 타프타 원단이 가장 안쪽이었고, 그 위로 얇은 튤 원단을 한 겹으로 감싸놓았다. 마지막은 튤 원단보다 더 부드러운 오간자로 마무리했다. 안쪽 타프타 원단의 광택이 완전하진 않지만, 은은하게 비쳐 아름다워 보였다. 그리고 우진이 밑단에 새긴 자수가 깔끔함을 더했다.

그럼에도 전체적으로 보면 밋밋한 느낌이었다. 확실히 이번 드레스의 포인트는 커머번드였다.

그때 성훈이 보냈다는 커머번드가 도착했다.

"제가 받아 올게요."

판권이 바로 받아 왔고, 상자를 뜯으니 커머번드가 부서지지 않도록 에어 캡에 감싸여 있었다. 우진은 조심스럽게 포장을 풀고 커머번드를 들어 올렸다.

"와… 이렇게 보니까 왕관 같네요."

"그러게. 엄청 큰 티아라 같기도 하고. 유리알도 보석 같고. 허리에 두르면 과하지 않을까요?"

우진도 테일러들과 같은 느낌을 받았기에 웃음이 나왔다. 커머번드만 보니 확실히 과했다. 하지만 아직 포인트가 없는 드레스와 어울린다면 서로 상호작용을 할 것이 분명했다. 왼쪽 눈으로 이미 확인을 했으니 그건 확실했다.

아직 끈 처리가 남아 있었기에 우진은 미리 준비해 둔 끝을 커머번드에 낀 뒤 박음질까지 마쳤다. 그러고는 마네킹으로 향했다. 테일러들은 약간 걱정하며 우진을 따라 마네킹 앞에 섰고, 우진은 직접 드레스 위에 커머번드를 대고 마네킹 뒤로 갔다. 그리고 끈을 묶은 뒤 옷매무새를 정리하려 앞으로 가려고 할 때, 테일러들의 표정이 보였다.

"이런 드레스를 나도 거들었다니… 너무 기쁘다!"

"우와… 아! 오우……."

"뭐야, 반응이 왜 그래?"

"저거, 남자가 입을 생각하니까… 너무 아까워서요."

우진 역시 이 드레스를 입을 최형우를 생각하니 웃음이 나왔다. 우진은 드레스 앞부분도 정리하려 앞으로 향했고, 정리를 마친 뒤 한 발자국 뒤로 물러났다.

"잘 나왔네요. 최형우 씨한테 연락해서 가봉 날짜 잡아주세요."

마네킹을 물끄러미 보던 우진은 아까 매튜와의 대화가 떠올랐고, 다른 사람이 입으면 어떨지 상상해 봤다. 상상일 뿐이기에 정확하진 않겠지만, 최형우와 비슷한 몸매라면 누가 입더라도 크게 차이는 없을 것 같았다.

*　　　　　*　　　　　*

영인대 축제 당일.

천안에 도착한 우진은 일단 최형우의 집부터 방문해, 그곳에서 준비한 헤어피스에 맞게 염색부터 했다. 염색이 끝난 후엔 곧바로 축제 장소인 영인대로 향했다.

"정말 감사해요!"

"아니에요. 원래 숍 이용하시면 처음에는 풀 세팅으로 해드려요."

"휴! 진짜 감사합니다. 사실 그 스케치처럼 입을 자신이 없어서 걱정했거든요!"

"하하, 드레스 입고 머리카락도 붙이고 하면 비슷할 거예요."

"네! 믿습니다! 그런데 저번에 매장에 갔을 때 이 원피스, 어떤 연예인이 입을 수 있다고도 하던데. 어떻게 됐어요?"

"그냥 그럴 수 있다는 거 알려 드린 거예요. 왜 그러세요?"

"아, 궁금하잖아요. 막 강민주보다 제가 먼저 입고 그러면 왠지 어깨 힘 좀 들어갈 거 같고. 하하."

"드레스 계속 입고 다니시려고요? 하하."

우진은 소리 내서 웃었다. 최형우와 대화하다 보니 어느덧 영인대에 도착했다. 축제 기간이라고 들었는데 아직 낮이라 그런지 생각보다 한산했다.

"여기서 좌회전해서 가면 돼요! 저기가 공대 건물이에요."

최형우가 말한 건물 앞에 차를 대자, 건물 안에서 건장한 남자들이 미리 나와 기다리고 있었다. 함께 온 매튜가 남자들을 가리키며 최형우를 봤다.

"아! 저희 토목과 선배 형들이에요. 짐은 저희가 옮길게요. 빨리 옮겨야 하거든요."

"조심해야 하는데."

"조심히 옮길게요. 건축과하고 같은 건물을 써서 안 들키려고요."

최형우는 검지를 입에 올리며 씨익 웃었고, 우진과 I.J 식구들도 그 모습에 피식 웃었다. 끼리끼리 논다고 토목과 학생들은 자신들이 첩보원이라도 되는 듯 주변을 살피며 안내했다. 안내받은 2층의 빈 강의실은 책상을 뒤로 밀어 넣어 공간이 꽤 넓었다.

"그럼 옷부터 입을게요."

보통 드레스부터 입고 머리와 화장을 하기에, 우진은 함께 온 순태와 판권을 돌아보았다. 두 사람은 최형우를 도와 드레스를 입혔다. 강의실이다 보니 따로 탈의실이 없어 미자는 아예 창밖만 보고 있었다.

"선생님, 커머번드 제외하고 다 됐습니다."

우진은 고개를 끄덕이고는 최형우를 살폈다. 가슴에 아무것도 넣지 않았는데도 가슴 부분을 풍성하게 제작해 꽤나 느낌 있었다. 우진은 곧바로 미자에게 마무리를 해달라고 부탁했다.

오히려 옷 입는 것보다 더 오랜 시간이 걸리는 작업이라 우진은 의자를 가져와 앉았다. 일단은 화장부터였다. 얼굴에 화장이 더해질수록 조금씩 여자처럼 보였지만, 아직까지는 부족했다.

"제 피부 엄청 부드럽죠?"

"그러네요."

"오늘을 위해 매일 3,000원짜리 팩을 했거든요, 크크."

"입 벌리지 마시고 눈 감으세요."

미자는 화가라도 된 듯 손을 움직이더니 이제는 준비해 온 피스를 꺼내 들었다. 그러고는 머리를 붙이기 시작했다. 미리 펌까지 해서 준비한 피스가 하나씩 붙어갈 때마다 머리가 단발로 보이며 풍성해지기 시작했다.

최형우가 점점 여자의 모습으로 변해가자, 우진은 흥미로운 얼굴로 그 과정을 지켜보며 옆에 있던 테일러들에게 물었다.

"신기하죠? 유 실장님 대단하신 거 같아요."

"저는 남자 모습을 봐서 그런지… 하하……."

"배에 털도 있… 아닙니다."

"옷 자체를 봐야죠. 하하."

옷을 갈아입히다 최형우의 모든 걸 봤던 테일러들은 쉽게 받아들이지 못했다. 그럴 수 있는 일이기에 우진은 그냥 웃어 넘겼다.

그러는 사이 최형우의 머리에 피스가 전부 붙었다. 자세히 보면 남자 같아 보이지만, 그냥 언뜻 보면 선이 굵은 여성 같아 보였다. 우진은 웃으며 마무리 작업을 하기 위해 커머번드를 들어 올렸다.

"휴, 선생님. 저 어때요?"

"어우……."

곱게 화장까지 한 얼굴에서 너무 씩씩한 목소리가 나오니 우진은 자신도 모르게 순간 움찔했다. 그러자 옆에 있던 미자가 끼어들었다.

"입 벌리지 마세요."

"화장 끝난 거 아니에요?"

"입술 다시 칠해야 할 수 있으니까 입 벌리지 마세요."

입을 못 벌리게 하는 미자에게 고마운 마음이 드는 것도 잠시, 최형우는 무슨 할 말이 많은지 복화술을 하는 것처럼 입을 벌리지 않고 쉴 새 없이 떠들었다. 그러는 사이 우진이 커머번드를 착용시킨 뒤 바로 물러섰다.

"와, 선생님. 진짜 커머번드가 신의 한 수예요. 커머번드가 화려하다 보니까 시선이 분산돼서, 모르는 사람이 보면 여자로 볼 거 같아요."

우진도 같은 생각이었다. 확실히 커머번드가 중요했다. 어쩜 저렇게 잘 어울리는지 우진은 기가 막혀 웃음이 나왔다. 그러고는 마지막으로 단안경 렌즈를 들어 올려 확인까지 끝냈다.

그때 마침, 강의실 문을 노크하는 소리가 들렸다.

"준비 아직 덜 되셨나요? 참가자들 모이라고 해서요."

"준비 다 됐어요. 가시면 돼요."

그러자 문 앞에 서 있던 학생이 강의실 안을 두리번거리다 최형우를 발견했다. 인상을 써가며 최형우를 살피더니 고개를 갸웃거리기까지 했다.

"형우냐……?"

"어! 나야. 형, 슬리퍼 있어?"

"어……."

"뭐야, 왜 신고 있던 걸 벗어?"

"아!"

"나한테 반했어? 하하하하."

형이라는 사람은 그저 멍한 얼굴로 최형우를 봤고, 우진은 드레스를 입고도 우렁찬 최형우의 목소리에 웃음이 터졌다.

*   *   *

우진은 사람들이 알아볼 걸 대비해 단안경 대신 준비한 렌즈로 바꾸고 사람들 사이에 끼어 있었다. 확실히 렌즈로 바꿨을 뿐인데 알아보는 사람이 줄어들었다.

우진은 편안한 마음으로 행사장을 둘러봤다. 이 행사가 꽤 유명한지 공대생은 물론이고 같은 학교 학생들까지 모여들었다. 아까까지 한산하기만 했던 캠퍼스가 사람들로 북적거렸다.

"유 실장님 학교는 이런 축제 안 하세요?"

"저희 학교는 5월에 했다고 들었어요."

"아, 일 때문에 축제도 못 가신 거예요?"

"아니에요. 가면 귀찮기만 해요. 계속 일만 하거든요. 선생님 덕분에 취업으로 빠져서 감사하게 생각하고 있어요."

우진은 멋쩍은 웃음을 지었다. 그래도 미자 말처럼 귀찮을 수도 있었다. 지금 보이는 낮은 런웨이만 하더라도 학생들이 직접 제작했다고 들었다.

그때, 첩보 작전을 펼치며 무대 근처 강의실로 간 최형우와 다르게 당당하게 걸음을 옮기는 사람들이 보였다. 한눈에 봐도 참가자였다. 그리고 그걸 본 우진은 약간 허탈한 마음에 조그맣게 한숨을 뱉었다.

"왜 그러십니까?"

"저기 보세요. 저기 저 사람들도 참가자 같죠?"

매튜도 지나가는 사람을 봤다.

"얼음이라도 뿌릴 것 같은 게, 애들한테 인기가 많겠군요."

"하하, 정말이네요. 그런데 제가 너무 힘준 거 같은데 괜찮을까요?"

"기왕 할 거면 제대로 해야죠. 대충 하는 것보다 낫습니다."

우진은 고개를 끄덕이며 지나가는 사람을 봤다. 꽤 오래됐지만, 아직까지 어린아이들이 좋아하는 만화영화에서나 나올 법한 드레스였다. 멀리서 보는데도 상당히 조잡해 보이는 걸로 봐서는 직접 만든 것 같았다.

"절! 세! 미! 녀! 최! 은! 진!"

각 과별로 뭉쳐 있던 학생들은 같은 과 학생이 지나갈 때마다 소리를 질러댔다. 의상 쪽으로는 분명히 부족했지만, 뜨거운 응원 열기 덕분에 우진도 나름 재밌게 지켜봤다.

그러던 중 누군가가 갑자기 등을 두드렸다. 고개를 돌려보니 처음 보는 사람이 웃고 있었다.

"안녕하세요. 임우진 선생님 맞으시죠?"

"네? 아, 네."

"와. 이런 곳에서 만나 뵐 줄이야. 아! 전 SU엔터에서 실장을 맡고 있는 김종진이라고 합니다."

"네. 안녕하세요."

"영인대 축제에 저희 애들이 무대 올라서 왔거든요. 생각보다 일찍 와서 걱정했는데 이렇게 선생님을 뵈려고 일찍 도착했나 봅니다. 하하. 아! 이럴 게 아니라 인사드리겠습니다. 잠시만 기다려 주시죠."

"아니에요. 그냥 나중에 인사해요. 사람들 몰리면 불편해서요."

"아! 그렇죠. 그럼 나중에 식사라도……."

"죄송한데, 스케줄이 있어서요."

우진은 정중히 거절했고, 남자는 굉장히 아쉬워하는 얼굴이었다. SU엔터라는 곳은 모르지만, 아마 협찬을 해달라고 연락해 대는 매니지먼트 중 한 곳일 것이다.

우진은 정중하게 인사를 하고선 고개를 돌려 버렸다. 그러자 매튜가 우진에게 무슨 일인지 물었다.

"아직 안 가고 뒤에 있군요."

"가겠죠. 그냥 잘 거절했어요."

"후후, 거절하셨군요. 보기 좋습니다."

"뭐가요?"

"아닙니다."

우진을 자신을 보는 매튜의 시선이 의아했다. 뭔가 자기가 뿌듯해하는 거 같기도 하고, 만족해하는 표정이기도 했다. 우진은 그런 매튜를 보며 고개를 갸웃거렸다.

그때 런웨이에 남자가 올라왔다.

─제21회 미스 앤 미스터 공대를 선출하는 막을 올립니다! 그럼 심사 위원으로 모신, 각 학과 담당 교수님들부터 소개하겠습니다.

진행자가 한참을 떠들더니 축하공연까지 시작됐다. 완벽하진 않지만, 사람들은 즐겨가며 열심히 호응했다. 우진도 그런 축제 분위기를 즐겼다.

─기계공학과의 1학년 친구들 너무 잘하네요. 하하. 그럼 이제 미스터 공대부터 만나보겠습니다.

그러더니 무대에 한 명씩 나오기 시작했다. 생각보다 수가 많았다.

"와, 과가 엄청 많네요."

"아까 듣기로는 국립이라 그런지 학과가 8개인가 있다고 들었어요."

"많구나."

미자의 대답에 우진은 고개를 끄덕이며 런웨이를 봤다. 복

장은 상당히 자유로웠다. 정장도 보였고, 캐주얼한 사람도 있었다.

그중 압권은 최형우가 속한 토목과였다. 굉장히 큰 키에 몸매도 좋아 보이는데 패션이 영 아니었다. 흔히 인터넷에서 공대생 패션이라고 불리는 체크 남방에 면바지, 그리고 뿔테 안경을 끼고 나왔다. 그럼에도 굉장히 당당하게 런웨이를 걸어왔다. 그러자 사람들이 마구 웃더니 다른 사람들보다 큰 박수를 보냈다.

토목과 학생은 그런 관객들에게 손을 흔들며 런웨이 끝에 오더니 씨익 웃었다. 그러고는 갑자기 안경을 벗고 가슴을 두드리더니 남방을 잡아당겼다. 그러자 엄청난 환호가 들려왔다.

"하하, 멋있네요. 벗는 편이 훨씬 잘 어울리는 거 같아요."

"전… 근육 별로예요."

찢어버린 옷을 무대 밑으로 던지더니 남자는 당당하게 돌아갔다. 어차피 심사 위원은 교수들이었지만, 관객들에게 1등은 무조건 토목과였다.

무대를 마친 뒤 미스터 공대 후보자들이 모두 나와 인터뷰하며 자신들을 어필했다.

─그럼 오늘의 하이라이트! 공과대학 최고의 미녀는 누가 될 것인가! 미스 공대 후보자들을 만나보시죠!

"이제 나오네요."

"엘사부터군요."

"하하, 진짜 엘사 콘셉트였나 봐요. 얼음 뿌리는 모습 같죠?"

여자라고 남자들과 별반 다르지 않았다. 멀쩡하게 걷는 사람이 있는 반면 관객들에게 장난치는 사람도 있었고, 부끄러운지 아예 고개도 못 들고 나오는 사람도 있었다. 패션쇼 같지만 쇼가 아니다 보니 관객들도 마구 호응하며 응원까지 했다.

그리고 순서상 가장 마지막이었던 토목과 차례가 다가왔다. 최형우의 모습이 보였고, 우진은 자신도 모르게 미소가 지어졌다.

"……."

자신들이 속해 있던 과를 응원하던 사람들이 순간 조용해졌다. 170㎝의 최형우는 남자의 평균키보다 약간 작은 편이지만, 여자치고는 큰 키였다. 거기에 굽이 있는 구두까지 신어놓으니 다른 참가자들에 비해 월등히 컸다.

그런 최형우가 드레스를 입고 걸어 나왔다. 그때, 우진의 근처에 있던 사람들의 목소리가 들렸다.

"누구야? 토목과에 저런 애가 있었어?"

"뭐야, 모델 아니야? 반칙이지, 저건. 근데 대박 예쁜데."

"누구지? 신입생도 아닌데. 내가 알기로는 분명히 저렇게 예쁜 애 없었는데."

"어… 내 스타일이야. 오늘부터 난 토목과다."

옆에서 들리는 말소리에 우진은 피식 웃었고, 판권과 순태는 고개를 돌리고는 몸을 부르르 떨었다. 토목과 학생들은 사람들의 반응을 보고 신이 났는지 목청이 터져라 외쳤다.

"최! 강! 토! 목! 최! 형! 순!"

"우! 유! 빛! 깔! 최! 형! 순!"

우진은 마구 웃으며 조용하게 따라 외쳤다. 그리고 그때, 아직 안 갔는지 뒤에서 실장이라고 했던 사람의 말소리가 들렸다.

"야, 이리로 와봐. 여기 물건 하나 있다. 이번에 준비 중인 애들하고 딱 어울리는 애 찾았어. 대박이야, 이건 무조건 성공이다. 일단 와봐."

우진은 설마 최형우를 스카우트하려는 건 아니겠지 생각하며 애써 못 들은 척했다.

"몰라, 드레스 입고 있는데 그냥 여신이야. 다른 애들 다 오징어 만들어놨다. 빨리 와."

못 들은 척하려고 해도 너무 잘 들렸다. 우진은 말을 해줘야 하나 고민했지만, 곧 그럴 필요가 없어졌다. 마지막으로 인사한 최형우의 손에 마이크가 들려 있었다.

"안녕하십니까! 토목공학과 18학번 최! 형! 순! 입니다! 예쁘게 봐주세요! 토목과 파이팅!"

"……"

굵직하고 씩씩하게 외치는 인사에 관객들은 순간 얼어붙은 것처럼 조용해졌다. 설마 무대에서도 저렇게 씩씩하게 인사할 줄 몰랐던 우진은 주변을 살폈다. 다들 놀란 채 무대만 보고 있었다. 고개를 돌려 뒤를 보니 실장이라고 소개한 남자 역시 눈만 깜빡였다.

그리고 우진을 보더니 입을 열었다.

"남자……?"

우진은 남의 꿈을 짓밟은 것 같은 기분에 머쓱하게 웃으며 고개만 끄덕였다.

제8장

인형

　다음 날.

　축제를 보지 못했던 사람들은 테일러들이 찍어 온 사진을 보며 떠들어댔다.

　"허허, 어떻게 이런 옷들 사이에서 1등을 못 할 수가 있는 게지?"

　"그러게요. 심사 위원들이 너무 모르는 거 아니에요?"

　"그냥 사진으로만 봐도 무조건 1등인데!"

　질문을 받은 테일러들은 최형우를 떠올리며 몸을 부르르 떨었다.

　"저 사람 너무 나댔… 아니, 과했어요."

"어우… 생각만 해도. 무대에서 인사할 때만 해도 사람들이 엄청 놀라고 누구냐고 막 그랬거든요. 그런데 사람들이 반응 보이니까 그 사람… 자기 기분을 주체 못 하는 사람 같았어요……."

"뭘 했길래 그래?"

함께 있던 미자가 피식 웃더니 설명을 보탰다.

"노래 부르고 춤추고 알통 보여주고. 마지막에는 가발까지 벗어 던지고 그랬어요."

"미친놈도 아니고… 왜 기껏 꾸며놨더니 그런 게야?"

"신나서요."

우진도 어제 무대를 떠올리며 웃는 얼굴로 고개를 저었다. 자신이 그동안 봐왔던 패션쇼라고 생각한 게 실수였다.

최형우는 자신의 행동 하나하나에 사람들이 반응을 보이자, 자기 기분을 주체할 수 없는지 미자 말대로 노래도 부르고 춤도 췄다. 흡사 전국노래자랑에 인기상 타려고 나온 사람 같았다.

그래도 확실히 다른 참가자들에 비해 예뻤지만, 떨어진 이유를 듣고 허탈해졌다. 참가 제한은 없지만, 공대만의 오랜 전통으로 내려온 미스 공대는 외모만이 아니라 내면까지 본다며 탈락시켰다. 애초부터 남자 참가자가 뽑힐 대회가 아니었다.

그럼에도 최형우는 마치 자신이 이긴 듯 마지막까지 팔을 들어 올렸다. 덕분에 헛고생은 했지만, 기분은 나쁘진 않았다.

남들에 비해 과한 옷이었지만, 우진도 축제에 참가한 기분을 느끼며 즐겼다. 이미 끝난 일인 데다가 최형우 덕분에 즐겁게 옷을 만들었기에 후회하진 않았다.

우진은 피식 웃고는 자리에서 일어났다.

"고객부터 만나고 와서 얘기해요."

＊　　　　＊　　　　＊

일산의 한 오피스텔에서 고객과 자리한 우진은 고객이 입을 열 때마다 신기했다. 편하게 말하는 것 같은데 동굴 안에서 말하는 것처럼 목소리가 울렸다. 단단해 보이는 몸과 딱 어울리는 목소리였다.

고객은 우진이 그린 스케치를 보며 또 입을 열었다.

"좋은데요? 어워드 때 입기에 딱 어울리는 옷입니다."

"어워드요?"

"제가 성우입니다."

"아! 그래서 목소리가 멋있으셨네요."

우진은 미소를 지으며 고개를 끄덕였다. 그러다 약간 의문점이 생겼다.

"보통 시상식에서는 턱시도를 입는데 제가 추천해 드리는 건 발마칸 코트형 재킷이라, 시상식에 괜찮으실까요?"

"우리나라라면 그러고 가야겠지만, 제가 일본에서 일을 하

인형 271

는 중이라서요. 작년에 혼자 턱시도 입고 갔다가 부끄러웠거든요, 하하."

"아, 그럼 일본에서 상 받으시는 거예요?"

"아직은 아닙니다, 하하. 이제 투표를 하겠죠. 그래도 제 출연 작품이 워낙 인기가 있어서 작은 상이라도 받을 것 같긴 합니다."

"아! 축하드려요."

우진은 축하를 하며 돌아가서 성우 어워드란 것에 대해 알아봐야겠다고 생각했다. 아무리 눈에 보인다고 해도 최형우 때처럼 분위기에 안 맞을 수도 있었다. 그사이 테일러 중 가장 나이가 있는 최범찬이 계약서를 설명했다.

그때 세운이 벽 쪽을 두리번거리는 모습이 눈에 들어왔다.

"뭐 신기한 거 있어요?"

"어? 아, 집에 인형이 엄청 많아서. 요즘 취미로 인형들 모으는 사람 많다던데 고객님도 취미가 인형 수집이신가 봐요."

세운의 말에 계약서에 사인하던 남자는 미소를 지으며 답했다.

"하하, 제가 산 것도 있고, 출연한 작품에 나오는 캐릭터를 받은 것도 있어요. 꽤 많죠?"

"아, 그래서 거의 다 남자 인형이었구나."

계약서에 사인한 남자는 벽장으로 가더니 뜯지도 않은 박스를 가져왔다.

"제가 출연한 작품인데 기념으로 하나 드릴게요."

피규어가 담긴 박스는 생각보다 컸다. 안에는 이런 걸 돈 주고 살까 싶을 정도로 이상한 괴물이 담겨 있었다. 보라색 동그란 공 같은 것에 눈이 빼곡하게 박혀 있었다.

"좀 징그럽죠? 원래는 지식의 서라는 책인데, 극중에서 마왕한테 세뇌당해 변한 모습이라 그럽니다. 그 에피소드가 인기가 많아서 극장판까지 나왔거든요. 평소에는 주인공 옆에서 조언해 주는 일종의 펫이라고 볼 수 있죠. 제가 그 역할을 했습니다."

"아… 네."

솔직히 매장으로 가져가고 싶지 않을 정도로 해괴한 모습이었다. 그래도 자랑스럽게 설명하며 선물로 준 것이기에 우진은 어쩔 수 없이 받아 들었다. 벽장에 있는 것들이 전부 다 괴물인가 싶어 쳐다보니, 멀쩡해 보이는 피규어도 많았다.

애니메이션을 보지 않았기에 무엇인지는 전혀 모르지만, 우진은 꽤 관심 있게 살폈다.

"와, 이거 옷이 아니라 그냥 색칠한 거 같은데 뒤에 천은 진짜 바람에 날리는 거 같네요."

"디자이너 선생님답게 옷에 관심을 보이시는군요, 하하."

우진은 멋쩍게 웃고는 다른 피규어들도 살펴봤다. 그러더니 갑자기 고객을 향해 고개를 돌렸다.

"전부 만화에 나온 것들이에요?"

"맞습니다. 한국에는 안 보는 사람이 많아서 잘 모르지만, 그래도 일본 애니를 보는 사람 중에는 이런 것들도 아주 귀한 편이죠."

"그렇군요."

우진은 약간 아쉬운 얼굴로 고개를 끄덕였다.

*   *   *

매장으로 돌아온 우진은 받아온 피규어를 멀찌감치 떨어뜨려 놓고 처다보는 중이었다.

그때 매튜가 우진에게 다가오더니 피규어를 보고 인상을 찡그렸다.

"그 괴물은 뭡니까?"

"아, 오늘 만난 고객이 주셨어요. 성우이신데 이 괴물 역할 하셨대요."

매튜는 다시 피규어를 보더니 못마땅한 표정을 지었다. 그러고는 들고 온 종이를 우진에게 내밀었다.

"영화제에 참석하는 사람들입니다. 한번 보시죠."

우진은 종이를 건네받고는 주욱 훑어봤다. 여전히 크게 내키진 않았다.

"왜 그러십니까? 마음에 드시는 사람이 없습니까?"

"그건 아니고. 저도 나름대로 생각해 봤는데 이거 말고는 없을 거 같아서요."

"말씀해 보시죠."

"별건 아니고요. 저거 보고 생각했거든요."

"괴물 말씀이십니까?"

"네. 찾아보니까 피규어가 인기가 꽤 많더라고요. 그래서 드레스 입은 피규어를 제작하면 어떨까 했는데, 이것도 취급하는 사람들 사이에서는 등급이 또 있더라고요. 인기 있는 애니나 유명한 영화에 나와야 하고. 그럼 또 I.J 원피스 말고 캐릭터 이름으로 나올 거 같고요. 어떻게 애니에 나오게 됐다고 해도 내년이나 가능할 거 같더라고요. 그래서 안 될 거 같아요."

우진의 얘기를 집중해서 듣던 매튜가 갑자기 수첩을 꺼내 들어 혼자 무언가를 적더니 갑자기 자리로 돌아갔다. 그러고는 한참이나 지난 뒤에야 다시 돌아오더니 입을 열었다.

"좋은 생각 같습니다."

"피규어요?"

"아닙니다. 저 괴물은 치워두시죠. 선생님 말씀을 듣고 힌트를 얻었는데, 한번 보시죠."

매튜는 우진의 옆으로 자리를 옮기더니 수첩을 보여주며 설명했다.

"엄청 유명한 이름을 갖고 있으면서도 새로운 시리즈가 나올 때마다 이름과 함께 시리즈 이름이 언급되는 제품이죠. 예를 들면 매튜와 I.J. 매튜의 신비로운 여행. 이런 식이죠."

"하하, 좀 이상한데요."

"게다가 피규어와 마찬가지로 수집가들도 존재하는 제품입니다. 마론 인형을 만드는 메텔사의 캐리! 아마 제품이 출시되면 캐리의 I.J 스타일? 이런 식이 될 겁니다. 선생님의 실력도 알릴 수 있고, 덤으로 수익까지 낼 수 있을 것 같습니다."

짧다면 짧을 수도 있는 시간에 매튜는 필요한 것들만 딱딱 알아왔다.

"그리고 선생님이 원하시는 조건과 딱 맞아떨어집니다. 선생님께선 외모보다 디자인에 집중되길 원하시는 건데, 이번에 메텔사에서 외모 지상주의를 탈피하자는 '드림갭'이란 캠페인으로 제품을 제작 준비 중이라고 합니다."

"그래도 양배추 인형 같은 거에 입히면 이상할 거예요."

"매년 인형들 몸매가 조금씩 바뀌고 있다고 해도 그 정도는 아닙니다. 그쪽도 기업이다 보니 너무 이상할 순 없겠죠. 아마 유색인종으로 내보낼 겁니다. 일단 제안서부터 보내봐야 하겠지만, 그쪽에서 받아들인다면 디자인에 따른 로열티부터 저희 이름을 사용하는 라이선싱비, 거기에 더해 선생님의 실력을 알리는 건 당연하고, 전 세계의 30대와 어린아이, 그리고 10대들에게 I.J 이름을 각인시키는 역할을 하게 될 겁니다."

"10대는 그렇다고 쳐도 30대는 왜요?"

"부모들한테 사달라고 조를 테니까요. 상무님 의견도 들어본 뒤에 제안서를 한번 준비해 보겠습니다."

우진은 고개를 끄덕이며 입을 열었다.

"그럼 혹시 제가 원하는 신체 사이즈로 가능한지도 물어봐 주세요. 비율이 다르면 조금 이상할 거 같아서요."

"알겠습니다. 선생님도 바쁘시겠지만, 제안서를 보고 연락 올 것을 대비해서 스케치 좀 부탁드립니다."

우진은 어렵지 않은 부탁에 고개를 끄덕거렸다.

*　　　　*　　　　*

메텔사는 마케팅 팀 내에서도 여러 부서가 존재했다. 그중 기획 팀을 담당하는 린다는 매년 줄어드는 매출에 스트레스가 이만저만이 아니었다. 벌써 멕시코에 있던 공장 하나가 철수한 상태였고, 앞으로도 위기가 계속될 것만 같았다.

그에 대비책으로 마케팅 부서 전체가 머리를 짜내서 만들어낸 것이 '드림갭'이라는 캠페인이었다. 사실 아이들 눈에는 캠페인보다는 인형이 예쁘냐, 안 예쁘냐로 구매가 갈리겠지만, 마케팅 팀에서 노린 건 아이들의 부모였다.

캐리 인형은 날씬한 몸매의 대명사처럼 여겨지면서, 외모 지상주의를 부추긴다는 비판을 받았다. 특히 아이들의 부모들에게서. 그 때문에 준비한 게 이번 시리즈였다. 사람과 비슷한 비율에 백인만이 아닌 여러 인종의 인형으로 인종차별 이슈까지 고려했다.

부모들은 아이들에게 올바른 걸 보여주고 알려주고 싶어 하니, 인형을 구매할 거면 좋은 의미가 담긴 인형을 구매할 거란 조사 결과였다. 그렇지만 아직 판매가 이뤄진 게 아니기에 어떤 결과가 나올지는 예상할 수 없었다.

그때, 사무실 문이 열리더니 옆 부서 담당자가 얼굴을 내밀었다.

"린다, 메일 봐봐. 우리 쪽으로 잘못 넘어왔네."

"알았어."

린다는 곧바로 메일부터 확인했다.

"어? I.J? I.J 스타일로 유명한 숍 아닌가? 맞네. 뭐지? 첨부파일도 있네."

첨부파일을 다운받아 열어보니 사업 제안서였다. 제안서는 굉장히 꼼꼼하게 작성되어 있었다.

"뭐야? 이제 곧 공장 돌아갈 텐데, 이제 와서 무슨 제안서지?"

제안을 하더라도 항상 메텔 쪽에서 먼저였으니, 이런 경우는 처음이었다.

린다는 어느덧 제안서에 빠져 내용을 읽어 내려갔고, 점점 머리가 빠르게 돌아갔다. 한참을 생각하던 린다는 생각을 정리하려는지 손가락으로 마우스 등을 톡톡 두드렸다.

"지금 핫한 I.J에서 캐리 옷을 디자인해서 잘 나온다면? 우리 캠페인이 더 힘을 얻을 수 있겠는데? 못생겨도 옷 입기에 따라서 변할 수 있고. 다 자기 하기 나름이니까 자신감을 갖자? 딱 좋아. 그리고 피부색에 상관없는 아름다움. 이것도 좋아! 그런데 사이즈까지 정해놓은 거 보면 디자인도 뽑아났나? 가만 보자. 사이즈가 어? 어깨가 좀 있겠는데?"

린다는 갑자기 메일이 보이는 창을 내리고는 인형의 제원이 적힌 자료를 찾았다.

"우리하고 차이가 별로 안 나는데? 아, 어떤 건지 궁금해지네."

린다는 잠시 고민하더니 다시 메일을 띄웠다. 그러고는 그곳에 적혀 있는 연락처를 보고 곧바로 전화를 걸었다.

―I.J 매튜 카슨이에요?

외국어로 말하는 것 같은데 전부 알아들을 수 있었다.

"헬로?"

―아, 매튜 카슨입니다. 어떻게 연락하셨습니까?

"안녕하세요. 제안서 보내셨던 메텔 마케팅 팀 린다 헤이글이에요."

―메텔사였군요. 제안서를 보고 연락하신 겁니까?

"네! 네! 전부 읽었는데 디자인에 대한 내용은 없더라고요. 일단 디자인부터 봐야지 생각할 수 있을 거 같은데."

―그러시군요. 잠시만 기다려 주십쇼.

잠시 버튼 눌리는 소리가 들리더니 말소리가 이어졌다.

―그럼 통화 내용 녹음부터 하겠습니다.

"네… 뭐 그러세요."

린다는 금방 끝날 줄 알았지만, 한참이나 법적 절차에 대해 들어야 했다.

―다시 안내해 드릴까요?

"아니요! 다 알았어요! 그러니까 만약에 메텔에서 이 디자인으로 제작할 시 모든 책임은 메텔에 있다는 거잖아요."

―무단 제작 시입니다. 그럼 바로 디자인 보내겠습니다.

전화가 끊어지고 몇 분 뒤 곧바로 메일이 도착했다. 메일을 열어본 린다는 자리에서 일어나 사무실을 뛰쳐나왔다.

"전부 모이세요! 전부! 샘플 제작 팀부터 부르고!"

*　　　　*　　　　*

I.J 매장에 찾아온 린다와 메텔의 직원은 조용하게 심호흡을 했다. I.J의 제안서를 보고 샘플을 제작했고, 그 샘플을 본 직원들이 곧바로 아이디어 회의에 들어갔다. 그래서 나온 게, 매년 출시되고 있는 패셔니스타 시리즈였다. 패셔니스타, 뉴패셔니스타까지 캐리 시리즈 중 가장 판매 실적이 좋았던 제품이었다. 그리고 그 시리즈의 선두로 I.J에서 제안한 드레스를 세울 생각이었다.

그랬기에 샘플도 신경 써서 제작해 왔는데, 인형을 살피는 우진은 계속 옷에 대해 지적했다.

"여기는 벨크로네요?"

"아무래도 인형 옷이고, 사용 연령이 어리다 보니까 입혔다 벗겼다 편하게 만들어야 해서요."

우진은 이해를 했지만, 마음에 들진 않았다. 등에 붙인 벨크로, 일명 찍찍이가 옷태를 망치고 있었다.

"그리고 여기 치마 부분 보시면 분명히 다른 원단으로 세 겹 레이어를 쌓아야 하는데, 이건 같은 원단으로 되어 있네요. 그리고 커머번드가 가장 중요한데, 이것도 고무로 되어 있고요. 혹시 샘플이라서 그런 거예요?"

"후……."

린다는 마치 품질검사 팀에서 검사받는 느낌에 조그맣게 한숨을 뱉었다. 빨리 계약하고 돌아가야 하는데 벌써 몇 분째 이런 상황이 계속되고 있었다.

"인형 옷이 원래 다 그런 거예요. 디자이너라고 하셔도 인형은 안 만들어보셨죠?"

"네."

"아이들이 하루에도 몇 번씩 옷을 벗겼다 입혔다 하는데, 디자이너님이 말씀하신 대로 제작하면 금방 찢어져요. 저희도 안 해본 게 아니에요."

우진은 못마땅한 표정을 짓더니 입을 열었다.

"바느질이 잘못되어 있으니까 찢어지죠."

"디자이너님, 저희 공장에 계신 분들이 사람 옷은 아니지만, 인형 옷은 꽤 오래 만드신 분들이세요."

"그런 거 같아요. 그런데 바느질이 잘못되어 있어요. 여기서는 원단 세 개를 한 번에 묶어서 가면 안 돼요. 첫 번째 기본에 먼저 선을 잡아주고, 그다음부터 하나씩 쌓아 올라가야 하는데. 한 번에 묶으려고 하니까 안 되죠."

"제가 그런 것까진 잘 모르거든요. 아무튼 그렇게 하면 시간이 엄청 걸릴 거 같은데요? 저희는 여러 가지 상황을 고려해서 최선의 선택을 한 거예요. 한번 믿어주시면 안 될까요?"

우진은 자신이 생각하던 것하고 완전 다른 상황에 입맛을 다셨다. 언뜻 보면 드레스와 비슷해 보이지만, 자세히 들여다보면 완전 달랐다. 이럴 바엔 그냥 안 하는 게 낫겠다는 생각에, 우진은 대답에 앞서 매튜부터 쳐다봤다. 그러자 매튜가 눈썹을 씰룩이며 미소를 지었다.

"먼 곳까지 오셨는데 아무래도 안 맞는 거 같아요."

"네?"

"이렇게 할 거면 안 하는 게 나을 것 같아요."

린다는 당황한 얼굴로 우진을 봤다. 자신은 물론이고, 마케팅 팀부터 회사의 모든 부서가 샘플을 보고서는 메텔의 역대 캐리 시리즈 중 최고의 인기를 얻을 시리즈가 나왔다며 다들 들떠 있었다. 게다가 제안서까지 I.J에서 먼저 보냈으니 계약은 어렵지 않을 거라고 생각하고 왔다. 그런데 막상 만나보니 생각대로 흘러가지 않았다.

"일단 계약 조건부터 들어보실까요? 그럼 조금 달라지실 겁니다. 디자인을 저희한테 넘긴다는 조건으로 100만 달러 드리겠습니다. 현재 메텔에서 인형 옷 디자인으로 내걸었던 최고 금액과 동일한 금액입니다."

"그게 문제가 아니에요. 옷이 제대로 만들어지지 않는 게 문제예요."

"휴… 지금 계속 같은 말만 되풀이되고 있네요."

린다는 지쳐갔지만, 이대로 돌아갈 수는 없었다. 최대한 타협점을 찾아서 계약서에 사인을 이끌어내야 했기에 애써 마음을 진정시켰다. 그러다 뒤에서 미소 짓고 있는 사람이 보였다. 앞에 있는 사람보다 뒤에서 디자이너의 말에 동의하듯 웃고 있는 매튜라는 사람이 더 화를 돋웠다. 그래도 지금은 자신이 을의 위치에 있었기에 린다는 억지로 미소를 지었다.

"그럼 이 뒤에 벨크로만 제거할 수 있는지 알아볼게요."

"치마 부분하고, 커머번드는요?"

"그건… 저 디자이너님, 혹시 조건이 마음에 안 드십니까?"

그러자 뒤에 있던 매튜가 나섰다.

"그건 선생님이 허락하시면 저하고 나누실 얘기입니다."

"알겠어요. 디자이너님이 옷을 만들어보셨으니까 아실 거예요. 아무리 인형 옷이라고 해도 정말 오래 걸리거든요. 저희도 재봉만은 사람이 직접 하고 있으니, 저희 사정도 어느 정도는 봐주셔야죠."

"제가 메텔에서 연락받고 한번 만들어봤는데 오래 안 걸려요. 저도 알아보니까 인형 옷 만들 때 어차피 공장에서 전부 재단해서 온다던데. 그럼 더 안 걸리죠."

"그럼 한번 직접 만드신 걸로 비교해 볼까요? 여기 직원분들 말고 일반인들을 대상으로?"

"차이 많이 날 텐데."

린다는 자신의 젊음을 인형과 함께했기에 자신 있었다. 들고 온 샘플만 하더라도 회사 내 인형 옷을 전문으로 담당하는 테일러들이 제작했다.

우진이 인터폰으로 어딘가에 말을 하자 잠시 뒤, 직원으로 보이는 사람이 작은 박스 하나를 들고 올라왔다. 박스에는 시중에 판매되고 있는 예전 시리즈의 캐리 인형이 있었다. 그리고 우진이 그 박스에서 옷이 입혀져 있는 인형을 꺼냈다.

"화려해 보여서 그러지, 오프 숄더라서 입히기도 편해요. 이 커머번드가 가장 중요하거든요. 이게 금속으로 하기에는 무리가 있다고 그러더라고요. 그래서 저희 직원분이 고민하셔서 플라스틱에다가 도금하신 거예요. 느낌은 딱 금속 느낌이죠?"

린다는 우진이 만든 인형 옷을 보고 테이블을 쳐다봤다. 테이블 위에 놓인 샘플이 그렇게 초라해 보일 수가 없었다. 이제야 샘플을 보며 왜 계속 지적을 했는지 알 것 같았다. 인형 옷같지도 않은 걸 만들어서 가져왔으니, 당연히 자신 같아도 지적했을 것이다.

"물어볼 필요는 없겠네요… 디자이너님이 제작하신 게 너무 예쁘네요. 그런데, 예쁘긴 한데 제작 기간이 오래 걸려도 문제가 생겨요. 그래도 뭐… 이거 보면 아예 가격 단가를 올려서라도 하자고 할 것 같네요……."

우진은 곧바로 인정하는 린다의 모습이 만족스러운지 씨익 웃으며 말했다.

"오래 안 걸려요. 보통 인형 옷 제작하는 데 얼마나 걸리세요?"

"부분 공정으로 하니까 정확히는 몰라요. 그래도 통계로 나온 거 보면 공장 하나당 하루에 만 벌씩 나와요. 기계로 찍을 수가 없거든요. 그런데 이 옷이라면 반도 안 나오겠네요."

"진짜 오래 안 걸려요. 한번 보실래요?"

우진은 린다를 데리고 2층 작업실로 내려갔다. 그리고는 작업대 한쪽에 차곡차곡 접어둔 원단을 보여줬다.

"연습하려고 재단해 놓은 거거든요. 이걸로 가장 베이스 잡으시고. 옆선을 박음질하기 전에 아까 말했던 치마 라인부터 박음질해야 해요. 이렇게."

드르르르.

잠시 뒤, 린다는 자신의 손에 들린 옷을 멍하니 쳐다봤다. 손을 몇 번 왔다 갔다 하니까 정말 옷이 완성됐다. 과연 이게 공장 사람들도 가능할까 생각해 봤지만, 이내 고개를 저었다.

그래도 방법만 안다면, 우진만큼은 아니더라도 확실히 작업 속도는 올라갈 것 같았다.

"여기 밑단에 새겨진 자수는 인쇄 공장에 맡겨서 새기는 게 나을 거예요. 그리고 커머번드도 대량으로 제작할 수 있다고 하더라고요. 물론 저희는 인력이 부족해서 안 되고요. 알아보셔야 할 거예요."

우진이 지금까지 말했던 게 사실이라는 걸 직접 본 린다는 입을 다물고 고개를 끄덕였다. 책임자로 왔지만, 자신이 판단할 문제는 아니었다. 하지만 마음속으로는 이미 우진의 방식으로 기울어진 상태였다. 그때, 작업실까지 따라왔던 매튜가 입을 열었다.

"돌아가시기 전에 계약에 대해서도 얘기하죠."

"아! 네, 그래요."

"I.J는 지금까지 거래했던 업체들과 마찬가지로 라이선싱 로열티로 했으면 합니다."

린다는 순간 멈칫했다. 인형 옷을 보지 못했다면 모를까, 이건 캐리 시리즈 중 최고 매출을 찍을 수도 있을 것 같았다. 메텔에서도 수익이 많이 나올 테지만, 그만큼 줘야 하는 돈도 많아졌다. 보통 인형 옷의 디자인은 디자인에 대한 권리 자체를 구매해서 제작하는 방식이었기에, 이것 역시 자신이 판단할 문제가 아니었다. 그때, 매튜가 입을 열었다.

"저희가 보통 15%, 많게는 20%로 계약하죠. 이번도 달라지진 않을 겁니다. 다만! 패셔니스타라고 하셨죠?"

"이번 시리즈요? 월드 패셔니스타예요. 피부색이 다른 여러 인형들이 나올 예정이거든요."

"네. 그중에 I.J 이름을 넣어주시죠. 그리고 실물 크기로 제작해 주시면 5% 선에서 계약하겠습니다."

"네……?"

패셔니스타 시리즈를 내놓으면서 개별적으로 이름을 붙인 적은 없었기에, 린다는 무슨 얘기인지 선뜻 이해되지 않았다.

"그러니까… 패셔니스타 캐리의 이름에 I.J 드레스라고 넣어 달라는 건가요? 그럼 다른 디자인도 주시는 건가요?"

"그건 아닙니다. 이름은 이번 시리즈에 부제목을 붙이면 해결될 일 아닙니까?"

"네?"

"그건 메텔사의 일이니 제가 거기까진 끼어들 순 없군요. 일단 회사와 얘기부터 해보시죠."

린다는 자신의 선에서 할 수 있는 게 아무것도 없음에 시무룩한 얼굴로 매장을 나섰다.

*   *   *

며칠 뒤, 우진은 매튜와 함께 계약서를 봤다.

"저쪽에서도 이번에 캠페인한 '드림갭'에 맞춰 출시하려고

서두르는 모양입니다."

"패셔니스타 캐리의 LJ 드레스. 그런데 시리즈 중 처음이니까 약간 부담되네요."

"캐리라는 이름이 인지도가 있다 보니 오히려 더 잘된 일입니다."

메텔에서는 반응을 보고 지역별로 인종을 나누어 출시할 수도 있었지만, 이번에는 황인, 백인, 흑인으로 나눴다. 판매는 묶음이 아니라 개별적으로 판매되었지만, 모든 인형이 우진의 드레스를 입게 되었다. 또한 패셔니스타 시리즈에 부제를 붙여 밀 생각이라고 알렸다. 그 뒤를 이을 브랜드와는 이미 접촉 중이라고 들었다. 시리즈의 선두 주자다 보니 약간 떨리는 마음도 있었다.

"그런데 생각보다 빠르네요. 다음 주에 공개하는 동시에 출시한대요. 며칠 남지도 않았는데."

"린다 씨에게 듣기로는 기존 생산 라인에서 크게 바꿀 필요가 없었다고 합니다."

그때, 마침 준식이 소포를 가져왔다.

"선생님, 메텔에서 샘플 도착했습니다. 그리고 3시에 매장으로 오신다는 고객분이 차가 막혀서 30분 늦으실 거 같다고 하셨습니다."

"아, 네. 알았어요."

다시 예약을 받았음에도, 직원이 늘어나고 점점 익숙해지자 움직임에 여유가 생겼다. 우진은 고개를 끄덕이고는 박스를 뜯었다. 그러자 안에는 또 박스가 담겨 있었다. 핑크색으로 된 박스에 같은 드레스를 입고 있는 세 개의 인형. 우진은 인형들을 하나씩 꺼내 들어 다시 살피기 시작했다.

만드는 법까지 설명서를 작성해 준 것도 모자라, 동영상까지 촬영해 보냈다. 완성된 옷을 보자 자신이 한 노력이 헛되지 않은 것 같아 만족스러웠다.

"잘 나왔네요. 이대로 판매하나 봐요."

"최종이라고 그랬으니 그대로 나오게 될 겁니다."

그러자 아직 남아 있던 준식이 입을 열었다.

"어휴, 인형이 뭐… 조금 못생긴 거 같은데, 선생님 드레스를 입어서 그런지 엄청 고급스러워 보이네요. 이 정도면 최소 20만 원은 가뿐히 넘겠는데요? 못생긴 인형 하나에 막 몇만 원씩 하더라고요."

"맞아요. 180달러라고 했어요. 캐리 시리즈치고는 싸게 내놨다고 그랬어요."

"20만 원이 맞군요. 휴, 이번에는 누나네 집에 가면 안 되겠네요. 조카가 하나 있는데 저만 보면 모닝글로리 가자고 해서, 하하. 공책이나 그런 거 살 줄 알았더니 갈 때마다 인형만 샀거든요."

우진이 피식 웃을 때, 매튜의 전화가 울렸다.

"린다 씨군요."

매튜는 전화를 받더니 고개만 끄덕거렸다. 그러고는 알겠다고 하고는 전화를 끊었다.

그는 우진을 보더니 씨익 웃었다.

"선생님, 드레스 두 벌 더 만드셔야 할 것 같습니다."

"네?"

"저번에 보낸 드레스를 실물 크기의 인형에 입혔는데 반응이 좋아서, 제작발표회를 하려고 하는 모양입니다."

*   *   *

패션 바이블의 기자, 조쉬는 메텔 본사가 있는 캘리포니아까지 왔다. 사실 다른 일정이 있었지만, 메텔이 새로운 바비 시리즈에 I.J가 참여했다고 알리는 바람에 다른 일정들을 모두 취소하고 급하게 왔다.

자리에 앉아서 기다리던 조쉬는 주변을 둘러봤다. 패션 관련 기자도 있었지만, 대부분이 경제나 사회 기자들이었다.

그는 왜 패션기자는 적고 다른 기자들이 많은지 알고 있었다.

예전 메텔사의 주가가 한창 높을 때는 세계 유명한 디자이너의 옷을 입히는 경우도 있었다. 하지만 근래 들어 놀거리가 많아지다 보니 인형에 대한 수요가 줄어들었고, 메텔사의 성장도 하락세였다. 최근 들어 규모도 줄이고 있는데 갑자기 제작발표회를 연다고 하니 어떤 타개책을 들고 나왔을지 궁금한 것이었다.

분명 I.J가 지금 패션계에서 떠오르는 브랜드라곤 해도, 다들 I.J만으로는 가능하다고 생각하진 않았다. 예전에 메텔사가 주춤거릴 때도 '로젤리아'의 디자이너와 합작해 제품을 한번 내놓았는데, 그것 역시 성공하지 못했다. 그래서 기자들이 관심을 보이고 모여들었다.

하지만 조쉬는 그런 것보다 그저 I.J에서 어떤 옷을 들고 나왔을지 궁금했다. 한편으로는 약간 걱정도 있었다. 아무리 디자이너가 디자인한 옷이라도, 사람이 아닌 인형이 입는 옷이기에 차이가 날 수밖에 없었다. 그건 감안하고 보겠지만, 자칫 잘못하면 한참 올라가고 있는 이름이 순식간에 떨어질 수도 있었다.

그때, 메텔의 직원들이 덮개가 씌워진 물건을 단상 위에 올려놓기 시작했다. 물건을 옮기는 직원들의 수는 몇 명 없었다. 무겁지 않아 보이는 걸로 봐서는 이번에 출시될 제품으로 보였다. 그리고 곧바로 발표회를 연다는 안내가 들려왔다. 곧이어 메텔에서 언론을 담당하는 부사장이 단상에 올라왔다.

그는 거의 모든 회사가 그렇듯이 발표에 앞서 회사에 대한 소개를 했다. 그러자 조쉬와 함께 동행한 기자가 하품을 하더니 조그맣게 속삭였다.

"조쉬, 이게 '루셀' 쇼까지 안 갈 만큼 가치가 있다고 생각해?"

"조금 있다가 보면 되잖아. 조용히 있어라."

"다른 잡지들은 전부 거기로 몰려서 하는 말이지."

"다른 팀 보냈잖아. 지켜보기나 해."

부사장의 설명은 대단히 거창했다. 다만 이미 제작발표회가 있기 전부터 해왔던 얘기여서 다들 큰 반응은 없었다. 그 뒤로도 한참이나 설명이 이어지고 나서야 부사장이 직원들을 불렀다. 그러자 인형들 앞에 직원들이 섰고, 부사장이 입을 열었다.

"그럼 이번 캐리 시리즈인 패셔니스타 캐리의 LJ 드레스를 공개합니다."

직원들은 조심스럽게 덮개를 걷어냈고, 그와 동시에 조명이 인형들을 비췄다. 다른 기자들은 전부 사진을 찍어댔지만, 조쉬는 사진은 동료에게 맡기고는 팔짱을 끼고 인형을 살폈다.

연한 핑크색의 드레스. 인형 크기가 사람의 실물 크기여서인지 드레스는 확실히 예뻤다. 상당히 화려하긴 했지만, 조쉬가 느끼기에는 그게 끝이었다. 지금까지 많은 옷을 봤고, 그중에는 단상 위에 있는 드레스와 비슷해 보이는 것들도 있었다. 지금까지 메텔에서 나온 인형들과 큰 차이를 발견할 수가 없었다. 예쁘긴 하지만 다른 드레스와 차이점이 없는 드레스, 그게 다였다.

기대했던 것보다 아쉽긴 했다. 하지만, 매번 사람들을 놀라게 하는 일이 얼마나 어려운지 많이 봤던 조쉬는 이해한다며 카메라를 들어 올렸다. 그때, 갑자기 부사장이 인형 앞에 서더니 미소 지었다.

"아직 끝이 아닙니다."

조쉬는 다시 흥미가 동해 카메라를 내려놨다. 그리고 캐리어에 무언가를 담아 가져오는 직원들을 봤다. 직원들은 내려가지 않고 각각의 인형 앞에 자리 잡았다. 그러자 부사장이 웃으며 말을 이었다.

"커머번드. 주로 턱시도를 입을 때 사용하죠. 지금까지 여성용 커머번드라고 하면 상당히 얇거나 아니면 옷 안에 입는 코르셋 정도로 생각했죠. 하지만 이번 I.J에서 디자인한 드레스는 여성에 대한 고정관념을 깨뜨렸고, 이는 저희가 추구하는 성의 제한을 탈피하자는 생각과 일치했습니다. 그럼 한번 보실까요?"

부사장이 직원들에게 지시하자 직원들이 곧바로 인형의 배에 무언가를 두르기 시작했다. 조쉬는 기다릴 수 없어 벌떡 일어나 고개를 기웃거렸다. 그리고 직원들이 비켜섰을 때, 헛웃음을 뱉고 말았다.

"피부색, 외모에 얽매이지 않고. 자신감을 가지고 자신을 가꾸고 사랑한다면 그보다 더 아름다운 게 있을까요? 아! 물론 외모만이 아니죠. 내면까지! 하하."

조쉬는 부사장의 말은 귀에 들어오지 않았다. 굉장히 파격적이었다. 보통 화려한 드레스라면 드레스 자체에 장식을 하는 경우가 많았는데, I.J에서 만든 드레스는 배 전체를 가리는 커머번드를 사용했다. 그리고 그 커머번드로 여러 가지를 연출했다. 코르셋 역할은 물론이고, 오프 숄더 특성상 상체에 시선이 집중되는 것을 방지했다. 자연스럽게 옷의 중심인 커머번드에 시선이 집중되어 옷 전체를 살렸다.

"그 사람 진짜… 대단하구나……."

조쉬는 다른 사람들이 질문을 하건 말건 일어선 채 박수를 보냈다. 진심에서 우러나오는 우렁찬 박수를.

*   *   *

며칠 뒤, 전 세계에 캐리 시리즈가 판매되기 시작했다. 온라인 판매는 물론이고 인형 매장에서도 만나볼 수 있다고 했다. 한국에도 그 소식이 전해졌다. 아직까지 강민주 원피스가 유명하다 보니 각 방송국 및 언론 매체들은 간략하게나마 I.J에 대한 소식을 전했다. 물론 예전 제프 우드와 헤슬 때처럼 크지는 않았다. 캐리 인형으로 유명한 미국의 대기업과 합작을 했다는 정도의 소개였다.

그렇지만 이미 인터넷과 개인 SNS에는 I.J에 대한 얘기로 시끄러웠다. 사람들이 자세한 사정도 모르면서 반반으로 나뉘어 이번 일을 계기로 I.J가 망하냐, 안 망하냐로 갑론을박을 펼쳤다. 투자를 하지도 않았는데 투자금을 회수하지도 못할 거라는 말도 있었고, 대박으로 곧 재벌 순위에 입성할 수도 있다는 얘기까지. 별의별 얘기가 가득했다.

전부 미국에서 나온 기사를 토대로 한 주장이었다. 패션에 대해서 잘 모르는 사회, 경제 기자들은 메텔에게서 뭔가 새로운 판매 방식이나 새로운 제품을 원했는데 기존과 크게 달라지지 않았다며, 자신들이 판단한 그대로 기사를 내보냈다.

하지만, 패션 잡지들은 그와는 정반대였다. 특히 패션 바이블에 나온 기사를 보면 우진을 무슨 패션계의 신으로 만들어 놨다. 평범하면서도 평범하지 않은 디자인. 상식적으로 이해가 되지만, 그동안은 생각해 보지 않은. 마치 트렌드의 선구자처럼 기사를 써놨다.

그리고 우진이 정말 궁금했던 사람들의 반응은 지금 사무실에 울리는 전화만 봐도 알 수 있었다. SNS나 메신저에 패션 바이블에서 올린 사진을 자신의 프로필 사진 대신 사용하는 사람도 보였고, 특히 연예인들이 속해 있는 소속사에서 전화가 빗발쳤다. 보통 시상식 드레스의 주문 제작이 이르면 지금 시기 정도에 시작하기에 걸려온 전화였다.

그리고 최형우는 자신도 모르는 사이 유명 인사가 되어버렸다. 친구들 사이에서만 돌던 사진이, 캐리 인형 기사가 나오자마자 인터넷에 퍼지기 시작한 것이다. 헤어스타일도 상당히 중요한데 사진에선 목 위는 아예 잘려 있었다. 우진은 최형우가 혹시 곤란해할까 봐 연락을 했지만, 최형우는 오히려 그 상황을 즐기고 있었다.

그때, 한참 전화를 받아 처리하던 장 노인이 다가왔다.

"휴, 이사 때문에 걱정했는데 이번 일로 꽤나 많이 들어올 거 같고만."

"많이 팔릴까요?"

"모르지. 이제 초반이니까. 그래서 하는 말인데 우리가 지금 세금이 너무 높아. 해주는 것도 없으면서 세금은 왜 그렇게 걷어가는지. 여기 숍 오래할 생각이면 한번 법인으로 바꾸는 것도 생각해 보거라. 급여에다 상여까지 더하면 네가 가져가는 돈이 지금보다 더 늘어날 수 있을 게다. 그 참에 제프 우드처럼 회사 운영할 사람도 알아보고."

"알겠어요."

지금 공사 중인 건물을 구매할 때부터 나왔던 말이었고, 우진도 내심 그랬으면 하는 생각이었다. 매번 일을 할 때마다 제프나 데이비드가 왜 경영에서 한발 물러나 있는지 알 것 같았다.

*　　　　　*　　　　　*

시간이 지날수록 인형을 구매했다는 글이 많아져야 했는데 오히려 더 줄어드는 느낌이었다. 이 짧은 시간에 벌써 인기가 식은 건가 싶을 정도로 구매 글이 없었다.

하지만 사람들의 반응을 보면 그건 아니었다. 전부 구매하고 싶은데 물건이 없다는 말이었다. 아이한테 사주고 싶은데 성인들이 구매를 해서 물건이 없다고 하소연하는 아이 부모들의 글도 있었다.

　우진은 물건이 없을 정도로 잘 팔리나 궁금했다. 직접 눈으로 본 적이 없으니 약간 과장됐다고도 생각했다. 마침 고객을 만나고 돌아가는 길에 준식이 말했던 문구점이 보였다.

　"매니저님, 잠깐 저기 좀 들렀다 가요."

　"비품 구매하실 거 있으십니까? 저한테 말씀하시면 구매해 놓겠습니다."

　"아니에요. 인형이 있나 해서요."

　"아, 저기는 아마 없을 겁니다. 압구정 로데오에 있는 장난감 가게에 있을 수도 있겠네요. 그쪽으로 들렀다 갈까요?"

　우진은 고개를 끄덕거렸다. 멀지 않은 거리였기에 금방 도착했다. 장난감 가게는 1, 2층으로 되어 있었다. 가게에 들어선 우진은 생각보다 넓은 규모의 실내를 한번 훑어보고선 걸음을 옮겼다. 평일이어서 그런지 손님이 적었다. 그런데 그 적은 손님들이 전부 성인이었다.

　혹시 알아보는 사람이 있을까 봐 렌즈까지 착용하고 왔는데, 다들 장난감을 보느라 정신이 없었다. 우진은 편한 마음으로 매장을 살폈고, 마론 인형들만 따로 진열된 곳을 찾았다.

"휴! 이렇게 보니까 반갑네요. 시크릿 쥬쥬!"

"하하, 조카한테 사주신 게 이거예요?"

"네. 뭐 종류별로 대부분 사준 거 같아요."

우진은 피식 웃고선 걸음을 옮겼다. 그런데 미미나 시크릿 쥬쥬 등은 각각 하나의 진열대를 차지할 만큼 엄청나게 많이 있었지만, 캐리 인형은 하나도 보이지 않았다. 우진은 정말 다 팔린 건가 궁금해 카운터로 향했다.

"혹시 메텔에서 나온 캐리 인형 다 팔린 건가요?"

"I.J 드레스 말씀하시는 거죠?"

I.J 이름을 말하는 모습에 우진은 기분 좋게 웃으며 고개를 끄덕였다.

"휴, 죄송해서 어쩌죠. 지금은 이미 예약이 꽉 차서요. 저희한테 들어온 물량이 20개씩뿐이거든요. 그래서 SNS로 예약하신 분들한테만 팔고 있어요."

"아, 그래요?"

"네, 일단 수집 목적도 있는데. 이번에 정말 나왔거든요. 시간 좀 지나면 가격 오를 거예요."

직원은 우진을 못 알아봤는지 인형에 대해 설명했다.

"아마 다른 데 가서도 마찬가지일 거예요. 아마 해외에서 직구 하시는 거랑 기다리시는 거랑 비슷할 거예요."

어쩔 수 없이 빈손으로 나온 우진은 기분이 묘했다. 아이들부터 10대를 대상으로 판매한다고 들었는데, 막상 판매를 시작하니 주 구매층은 성인이었다. 예상외긴 해도 숨겨놓고 팔아야 할 정도로 잘 팔린다니까 좋긴 했다. 그래도 이왕이면 많은 사람들이 봐줬으면 하는 마음도 있었다.

"가죠."

우진이 차에 올라탈 때, 매튜에게서 전화가 왔다.

─어디십니까?

"이제 숍 들어가려고요. 왜요? 무슨 일 있어요?"

─무슨 일은 아니고. 흠… 일단 오셔서 직접 보시죠.

우진은 고개를 갸웃거렸다. 지금까지 매튜를 겪어본 바로는, 뭔가 예상하지 못한 일이 벌어진 모양이었다. 일단 숍으로 가면 알 수 있다고 하니 곧바로 출발했고, 준식이 운전하며 입을 열었다.

"장난감 수집도 돈이 되나? 장난감 가게에 어른들밖에 없어서 조금 이상하던데요?"

"그러게요. 피규어는 TV에서도 많이 나와서 어느 정도 알고 있었는데, 마론 인형까지 수집하는 줄은 몰랐어요. 아, 조카분도 벌써 수집하시죠?"

"이미 미용실 놀이 하면서 전부 스포츠로 깎아놨는데 누가 사려고 할까요? 하하, 하긴 그런 거 보면 잘된 걸 수도 있습니다. 선생님이 디자인한 것까지 머리카락 잘라놓을 수도 있거든요, 하하."

준식과 얘기를 하면서 이동하다 보니 어느덧 숍에 도착했다. 그런데 차에서 매장 안을 보니 전 직원이 벽 쪽을 보고 있는 상태였다.

"무슨 일이지? 저 먼저 들어가 볼게요."

우진은 차에서 내리자마자 매장으로 들어갔다.

"저 왔어요. 무슨 일 있으세요?"

"허허, 저것 좀 보거라."

"저게 다 무슨 박스예요?"

라면 상자 정도의 크기로 보이는 박스가 상당히 많이 쌓여 있었다. 우진은 고개를 갸웃거리며 그중 열려 있는 박스 안을 쳐다봤다. 그러자 박스 안에서 눈에 익은 또 다른 상자들이 보였다.

백인, 흑인, 황인의 인형이 담긴 핑크색 박스. 우진은 고개를 돌려 매튜를 봤다. 그러자 매튜가 나서며 설명했다.

"메텔에서 선물로 보낸 겁니다. 한 박스당 2개씩 70박스입니다. 어떻게 할까요?"

우진은 매장 로비에 쌓인 박스들을 바라봤다.

제9장

보육원 |

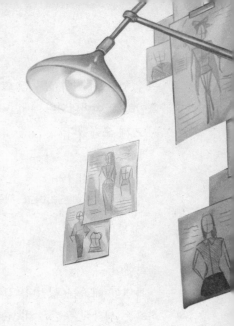

"엄청 많네요. 이거 팔 수도 없죠?"

"'Gift'라고 박스에 명시되어 있어서 못 팝니다."

"후, 이걸 어떻게 하라고······."

우진은 박스들을 보며 고개를 저은 뒤 뒤에 있던 직원들을 봤다.

"하나씩 가져가세······."

"벌써 하나씩 챙기고 남은 게 70박스입니다."

"와, 이걸 어떻게 하지? 일단 창고로 옮겨놓기라도 해야겠어요."

매장으로 찾아오는 고객도 있기에 로비에 이대로 쌓아둘

순 없었다. 우진이 상자를 들려 할 때, 전화가 울렸다. 번호를 확인하니 어머니였다. 매번 전화해야지 생각만 했지, 통화한 지도 꽤 오래됐다.

"네, 엄마."

─우진아, 엄마야.

"알아요. 전화드리려고 했는데 조금 바빴어요. 무슨 일 있으신 건 아니죠?"

─무슨 일은. 바쁜 거 알지. 그냥 아들 목소리 듣고 싶어서 전화했어.

특별한 대화는 없었다. 그저 안부만 묻는데도 너무 오랜만이라는 생각에 우진은 죄송한 마음이었다.

─아들, 시간 내서 내려와. 아빠가 보고 싶다고 한번 올라가자는 거 엄마가 말렸어.

"죄송해요. 이번에 예약 끝나면 시간 내서 내려갈게요."

통화를 마친 우진은 아쉬운 얼굴을 하고선 휴대폰을 주머니에 넣었다. 예약 고객이 남아 있었기에 바로 내려갈 순 없었다. 그때 상자를 손수레에 싣고 있던 장 노인이 입을 열었다.

"그러니까 종종 내려가고 하지. 일도 좋지만, 부모는 얼마나 보고 싶겠느냐."

"안 그래도 이번에 내려가려고요."

"그래, 잘 생각했다. 갈 때 빈손으로 가지 말고 선물도 사 들고. 네 나이 정도의 자식을 가진 부모들은 친구들 만나서 자식 자랑밖에 안 해. 지금도 자랑할 건 널렸겠지만, 또 손에 들어오는 게 있으면 자랑할 맛이 나거든."

"그래요?"

"다 때 지나면 못 하는 법이야. 남들 손자 자랑할 때 자식 자랑하기도 우습거든. 그러니까 부모님 자주 찾아가고 그러거라. 정애가 가끔 전화해서 잘 부탁한다고 그러더라. 마지막으로 본 게 언제인 게냐?"

"그게 음, 작년 추석 때네요……."

"어이구, 이번엔 무슨 일 있어도 꼭 내려가거라. 네가 마 실장이랑 같이 사니까 마음대로 올라오지도 못하잖느냐."

말을 마친 장 노인은 손수레를 끌고 엘리베이터에 올라탔고, 그런 것까진 생각하지 못했던 우진은 멋쩍게 웃었다. 일단 매장 정리가 우선이었기에 상자를 옮기던 우진은 장 노인의 말에 무엇을 준비해야 할지 고민하기 시작했다. 생각해 보니 부모님이 뭘 좋아하는지도 몰랐다. 게다가 부모님 얼굴을 본 게 일 년이 다 돼가고 있었다. 작년 추석 때도 일 때문에 부모님과 함께한 시간은 얼마 되지 않았다. 보육원에 가자고 한 전날이 가장 최근에 본 날이었다.

"아! 보육원!"

우진은 들고 있던 상자를 물끄러미 내려다보고는 뒤에 남아 있던 박스까지 쳐다보더니 크기를 가늠했다. 이 정도라면 세운의 트럭으로 가능할 것 같았다. 그리고 마침 세운이 엘리베이터 앞에 박스를 내려놓고 있었다.

"삼촌."

"왜. 너, 네가 대표라고 농땡이 치냐?"

"그건 아니고요. 혹시 다음 주에 차 좀 써도 돼요?"

"그러든가. 그런데 내가 가만히 생각해 봤거든? 그때, 성우한다던 고객 기억하지? 그 집처럼 쇼윈도 앞에 주욱 전시하는 게 어때?"

"아니에요. 쓸데가 따로 있어요. 일단 다 옮기고 얘기해요."

우진은 생각을 정한 듯 빠르게 움직였다.

*   *   *

다음 주. 마지막 예약 고객은 매장으로 직접 방문해 옷을 찾아갔다. 매장으로 찾아오면 헤어부터 피팅까지 완벽하게 해 주기에, 최종 피팅 때 매장으로 방문하는 사람이 늘어났다.

"휴, 점점 빨라지는 거 같아요."

"수고했어요. 오늘 뷔페 가신다고 하신 분들 계시죠? 그분들만 먼저 가지 마시고 다들 퇴근하세요. 금, 토, 일 푹 쉬시고 월요일에 봬요."

"네!"

테일러들은 우렁찬 목소리로 대답하더니 곧바로 퇴근 준비를 했다. 다음 예약은 일요일 밤 10시로 공지를 올려둔 상태이니, 그때까지는 테일러들이 숍에서 할 일이 없었다. 테일러들은 로비 소파에 앉아 있는 우진에게 인사를 하고는 곧바로 가버렸다.

우진은 로비에 앉아 휴대폰을 보며 기다렸고, 잠시 뒤 세운의 트럭이 매장 앞에 주차했다. 트럭에서 내린 세운과 매튜가 바로 짐칸에서 물건을 내리기 시작했다. 그 모습을 본 우진도 서둘러 밖으로 나갔다.

"다 구매하셨어요?"

"여기 영수증. 총 173만 8,700원어치입니다. 어린이형 조립레고 20박스와 아동용 킥보드 10대입니다."

"수고하셨어요. 이 정도면 되겠죠?"

"킥보드는 하늘색 5개, 분홍색 5개 반반으로 샀습니다."

우진은 웃으며 고개를 끄덕였다. 그러자 물건을 내리던 세운이 고개를 저으며 입을 열었다.

"싼 것도 있는데, 매튜가 킥보드는 무조건 바퀴에 불 들어와야 한다고 저거 산 거야."

"하하, 그래요?"

"어. 인터넷에서 뭘 봤는지… 그리고 한국말 좀 제대로 배우라고 해라. 사무실에서 팟사라곤하고 붙어 있더니 영 이상해."

우진은 피식 웃고는 세운을 도와 짐을 내렸다. 내일 오전에 출발이기에 트럭 짐칸에 그대로 놔둘 순 없었다. 장난감들을 매장 안으로 옮겨놓으니 양이 꽤 많았다. 며칠 전 보육원에 장난감을 기증하고 싶다고 부모님께 알리자, 무척이나 뿌듯해하시면서 좋아하셨다. 그리고 부모님들도 따로 준비를 하신다고 들었다.

"그런데 우진아, 우리 셋만 가도 되려나? 막 TV 보면 잔뜩 가고 그러잖아. 가서 노래도 불러주고 놀아주고 그러는데. 매튜가 거기 엄청 크다고 그러던데, 나는 애들하고 놀아주는 건 안 해봐서 약간 걱정된다."

"걱정 마세요. 저희는 재능 기부로 가서 신발이나 옷 해진 거 담당한다고 들었어요."

"그럼 다행이고. 휴, 일단 또! 박스부터 내려야지!"

캐리 인형이 담긴 박스까지 로비에 내려놓은 뒤 사무실로 올라갔다. 세운은 커피를 타 온다고 갔고, 우진은 자신의 자리에 앉았다. 그때, 팟사라곤의 자리로 가는 매튜가 보였다.

"카우? 밥 먹었어?"

"먹었어요?"

"불백? 싸리고딴?"

"사리곰탕?"

언젠가부터 한국말을 배우기 시작한 매튜였다. 그런데 그 대상이 하필이면 팟사라곤이었다. 언제나 사무실에 있으면서 영어와 한국어가 가능한 사람이 팟사라곤뿐이니 어쩔 수 없다는 걸 알고 있지만, 그래도 영 이상했다. 우진은 틈틈이 자신이 알려줘야겠다고 생각하며 매튜를 봤다.

그때, 영어와 한국어를 섞어가며 대화를 이어나가던 매튜가 모니터를 보며 얼굴을 찡그리는 게 보였다. 그러다가 팟사라곤의 설명을 듣고는 다시 안색이 밝아졌다.

"왜 그러세요?"

"흠, 아니야?"

"그냥 영어로 하세요."

매튜는 모니터에서 시선을 떼더니 우진에게 다가왔다. 그러자 사무실 식구들이 시선이 모두 이쪽으로 향했다. 우진 앞에 선 매튜는 미소를 지으며 입을 열었다.

"베니스 국제영화제가 시작했나 봅니다."

"아, 그래요?"

"시상식에 참가한 한국 배우의 기사가 올라와 있습니다. 저희와도 연관된 기사이니 일단 사진부터 한번 보시죠."

그 말을 엿들은 직원들도 각자 자리에서 검색을 시작했다. 우진은 영화제에 관련된 일이 뭘까 생각하며 기사를 찾았다. 매튜 말대로 영화제에 참석한 한국 배우 이름이 나와 있는 기사를 클릭한 우진은, 모니터에 보이는 사진을 보며 헛웃음을 뱉었다.

남자 배우는 턱시도 안에 커머번드를 착용하고 있었다. 다만 기존의 검은 천으로 감싸는 커머번드가 아니라 화려한 장식이 가미된 커머번드였다. 기사에는 턱시도에 대한 내용도 있었다.

"와, 그냥 I.J 스타일이라고 하는데요? 해외 디자이너 제품이라는데……."

"그렇습니다. 모방이긴 하지만, 딱히 지적할 순 없습니다. 원래 존재하던 커머번드에 변형을 한 것이니, 저쪽에서도 변형을 한 것일 뿐이라고 주장할 겁니다. 그렇지만 앞으로 이런 스타일이 나올 때마다 분명히 I.J 스타일로 불릴 거 같습니다. 제프 선생님이 내놓는다고 해도 I.J 스타일, I.J 커머번드입니다."

"와……."

우진은 자신의 디자인을 따라 한 다른 디자이너들의 작품에 약간 멍했다. 강민주에 이어 벌써 두 번째 I.J 스타일이라고 불리게 되는 디자인이 생겼다. 우진은 연관된 기사를 찾아가며 읽었고, 기사를 찾을 때마다 헛웃음을 뱉었다.

영화제에 참석한 전 세계의 수많은 배우들이 전부 커머번드를 착용했다. 드레스를 입은 여배우는 물론이고, 턱시도를 입은 남자 배우까지 대부분 화려한 커머번드를 장식했다. 디자인만 조금씩 다를 뿐이지, 캐리 인형처럼 피부색에 상관없이 모두가 화려한 커머번드였다.

"이 정도면 영화제에 추천한 제가 부끄러워지는군요."

매튜도 놀랐는지 우진의 뒤에서 혀를 내둘렀다. 매튜의 말을 들은 우진도 그제야 정신을 차리고는 입을 열었다.

"와, 진짜 다 I.J 스타일의 커머번드라고 그러네요. 여기는 캐리 인형 사진까지 비교해 놓고."

우진은 모니터까지 손가락으로 가리키며 말했고, 사무실 직원들은 각자 자신이 찾은 기사들을 보라고 외쳐댔다. 그러자 그 모습을 보던 장 노인이 우진을 보며 웃었다.

"좋은 일 하려고 하니까 좋은 일이 덤으로 생기겠고만. 가만 보자, 이러면 또 얼마나 들어오려나, 껄껄. 그리고 이번에 보육원 가는 것도 기자들한테 얘기하는 게 어떻겠느냐?"

"아, 그건 좀 그래요. 대단한 것도 아니고요."

"대단하지 않기는. 부끄러워서 그런 게냐?"

"그런 건 아니고요. 저만 가는 게 아니라 부모님도 같이 가시니까요."

장 노인은 약간 아쉬운지 입맛을 다셨지만, 이내 이해한다는 듯 고개를 끄덕였다.

*　　　　*　　　　*

다음 날, 인천에 위치한 성지보육원이라는 곳에 도착했다. 어렸을 때 와본 적 있지만, 오랜만에 봐서인지 상당히 낯설었다. 우진이 차에서 내리자 먼저 도착한 부모님이 우진을 맞이했다.

"아까 인천이라면서 왜 이렇게 늦었어."

"이이는 뭘 늦어. 우진아, 네 아빠가 빨리 보고 싶어서 그래. 덥지?"

우진은 매튜와 세운까지 인사시켜 준 뒤 오랜만에 뵙는 부모님과 반갑게 인사를 나눴다.

"그런데 뭘 이렇게 가져왔어? 너 때문에 아빠 손이 부끄러워지는데?"

"별거 아니에요."

"별거 아니긴, 이 정도면 여기 선생님들 불러야겠는데."

아버지는 무척 익숙하게 안으로 들어가더니 사람들을 데리고 내려왔다. 다들 하나같이 반가운 얼굴로 우진을 보며 인사했다.

"와! 엄청 유명하신 분이시네요!"

"팬이에요!"

부모님 앞에서 저런 말을 들으니 약간 부끄러웠지만, 부모님 두 분이 정말 환하게 웃고 있었기에 우진도 웃으며 인사했다.

이윽고 모두가 장난감을 옮기기 시작했다. 짐을 들고 안으로 들어가니 복도를 지나가던 아이들이 무엇을 가지고 온 건지 궁금한 듯 쳐다봤다. 그러던 중 같이 짐을 옮기던 아버지가 그 아이들을 보고선 크게 외쳤다.

"와! 진희야! 엄청 컸네! 이제 진짜 학교 가겠는데? 너 코에 휴지 그거 뭐야?"

"히히."

"코피 났어? 또 코 막 후볐지! 아가씨가 돼서 코 막 파고 그러면 돼?"

"히히."

코에 휴지를 끼고 있던 아이는 부끄러운지 나오지는 않았다. 그래도 손을 흔들어 인사를 보냈고, 아버지도 이따 보자며 손을 크게 흔들었다.

"저 아이는 이제 곧 입양 갈 거야. 부모들이 심사 기다리느라 시간이 걸린다더라고. 아무튼 아들이랑 같이 오니까 좋다! 그런데 어떻게 이렇게 기특한 생각을 했어?"

"아, 어쩌다 보니까 캐리 인형을 많이 받았어요."

"뉴스에서 말한 그 인형? 그런데 전부 다 인형이야?"

"인형도 있고요. 레고 같은 것도 있어요. 전부 장난감이에요."

"그래? 이거 좀 중등부나 고등부처럼 큰 애들은 섭섭하겠네. 아빠도 애들 옷 준비해 왔는데. 뭐, 음식이라도 시켜야겠다. 애들이 햄버거는 또 기가 막히게 좋아하거든."

"제가 시킬게요."

"됐어, 아빠 요즘 돈 잘 번다. 하하, 다 네 덕이긴 하지만."

"저요?"

"그래, I.J 디자이너 아빠가 하는 수선집이라고 소문나서 멀리서까지 찾아와. 아무튼 아빠가 살게. 휴, 다 옮겼다."

우진은 웃으며 고개를 끄덕였다. 그때, 안쪽에서 보육원 선생님과 대화를 나누는 매튜와 세운이 보였다. 그때, 마침 세운이 우진을 발견하고는 급하게 도움을 요청했다.

"우진아, 매튜 좀 어떻게 해봐."

"왜요?"

"갑자기 일일 영어 교실 연대."

"와, 좋은데요?"

"아니! 나까지 데리고 한다잖아. 난 바느질이 편해."

옆에서 듣고 있던 아버지는 씨익 웃으며 입을 열었다.

"아이들이 원어민한테 영어 배울 수 있게 한번 도와주시죠. 바느질은 제가 맡겠습니다."

"아… 네. 뭐. 그게……."

세운은 자신 없다는 얼굴로 고개를 끄덕였다.

"그럼 우진이랑 나는 오붓하게 지하로 가볼까?"

우진은 세운을 향해 파이팅 포즈를 취하고는 아버지를 따라 지하로 내려갔다. 그런데 지하에서 재봉틀 소리가 들렸다.

『너의 옷이 보여』 8권에 계속…

초대형 24시 만화방

신간 100%, 샤워실, 흡연실, 수면실(침대석), 커플석, 세탁기 완비

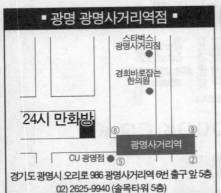

▪ 광명 광명사거리역점 ▪

경기도 광명시 오리로 986 광명사거리역 6번 출구 앞 5층
02) 2625-9940 (솔목타워 5층)

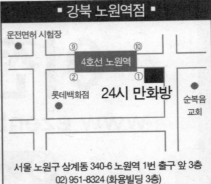

▪ 강북 노원역점 ▪

서울 노원구 상계동 340-6 노원역 1번 출구 앞 3층
02) 951-8324 (화용빌딩 3층)

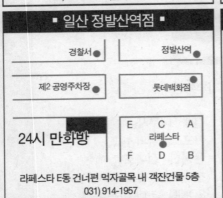

▪ 일산 정발산역점 ▪

라페스타 E동 건너편 먹자골목 내 객잔건물 5층
031) 914-1957

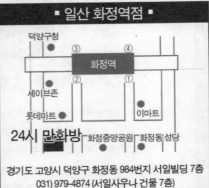

▪ 일산 화정역점 ▪

경기도 고양시 덕양구 화정동 984번지 서일빌딩 7층
031) 979-4874 (서일사우나 건물 7층)

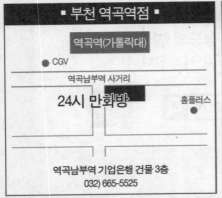

▪ 부천 역곡역점 ▪

역곡남부역 기업은행 건물 3층
032) 665-5525

▪ 부평역점 ▪

(구) 진선미 예식장 뒤 한신포차 건물 10층
032) 522-2871

가프 현대 판타지 소설

부검 스페셜리스트

MODERN FANTASTIC STORY

법의학의 역사를 바꿔주마!

때려죽여도 검시관은 되지 않을 거라던 창하.
하지만 그에게 주어진 운명은
생각지도 못하던 것이었는데…….

"내 생전의 노하우와 능력치를 네게 이식해 줄 것이다."

의사는 산 자를 구하고, 검시관은 죽은 자를 구한다.

사인 규명 100%에 도전하는
신참 부검 명의의 폭풍 행보!

Book Publishing CHUNGEORAM

유행이 아닌 자유추구 -
WWW.chungeoram.com

스페셜 원
가장 특별한 감독

스틸펜 장편소설

FUSION FANTASTIC STORY

피치 위의 마스티프. 그라운드의 투견.

"나는 너희들을 이끌고, 성장시켜서, 이겨야 한다."
"너희는 나를 따라오고, 성장해서, 이겨야 한다."

가장 유별나거나, 가장 특별하거나.

Special one.

누구보다 특별한 감독이 될 남자의
전설이 시작된다.

인생 2회 차,
축구의 신

백린 현대 판타지 소설

MODERN
FANTASTIC
STORY

인생 2회 차는 축구 선수로 간다!

어린 시절 축구가 아닌 공부를 택했던 회사원 윤민혁.
뒤늦게 자신에게 재능이 있었음을 깨닫고 깊이 후회한다.
어느 날 술에 취해 신의 석상 앞에서
울분을 쏟아내는데……

"자네가 정말 그럴 수 있는지 한번 지켜보겠네."

회사원 윤민혁,
회귀 후 축구 선수 되다!